Institutrice puis directrice d'école, ***Josette Boudou*** *est l'auteur de nombreux romans à succès comme* Le Printemps d'Antonia *et* Les Grillons du fournil. *Elle consacre son temps à l'écriture et au journal d'une association culturelle. L'Académie des sciences, arts et belles-lettres de Clermont-Ferrand lui a décerné le prix Gandois 2005 pour son roman* Le Mur de la destinée. *En 2008, elle a obtenu le prix Lucien-Gachon pour* Les Chemins de toile.

La Dernière Rose

Du même auteur

Aux éditions De Borée

La Gloire d'Amélia
La Maison d'école
La Nuit des abeilles
La Ronde des saisons
La Vallée des Bruyères
Le Mur de la destinée, prix Gandois 2005
Le Printemps d'Antonia
Le Secret de la Roselière
Les Chemins de toile, prix Lucien-Gachon 2008
Les Craies de couleur
Les Feux de Bois-Colombes
Les Grillons du fournil
Marie, fille des montagnes

TERRE DE POCHE
45, rue du Clos-Four – 63056 Clermont-Ferrand cedex 2

Josette Boudou

La Dernière Rose

de Borée
TERRE DE POCHE

Pour l'amour d'une rose,
le jardinier devient l'esclave de mille épines.

Proverbe turc

I

Anniversaire

PREMIÈRE SEMAINE D'OCTOBRE 2008. L'après-midi s'avançait et Adeline sentait monter une sourde angoisse que, malgré ses exhortations au calme, elle ne pouvait réprimer. Derrière la vitre une pluie fine, une bruine plutôt, gommait presque la clôture du jardin ; les thuyas de la haie n'étaient plus que des fantômes sombres un peu flous, sentinelles dérisoires debout côte à côte telle une ligne de front de soldats géants désarmés.

Cette grisaille rappela soudain à la vieille femme ce lointain matin d'automne où la brume bleuâtre voilait les hêtres du bois des Chevreuils, ternissant le roux intense de leur feuillage. Hélas, ce léger brouillard n'avait pas dissimulé l'horreur à la fillette de six ans qu'elle était alors ; mais, beaucoup trop jeune, elle n'avait pas compris. Longtemps occulté, cet affreux souvenir l'avait ensuite hantée des années durant, une anxiété récurrente dont elle ne pouvait se défaire obsédant sa vie d'adulte.

À présent, tout cela était derrière elle. Avec l'âge, une sérénité nouvelle remplaçait généralement chez Adeline angoisse et appréhensions. Septembre s'était déroulé sous un beau soleil, aucune gelée précoce n'était encore venue teindre le vert des arbres de rouge ou de feu. Et voilà que, depuis trois jours, les premières brumes d'automne s'installaient dans les campagnes. Si la température chutait brusquement, nul doute que le givre sèmerait bientôt ses étincelles brillantes sur l'herbe du jardin ; les dernières roses d'Adeline ne lui survivraient pas.

Timothée, son petit-fils, avait téléphoné la veille, un jeudi, pour confirmer qu'il viendrait seul passer le week-end auprès d'elle. Sa fiancée, hélas, ne pourrait se dégager de ses obligations professionnelles.

— J'arriverai demain en fin d'après-midi, deux soirées rien que pour nous deux plus le dimanche jusqu'à 16 heures environ. Tu es contente, j'espère ? Veux-tu que j'achète quelque chose, du vin, un gâteau… ?

Adeline avait répondu que c'était inutile, elle avait tout prévu depuis longtemps, même le champagne. Timothée lui faisait l'immense joie de venir fêter son anniversaire. Quatre-vingts ans, se disait-elle, voilà un nombre qui impressionne ! Comment ai-je pu vivre à la fois si peu et si longtemps ? Elle était seule depuis de longues années pourtant. De manière étrange, les semaines, les mois semblaient s'écouler de plus en plus vite. En même temps, certaines journées, l'hiver surtout, paraissaient interminables ; malgré cela, le temps fuyait, inexorablement.

L'heure s'avançait, le jeune homme tardait et Adeline ne pouvait éloigner de son esprit la crainte d'un imprévu, un accident, qui pouvait savoir ? Paris était si loin de l'Auvergne… Pour se distraire de ses sombres pensées, elle s'empara d'un magazine, commença à le feuilleter, s'efforçant en vain de fixer son attention sur un article quelconque. Timothée serait le seul membre de la famille à se trouver auprès d'elle en ce jour d'anniversaire. Sa fiancée, avait-il dit, ne pourrait se libérer, ce qui attristait la vieille femme ; la jeune fille était vraiment adorable et Adeline l'aimait autant que ses propres petits-enfants.

Son époux était décédé depuis plus de dix-huit ans. Virgile, leur fils, ne venait plus que deux jours, à la mi-août, et elle n'ignorait pas que sa visite était davantage dictée par le devoir filial que par l'affection. Par l'intérêt aussi, peut-être... Depuis le remariage de Virgile en effet, mère et fils étaient plutôt « en froid ».

La vieille femme soupira. Elle tentait de faire croire à son entourage que cette brouille lui importait peu mais personne n'était dupe ; tous savaient qu'elle mentait, et d'abord à elle-même. Avant son divorce, son fils unique était proche d'elle, même s'il vivait alors à Paris, loin du village auvergnat où il passait autrefois ses vacances et où ses parents étaient revenus s'installer vingt-cinq ans plus tôt.

Depuis son remariage, Virgile habitait la Nièvre. À la tête d'une entreprise florissante, fabrique de pièces détachées pour les automobiles et autres véhicules à moteur, il avait rejoint sa nouvelle compagne Nadège, documentaliste dans un collège de ce département. De cinq ans son aînée, divorcée elle aussi, cette dernière avait deux grands enfants encore étudiants à Lyon où vivait leur père.

Timothée et sa sœur Ninon n'avaient rencontré les jeunes gens qu'à deux ou trois reprises, c'était bien trop peu pour apprendre à se connaître et créer des liens. Hélas, ni l'un ni l'autre n'appréciaient Nadège. Exigeante, autoritaire, elle les avait traités en parfaits étrangers et Virgile avait laissé faire. Son unique but était de ne jamais contrarier sa nouvelle épouse ; ses propres enfants et leur bien-être passaient bien après. En grandissant, Timothée et Ninon avaient rapidement cessé de se rendre chez leur père durant les vacances scolaires ; soucieux de voir régner la paix dans son ménage, Virgile ne s'en était aucunement formalisé.

Adeline savait que son fils était quelqu'un d'assez faible qui cherchait toujours à préserver sa tranquillité. Quant à Timothée et Ninon, ils n'ignoraient pas que Nadège était jalouse, inquiète à l'idée que ses propres enfants soient lésés, ce qu'Adeline jugeait parfaitement inopportun et même plutôt ridicule.

On se contentait donc d'échanger des vœux au Nouvel An. Pour ne pas avoir à parler à la mère de Virgile, Nadège lui adressait une carte impersonnelle à laquelle Adeline répondait le plus brièvement possible. Timothée téléphonait à son père (« Bonne année, bonne santé, est-ce que tu vas bien ? ») et sa sœur faisait de même. Virgile envoyait à chacun des étrennes sous la forme d'un chèque d'un montant assez modeste ; il marquait de même leur anniversaire. Malgré les rappels à l'ordre et l'indignation non dissimulée d'Adeline, depuis leurs dix-huit ans il estimait, poussé sans doute aucun par Nadège, ne plus devoir de pension alimentaire ni à ses enfants ni à leur mère. Certes, depuis peu Timothée gagnait correctement sa vie ; en revanche, Ninon était encore étudiante en journalisme.

La jeune fille achevait ce parcours aux États-Unis ; partie depuis huit mois, elle devait rentrer en France à Noël pour trois semaines. Il lui resterait alors dix mois d'études, toujours à New York, avant de pouvoir chercher du travail. Adeline espérait bien que sa petite-fille trouverait un emploi en France ; la savoir si loin d'elle lui brisait le cœur, même si, pour le moment, cette situation était provisoire. Aussi refusait-elle d'envisager le fait que Ninon se fixerait définitivement en Amérique.

Jusqu'à la fin de leurs années de lycée, les petits-enfants d'Adeline passaient la plus grande partie des vacances scolaires à Saint-Géraud-la-Forêt. Au moment du divorce de leurs parents, Timothée avait quatorze ans et Ninon seulement dix. Noémie, leur mère, était malgré tout restée très proche d'Adeline si bien qu'elle venait les rejoindre en Auvergne pendant sa période de congé ; le cabinet d'avocats où elle était secrétaire fermait toujours cinq semaines l'été, alors la jeune femme pouvait se reposer tout en profitant de ses deux enfants.

Quatre ans après son divorce, Noémie s'était liée à un nouveau compagnon, Raphaël, lui-même séparé de son épouse ; il était père d'une jeune fille. Laurène avait exactement l'âge de Ninon. Tout de suite, elles s'étaient entendues comme deux sœurs et Adeline les recevait volontiers ensemble. Pour Timothée, des années durant, Laurène avait d'abord été une seconde petite sœur. Puis ils avaient grandi et cette affection s'était transformée. À présent, les jeunes gens étaient fiancés, pour le plus grand bonheur d'Adeline et de Noémie ; Ninon, quant à elle, n'avait jamais éprouvé aucune jalousie : Laurène était sa sœur et elle le resterait.

Enfin, Adeline perçut un bruit de moteur. Aux aguets, elle tendit l'oreille : sans doute aucun, une automobile s'engageait dans l'allée pour venir bientôt se garer devant la porte. Alors elle se précipita pour ouvrir à son petit-fils et le serrer aussitôt dans ses bras. Malgré sa taille au-dessus de la moyenne, elle lui arrivait tout juste au niveau de la poitrine.

— J'oublie toujours comme tu es grand. De quoi donc ai-je l'air à côté de toi ? D'une naine sans âge, assurément !

Le jeune homme éclata de rire.

— Bonsoir mamie Line, dit-il joyeusement en embrassant sa grand-mère sur les deux joues. Et bon anniversaire ! Tu as l'air en forme, vraiment. Pardon d'arriver si tard, j'ai fait de mon mieux mais tu n'ignores pas que le trajet est souvent plein d'imprévus…

— Bonsoir mon grand, je suis si heureuse de t'avoir près de moi, merci d'avoir un peu délaissé Laurène à mon profit.

— Oh, elle ne se sentira pas délaissée, crois-moi ! Elle m'a chargé de t'embrasser très fort. À son grand regret, elle n'a pas pu éviter ce week-end de garde à l'hôpital, hélas ! Donne-moi un instant, je vais chercher mes bagages.

Il revint presque aussitôt, un énorme bouquet de roses rouges dans les bras.

— Pour toi, dit-il affectueusement. Je sais combien tu les aimes. Elles ne viennent pas de Paris, j'aurais eu trop peur qu'elles ne résistent pas

à un si long voyage, je me suis arrêté au Mont-Dore chez notre fleuriste habituelle. Tu as son amical bonjour et ses vœux de bon anniversaire.

— Dieu, qu'elles sont belles ! s'exclama Adeline, le visage plongé dans le bouquet. Mais c'est une folie, mon grand ! Autant de roses, en cette saison, tu as dû te ruiner !

— Presque, rétorqua Timothée avec un sourire espiègle. Mais pour ma chère mamie, que ne ferais-je donc pas !

Émue, Adeline le contemplait. Il était si beau avec ses cheveux bruns frisés toujours un peu en désordre, ses yeux clairs dont la couleur hésitait entre le vert et le bleu, ses traits réguliers et volontaires. Depuis sa petite enfance, Adeline trouvait qu'il ressemblait à son grand-père. Celui-ci les avait quittés quand Timothée venait d'avoir six ans mais, depuis toujours, ils étaient complices ; le petit garçon avait eu beaucoup de peine à la mort de ce grand-père dont il était si proche. Ensemble, l'été durant, ils allaient pêcher dans les petits ruisseaux des alentours. Émerveillé, Timothée découvrait alors la nature, les arbres, les fleurs, les oiseaux, les petits animaux des bois et des prairies : mulots, écureuils, fouines, renardeau égaré, chevreuil bondissant trop vite effarouché. Allongés dans l'herbe au bord d'un ruisseau, l'homme et l'enfant observaient les mille petites vies épanouies dans l'eau claire : grenouilles ou têtards, truitelles, bébés écrevisses, vairons, éphémères et libellules brillantes dansant à la surface dans l'intense lumière dorée de l'après-midi estival.

Alors, en silence, ils échangeaient un sourire complice. Soudain, parfois, un frisson dans les hautes herbes derrière eux : un lièvre apeuré aussitôt disparu. Quand le soleil amorçait sa descente au-dessus des collines alignées au premier plan devant les cimes des montagnes plus lointaines, Timothée mettait sa petite main dans celle de son grand-père, large et si rassurante, et l'on rentrait lentement à la maison. Le petit garçon avait alors pleinement l'idée de ce qu'est le bonheur.

Adeline chassa enfin les souvenirs des temps heureux ; depuis bien longtemps, ils n'étaient plus amers, seulement d'une douceur un peu triste, empreints de nostalgie mais non de regrets. Sa vie, elle le savait, était derrière elle. Elle l'acceptait. N'était-ce pas le lot de tous, ici-bas ?

— Tu dois avoir faim et soif, mon grand. Tout est prêt, rassure-toi. Je t'ai préparé le poulet aux morilles que tu aimes tant... et moi aussi ! Nous n'allons pas fêter mon anniversaire avec des pommes de terre bouillies, tout de même !

Timothée éclata de rire avant de demander, la mine gourmande :

— Avec beaucoup de crème, les morilles, j'espère !

— Bien sûr ! Je la rajoute maintenant, au dernier moment toujours, avec quelques gouttes de jus de citron. Deux ou trois bouillons et monsieur est servi.

Adeline avait dressé deux couverts dans la salle à manger. Au bout de la table, elle plaça l'énorme bouquet de roses, certaines épanouies, d'autres encore en boutons, disposées dans un grand vase de cristal.

— Le plaisir des yeux pour accompagner le plaisir de gourmandise, dit-elle malicieusement. Vois comme ces fleurs se plaisent chez moi… Merci encore, mon grand. Allons-nous déboucher le champagne pour l'apéritif ? Ensuite, nous pourrons finir la bouteille au dessert.

— D'accord, je fais sauter le bouchon !

Timothée porta un toast à la santé de sa grand-mère.

— À toi, mamie Line, à tes quatre-vingts ans ! Et que tu fêtes encore de nombreux anniversaires.

— À ta santé, mon chéri, à ton avenir que je souhaite le plus heureux, le plus brillant possible. À présent, goûtons ces morilles. Tu sens leur parfum ?

— Oh oui, un vrai délice ! se réjouit le jeune homme en tendant son assiette.

Adeline commença à le questionner à propos de son travail. Attaché à un cabinet d'architecture, le jeune homme ne se fit pas prier pour décrire, avec enthousiasme, son rôle et ses attributions qui comblaient ses vœux les plus chers dans la profession qu'il avait choisie.

La nuit était complètement tombée, gommant le jardin, la clôture, la haie… La maison illuminée était un navire ancré dans les ténèbres, rassurant, chaleureux. Au dessert, Adeline souffla les huit bougies placées sur le gâteau, une par dizaine ; au centre, dans une rose de plastique écarlate, les chiffres 8 et 0, tout en rondeur, semblaient narguer la vieille femme : « Mais oui, c'est bien ton âge à toi, aucune erreur, aucun doute possible ! »

Avant de commencer à déguster sa part de forêt-noire garnie de cerises griottes, les coupes de cristal brillant à nouveau remplies de champagne doré où dansaient des bulles de lumière, Timothée porta un nouveau toast à sa chère mamie. Alors ils échangèrent un long regard plein d'amour réciproque tout en heurtant légèrement leurs verres.

— À toi ! dit le jeune homme.

— À nous, répondit sa grand-mère, au bonheur d'être ensemble !

II

Line

Assise à la table de la cuisine, Émilienne commençait à écosser des petits pois lorsque Line, tout ébouriffée, entra en bâillant. Vêtue d'un pyjama rose, ses boucles blondes en bataille, la fillette s'approcha, tendit sa joue où l'employée de maison déposa un baiser sonore.

— Oh, mon petit oiseau paraît bien mal réveillé ce matin ! Il est presque 10 heures, mademoiselle la paresseuse !

— Bonjour Milie, je crois bien que j'ai encore sommeil, sais-tu ?

— Déjeune vite, mon chaton, sinon tu n'auras pas faim au déjeuner, ordonna gentiment la jeune fille en versant du lait chaud dans un bol au décor fleuri. Que veux-tu sur ta tartine, beurre ou confiture ?

— La gelée de framboises de Maria, enfin de Mme Valais, elle est délicieuse, s'il te plaît. Papa est à la mairie ?

— Il y a beau temps qu'il est parti ! M. le juge n'est pas comme sa fille, il se lève aux aurores, lui !

— Et maman ?

— Je crois qu'elle cueille des roses au jardin. Tous les bouquets de la maison sont flétris. J'ai beau changer l'eau tous les jours, avec cette chaleur les pauvres fleurs ne tiennent pas longtemps. Dommage…

En cette seconde quinzaine de juillet, la chaleur était en effet étouffante. On tenait le plus possible les volets clos pour aérer seulement le soir, quand la fraîcheur bienfaisante du jardin permettait enfin de respirer.

— Tu sors les pois de leur cosse, ce ne sont pas des mange-tout alors ? demanda Line entre deux bouchées.

— Non, rétorqua Émilienne en riant, les mange-tout sont les premiers de la saison, au printemps. Ceux-là, en revanche, sont les derniers, nous n'en mangerons plus guère jusqu'à l'an prochain.

— Tant mieux. Moi, les petits pois, je ne les aime pas cuits.

— Je le sais bien, petite chapardeuse !

Lorsque Line accompagnait Émilienne chez ses parents et que, en compagnie de Maria, sa mère, la jeune fille récoltait des légumes qui seraient vendus à ses patrons, en cachette Line croquait les petits pois nouveaux, délicieux et tellement sucrés… Une vraie friandise !

— Combien de jours avant l'arrivée d'oncle Jérôme ? demanda la fillette.

— Trois jours, en comptant aujourd'hui.

— Oh, que c'est long ! Il me tarde tellement d'avoir la surprise qu'il va m'apporter samedi. Tu sais ce que c'est, toi ?

— Pas du tout ! Et si je le savais, je ne le dirais pas, sinon où serait la surprise ?

— Ce doit être quelque chose d'important puisqu'il s'agit de mon cadeau d'anniversaire...

On était le 20 juillet 1934 et ce serait seulement le 7 octobre que la petite fêterait l'anniversaire de ses six ans, quelques jours après la rentrée des classes. Pourtant, son oncle Jérôme avait précisé :

— J'espère que cela ne t'ennuiera pas, mais je ne pourrai pas garder ton cadeau jusqu'au jour J.

— Oh non, bien au contraire ! Mais tu es sûr que papa ne va pas se fâcher ?

— Absolument sûr. Je lui en ai parlé, à lui et à ta maman. Ils comprennent tous les deux que je ne peux pas faire autrement.

Le jeune homme s'était bien gardé d'ajouter qu'il avait dû parlementer longuement pour, enfin, convaincre son frère. Le père de Line, intransigeant en toute chose, s'était longtemps fait tirer l'oreille avant de dire oui. Par chance, son épouse avait joint ses arguments à ceux de Jérôme et le juge avait fini par s'incliner.

Jocelyn Berthaud, juge de paix à Saint-Géraud-la-Forêt en Auvergne, était le cadet d'une fratrie de trois garçons ; il avait six ans de plus que Jérôme alors que deux années seulement le séparaient de Jean, le frère aîné. Aussi avait-il toujours gardé à l'égard du benjamin une condescendance dont Jérôme aurait pu prendre ombrage. Pourtant, le jeune homme n'en avait cure ; comme Jean, c'était ce que l'on appelle un « heureux caractère », il riait, traitait son frère de rabat-joie ou de bonnet de nuit et n'en faisait qu'à sa guise. Toujours célibataire à vingt-huit ans, il adorait ses neveux et nièces, et tout particulièrement Line qu'il voyait chaque semaine ou presque.

Lorsque, des années plus tôt, ils fréquentaient l'école primaire du bourg, on appelait les frères Berthaud « les trois J ». Jean et Jérôme avaient toujours de bons camarades de jeu alors que, la plupart du temps, Jocelyn, bourru et renfrogné, restait seul dans son coin. Sa mère s'en désolait alors que son père, lui, n'en avait cure :

— Ne te soucie donc pas, disait-il, désinvolte, la vie se chargera bien de le changer et de lui forger le caractère.

Casimir Berthaud se trompait grandement. Son fils cadet n'avait pas mis « d'eau dans son vin », ou alors très peu. Si bien que l'on s'étonnait toujours de le voir marié à Blanche, jeune femme toujours gracieuse et enjouée. « Le jour et la nuit ! » affirmait Émilienne. La mère de celle-ci avait à l'égard du couple Berthaud une expression plus imagée encore : « L'*ajasse* mariée avec le coucou ! ». En patois de la région, l'ajasse signifie la pie et l'on avait coutume, dans la campagne auvergnate, de désigner ainsi un couple on ne peut plus mal assorti.

La jeune employée de maison était entrée au service des Berthaud quelques jours après leur mariage, huit ans plus tôt, alors qu'elle n'avait que dix-sept ans. Elle s'était toujours très bien entendue avec sa jeune patronne, douce et peu exigeante. Blanche était la fille d'un dentiste d'une petite ville proche et avait été élevée dans un milieu bourgeois. Pourtant, elle ne toisait pas, il s'en faut, les villageois de Saint-Géraud comme le faisait par exemple l'épouse du médecin, le vieux Dr Marchand, ou les quelques rentières, toutes très âgées à vrai dire, qui habitaient les plus belles maisons du bourg.

Blanche Laforgue avait eu la douleur de perdre sa mère à l'âge de dix-huit ans. Lors de son mariage, trois ans après ce deuil, elle avait insisté pour que son père prenne sa retraite et vienne vivre auprès d'elle. Il avait refusé et, peu après la naissance de Line, une crise cardiaque l'avait lui aussi emporté. Ceci expliquait sans doute que Blanche n'avait jamais considéré la jeune Émilienne comme une domestique mais plutôt comme une amie.

Très vite, elle s'était liée avec Lucie Delsort, l'épouse du pharmacien, à peine plus âgée qu'elle et déjà maman d'une petite Élisabeth. Un peu plus tard, Line et la fillette devenaient amies. Les petites jouaient dans le jardin de l'une ou de l'autre, bientôt accompagnées de Louis, le petit frère d'Élisabeth, appelée Babeth pour simplifier.

Lorsque, l'automne précédent, Line était entrée à l'école du bourg, la fillette, déjà en classe de CE1, l'avait guidée et protégée au milieu de la nombreuse troupe d'écolières. En classe enfantine, la fille de Blanche faisait alors ses apprentissages, toute fière de montrer le soir à ses parents le cahier où s'alignaient les *a*, les *i*, les *1*, les *2* et quelques dessins touchants de maladresse. Si son père ne faisait que jeter un coup d'œil en disant simplement : « C'est bien » avant de se replonger dans son journal, Blanche au contraire s'extasiait.

— C'est un moineau, là, dans le grand arbre ? Et le petit garçon avec sa toupie, c'est Louis, n'est-ce pas ? Oh, là je reconnais le chat noir de Mme Portal, il est très réussi, vraiment !

La mère de Line se gardait bien de faire remarquer que le moineau avait la taille d'un dindon, que le chat avait six pattes et des oreilles plus longues que celles d'un âne ! Enfin, c'était au tour d'Émilienne de complimenter la fillette et elle ne ménageait pas ses éloges pour le plus grand plaisir de Line. Après le goûter, Blanche reprenait avec sa fille la leçon de lecture du jour avant de guider sa main encore maladroite pour tracer à la craie sur l'ardoise les lettres et les chiffres à étudier.

Chaque vendredi, Line attendait impatiemment son jeune oncle ; généralement il arrivait le samedi en fin de matinée ou, au plus tard, en début d'après-midi pour repartir le lundi matin très tôt, bien avant le réveil de sa nièce. Durant ses séjours à Saint-Géraud, Jérôme occupait sa chambre d'enfant. En effet, au décès de leur père, Jocelyn avait payé la part de ses frères et gardé la maison familiale où tous les trois avaient grandi. Jean y venait fort peu. Architecte, il habitait Grenoble avec son épouse Gloria et leurs quatre enfants. Pourtant, tous passaient régulièrement le mois d'août à Saint-Géraud.

Jérôme était avocat ; pour plus de facilité, il habitait Riom-le-Beau, tout près de Clermont-Ferrand ; là en effet se trouvait le palais de justice où il plaidait seul ou aux côtés de Victor Renoir, son associé. Le jeune homme n'avait jamais demandé à Jocelyn si sa présence chaque fin de semaine à son foyer lui agréait ou non ; pour lui, la maison familiale était encore un peu la sienne et Blanche, sa belle-sœur, lui avait toujours fait bon accueil.

— Qu'attends-tu pour prendre une épouse ? demandait-elle parfois, mi-sérieuse mi-amusée. Tu approches de la trentaine, il est peut-être temps de songer au mariage, ne crois-tu pas ?

— Tu cherches à te débarrasser de moi, ce n'est pas gentil ! Pourtant, ne te réjouis pas trop vite, même marié je reviendrai toujours, avec une épouse et bientôt une flopée d'enfants ! Mais si cela arrive un jour, je crains que mon frère ne finisse par me mettre à la porte !

Là-dessus, le jeune homme éclatait de rire et Blanche faisait écho. Elle avait une grande affection pour Jérôme, autant que s'il avait été son jeune frère ; sa gaieté était si réconfortante alors que, elle devait bien se l'avouer, la morosité de son époux finissait par être lassante, parfois même à peine supportable. La jeune femme en appréciait d'autant plus la présence de la gentille Émilienne et, naturellement, de sa chère petite Line. L'amitié de Lucie Delsort et de deux ou trois autres personnes de son entourage lui était également très précieuse. Blanche regrettait infiniment que Gloria, sa belle-sœur, habite si loin de l'Auvergne ; les deux jeunes femmes s'entendaient merveilleusement bien lorsque les vacances d'été ramenaient Jean et sa famille à Saint-Géraud. Jocelyn avait toujours refusé de séjourner ne serait-ce que quelques jours à Grenoble, mais Blanche se promettait bien de s'y rendre avec Line, lorsque cette dernière aurait un peu grandi.

La fillette regrettait beaucoup de ne plus avoir ni grand-père ni grand-mère, contrairement à Élisabeth et Louis. En compensation, elle adorait accompagner Émilienne chez ses parents. Elle ne le confiait à personne, mais pour elle Maria et Norbert Valais tenaient un peu, sans le savoir, le rôle de grands-parents.

— Te voilà, ma petite caille ! s'exclamait Maria à l'entrée de Line accompagnée de sa fille. Quel bon vent t'amène ? Tu arrives à point, je viens de cuire un gâteau aux pommes (ou une tarte au sucre ou un flan aux pruneaux ou des crêpes de sarrasin…). Viens donc me faire la bise avant de goûter ! Norbert va être content de te voir, lui aussi, tu nous manques, c'est bien vrai !

Après s'être régalée et avoir mille fois remercié Maria, Line gagnait l'atelier où Norbert et son ouvrier exerçaient leur activité de charron.

— Recule donc, petite malheureuse ! alertait Émilienne, toujours vigilante, si la fillette approchait un peu trop près du brasier où rougissait la jante de fer destinée à cercler une roue de charrette.

René, l'apprenti, protégé comme les deux hommes par un épais tablier de cuir noirci, activait l'énorme soufflet au sein des braises rougeoyantes.

Dès que Norbert pouvait s'accorder une petite pause, il sortait dans la cour pour embrasser sa fille et tendre sa joue à Line pour le plaisir de l'entendre s'exclamer :

— Bonjour Norbert. Oh, qu'est-ce que ça pique !

— Aurais-tu oublié que je suis un vieux hérisson, mon petit canard ? riait le brave homme. Maria t'a donné un goûter, au moins ? Et où donc êtes-vous parties, gentilles demoiselles ?

— Nous allons lever les œufs dans le poulailler, répondait Émilienne. Mme Berthaud m'a demandé de lui en rapporter une douzaine, si les poules ont été vaillantes, bien sûr.

— On repassera dire au revoir avant de partir, promettait Line.

— Je l'espère bien. Allez, et attention au gros coq rouge, il dévore une petite fille tous les matins pour son petit déjeuner.

En proférant cet énorme mensonge, Norbert roulait des yeux méchants et relevait sa grosse moustache en bataille pour amuser la fillette. Line éclatait de rire en rétorquant :

— Le gros coq rouge ne me fait pas peur, s'il m'attaque, je lui tordrai le cou !

Naturellement, elle fanfaronnait ; à l'approche du vieux coq, parfaitement inoffensif, elle se serrait du mieux possible contre les jambes d'Émilienne qui riait de bon cœur.

— Si tu étais un grain de blé ou une miette de pain, il s'en prendrait sûrement à toi mais, je te rassure, tu ne l'intéresses pas du tout !

Certains jours, Line aidait Maria à nourrir les lapins blottis dans le foin de leur cage. Ou bien elle accompagnait les deux femmes au potager pour cueillir des légumes, à la saison elle se régalait de fraises bien mûres.

— Surtout, recommandait Maria, ne prends pas celles qui ont des petits trous faits par les limaces, c'est sale et ça pourrait te donner des boutons sur les lèvres !

Mais l'heure tournait, le temps passait trop vite, il fallait rentrer.

— Allez, on se sauve à présent, disait Émilienne, j'ai un dîner à préparer, moi. Si M. le juge trouve son assiette vide, il me fera jeter en prison, c'est sûr !

Puis, très vite, devant la mine un peu inquiète de Line, elle s'empressait d'ajouter :

— Mais je plaisante, voyons, nous ne sommes pas en retard et M. le juge ne ferait jamais une chose pareille, il n'est pas si méchant !

Line quittait à regret Norbert et Maria, leur promettait de revenir très vite. La plupart du temps, elle emportait un dessert pour elle et aussi pour ses parents.

— As-tu bien remercié Mme Valais, au moins ? demandait sa mère.

— Oh oui, bien sûr, et je lui ai fait trois grosses bises !

Pendant ce temps, Émilienne battait quelques œufs frais pour une omelette. Blanche dressait le couvert dans la salle à manger et Line l'aidait de son mieux. Jocelyn quittait son bureau et l'on passait à table.

III

Le cadeau de Jérôme

LA DEMIE DE 7 HEURES n'avait pas encore sonné ce samedi-là et Line était déjà debout, aux aguets sur le palier du premier étage. Impatiente, elle attendait l'arrivée d'Émilienne tout en surveillant la porte de la chambre de ses parents, prête à s'enfuir si son père apparaissait soudain.

Enfin, la porte d'entrée du rez-de-chaussée s'ouvrit et, de son poste d'observation, la fillette vit Émilienne qui, comme chaque matin, le dimanche excepté, venait prendre son service. Alors la petite, pieds nus, silencieuse comme un chat, descendit à la cuisine.

— Milie, bonjour, c'est seulement moi...

— Oh, tu m'as fait peur ! Mais quelle idée de te lever si tôt ! Ton père va descendre d'une minute à l'autre, gare à toi s'il te trouve ici. Allons, va vite te recoucher !

Déçue, Line obéit avec un gros soupir. Mais, au lieu de regagner son lit, elle se blottit derrière le double-rideau de sa fenêtre pour surveiller la cour. Bientôt, elle entendit son père descendre à la salle à manger, puis plus rien. Dieu qu'il mettait longtemps pour prendre son petit déjeuner ! Dans la maison à nouveau silencieuse, la fillette, immobile, sentait le sommeil la gagner ; elle résista de son mieux, observa le grand frêne fièrement campé face à elle. Dommage, elle ne voyait aucun oiseau tant le feuillage verdoyant du vieil arbre était dense. Enfin, le juge apparut de dos dans la cour, vêtu comme toujours de son strict costume gris, son feutre sur la tête, sa serviette de cuir noir à la main gauche.

Line compta jusqu'à cinquante, le temps qu'il s'éloigne suffisamment, avant de descendre rejoindre Émilienne.

— Te revoilà ! Ta mère ne sera pas contente de te trouver ici. Un enfant doit dormir beaucoup et…

— Mais justement, je ne peux pas me rendormir, je ne fais pas exprès ! C'est parce que j'attends oncle Jérôme…

— Oh oui, tu l'attends, c'est sûr, mais tu attends surtout le cadeau promis, je me trompe ?

Émilienne riait et Line, penaude, baissait la tête.

— Allons, je vais te servir ton petit déjeuner, le temps passera plus vite. Mais tu ne viendras pas te plaindre que tu as faim dès 11 heures, d'accord ?

La fillette achevait sa tartine lorsque sa mère entra, encore en robe de chambre.

— Déjà levée, ma chérie ? Tu as fait un cauchemar ?

Blanche se penchait pour embrasser la joue rose de sa fille tout en répondant au bonjour d'Émilienne. Puis elle s'empara d'un bol, le remplit de café et s'installa près de Line, un peu confuse. Elle ne mentit pas à sa mère ; celle-ci avait toutes les indulgences mais détestait le manque de franchise.

— C'est que... Il me tarde tant que Jérôme arrive... avec mon cadeau.

— Je m'en doutais, répliqua Blanche en riant, avec un clin d'œil à Émilienne. Mais je te comprends et je ne te gronderai pas. Quand j'aurai déjeuné, nous irons faire ta toilette. Il faut que tu sois très belle aujourd'hui puisque c'est un peu ton anniversaire. Quelle robe veux-tu mettre ?

— La blanche avec les petites fleurs roses et vertes ! C'est une robe du dimanche, je sais, mais pour une fois. Dis oui, maman, s'il te plaît !

Blanche était d'accord et sa fille lui sauta au cou.

— Vous nous avez apporté le poulet, Émilienne ?

— Bien sûr madame, et aussi les haricots verts. D'ailleurs, je vais les effiler tout de suite, avant d'aller faire les chambres.

— Très bien. Quand nous serons prêtes, Line et moi irons à la boulangerie chercher le pain et la commande passée l'autre jour.

— C'est un gâteau, n'est-ce pas ? demanda la fillette, la mine gourmande. Un moka ? Un mille-feuille ?

— Un saint-honoré, ma chérie, tu es contente ?

— Oui, oh oui ! C'est un de mes préférés, et oncle Jérôme l'adore lui aussi.

*

* *

Pour ne pas salir sa belle robe, Line restait sagement assise sur un banc du jardin ; elle feuilletait un livre d'images mais ne pouvait s'empêcher de guetter l'arrivée de son oncle. De temps à autre, elle courait jusqu'à la cuisine pour demander l'heure.

— Mais calme-toi, voyons, grondait Émilienne. Ton oncle ne va pas tarder, j'en suis sûre !

Blanche dressait une belle table dans la salle à manger qu'elle venait de fleurir. Par ce temps chaud, la jeune femme aurait aimé déjeuner dans le jardin, sous le gros tilleul, mais Jocelyn avait horreur de prendre ses repas dehors : les insectes le dérangeaient, le moindre souffle de brise aussi, bref il était intransigeant sur ce sujet-là, et sur bien d'autres aussi d'ailleurs. Il fallait à son épouse une patience d'ange pour vivre à ses côtés ; de plus en plus souvent, elle songeait que sans la présence de Line son existence aurait été difficile. Pourtant, elle aimait Jocelyn, et lui aussi l'aimait, mais il fallait beaucoup de résignation et de mansuétude pour rester près de lui au quotidien. Il semblait à Blanche que plus le temps passait, plus elle devait faire de concessions. Se lasserait-elle un jour ? Elle préférait laisser cette question en suspens et ne pas l'approfondir.

— Maman, maman, Jérôme arrive ! Je viens de voir sa voiture devant la grille !

Pendant que son oncle récupérait son gros sac de voyage sur la banquette arrière de sa voiture, Line ne tenait pas en place, tournait en sautillant autour du véhicule. Enfin, elle jeta ses bras autour du cou du jeune homme pour l'embrasser avant de dire :

— Te voilà enfin ! Je n'en pouvais plus de t'attendre !

— Je le vois bien, fit Jérôme en riant. Mais tu vas m'étouffer, petit vampire ! Ton impatience ne viendrait-elle pas de ce que tu attends ton cadeau ?

— Si, avoua la fillette en rougissant. Où est-il caché ? Dans ton sac ?

— Oh, je crois que je l'ai oublié ! dit le jeune homme avec un clin d'œil à Blanche qui venait de les rejoindre à l'entrée de la cour.

Line ne savait que penser mais elle avait la quasi-certitude que son oncle voulait la taquiner. Ce dernier salua sa belle-sœur et ouvrit le coffre arrière de la voiture.

— Regarde !

La fillette se pencha un peu pour découvrir, au creux d'une corbeille de vannerie garnie d'un plaid écossais, un minuscule chiot noir et blanc à poil mi-long et aux grandes oreilles pendantes ; il venait sans doute de se réveiller car il se mit aussitôt à bâiller, découvrant sa gueule rose et ses petites dents pointues.

— Un petit chien ! Qu'il est mignon ! C'est pour moi, tu es sûr ?

— Tout à fait sûr, c'est ton cadeau d'anniversaire. Il te plaît ?

— Oui, oh oui ! Regarde maman comme il a l'air gentil. Je peux le prendre dans mes bras ?

Jérôme se pencha pour saisir doucement le chiot et le déposer dans les bras de sa nièce. Le petit animal, tout tremblant, se blottit contre la fillette au comble du bonheur.

— C'est une petite chienne, un cocker hollandais, elle a deux mois et demi. Tu vas devoir lui trouver un nom.

— Je sais, je vais l'appeler Flicka, comme la chienne d'une très belle histoire que maman m'a lue. C'est bien, tu crois ?

— Très bien. Et je suis sûr que tu ne connais pas la particularité de cette race. Sa peau est bleu foncé.

Doucement, Jérôme écarta les poils du cou de la chienne et Line put vérifier qu'il ne mentait pas : la peau était vraiment d'un bleu presque noir.

— C'est un chien de chasse, dit encore Jérôme, comme les deux setters du père de ton amie Babeth.

— Mais papa ne chasse pas ! s'exclama Line. Et j'ai très peur qu'il ne soit pas d'accord pour que je garde Flicka…

Des larmes montaient dans les yeux de la fillette qui jeta à sa mère un regard désespéré.

— Ne t'inquiète pas, ma chérie, Jérôme nous a demandé notre accord, à papa et à moi.

— Et il a dit oui, vraiment ?

— En effet, rassure-toi. D'ailleurs, Flicka n'aura aucunement besoin de chasser. Elle a un très grand jardin pour gambader à sa guise. Et puis tu pourras l'emmener en promenade. Si tu l'habitues à la laisse quand elle aura un peu grandi, elle pourra même venir faire les courses avec toi et ta maman. Alors, es-tu contente de mon cadeau ?

— Pardon, je ne t'ai pas dit merci, mais rien ne pouvait me faire plus plaisir. Approche, s'il te plaît, que je t'embrasse. Et puis tu peux m'expliquer pourquoi tu me donnes mon cadeau si longtemps à l'avance ?

— Tout à fait. Victor Renoir, que tu connais, a un ami dont la chienne a eu une portée de cinq chiots ; il lui a demandé s'il pouvait lui en donner un. On doit laisser les petits avec leur mère pendant au moins deux mois, jusqu'à ce qu'ils soient sevrés. Mais, après, il ne faut pas attendre trop longtemps, sinon le chiot aura beaucoup de mal à s'habituer à son maître. Deux mois et demi, c'est le bon moment. Voilà pourquoi je ne pouvais pas attendre le 7 octobre pour te donner ton cadeau.

Victor Renoir, l'associé de Jérôme, venait parfois à Saint-Géraud à la saison de la chasse. Contre toute attente, Jocelyn l'appréciait et acceptait de le recevoir en compagnie de son frère, de temps à autre. Jérôme vivait seul et n'avait pas de chien ; aussi était-il heureux de profiter des deux chiens de chasse de son ami : Dick, un chien courant, et Max, un épagneul breton, chien d'arrêt par excellence. Selon que les deux hommes désiraient courir le lièvre ou lever faisans et perdrix, l'un ou l'autre des chiens accompagnait son maître à Saint-Géraud.

Lorsque Victor était absent, Jérôme chassait généralement avec le pharmacien, Pierre Delsort, le père de Louis et de Babeth.

— Il faut que je montre Flicka à Milie, dit soudain Line. Et puis on devra trouver l'endroit où l'on mettra sa corbeille. Oncle Jérôme, tu crois qu'elle a faim ?

— Non, elle a déjeuné ce matin en même temps que moi. Il faudra simplement lui donner un peu à boire. Sinon deux repas, matin et soir, seront suffisants. Et ne va pas lui donner du sucre surtout, ce n'est pas bon pour elle.

Émilienne fit bon accueil à la nouvelle amie de Line ; elle versa un peu de lait coupé d'eau dans une écuelle et Flicka ne se fit pas prier pour se désaltérer.

— Maman, je pourrai la prendre dans ma chambre la nuit ?

— Certainement pas, papa se fâcherait. Nous allons l'installer dans le corridor.

— Oh, mais il y fait trop froid en hiver !

— Nous avons le temps d'y penser. À la mauvaise saison, il suffira de mettre sa corbeille au bout du couloir, tout contre le mur de la cuisine.

— Ou bien dans la cuisine même, n'est-ce pas Milie ?

— Si ta chienne est propre et bien sage, je dirai peut-être oui…

Flicka avait fini de boire et elle se léchait les babines lorsque le maître de maison parut à la porte restée grande ouverte sur la fraîcheur relative de la cour. Tous les regards se tournèrent vers lui. Malgré les affirmations de sa mère et de son oncle, Line était légèrement anxieuse.

— Ah, voilà donc le fauve en question ! fit Jocelyn. Il n'a pas l'air bien dangereux, pour l'instant. Es-tu contente au moins ?

— Oh oui, très très contente ! Merci d'avoir dit oui à Jérôme pour ce cadeau d'anniversaire. C'est une petite chienne, je l'ai appelée Flicka. Je la dresserai bien, tu verras, elle sera très sage, promis.

Flicka tentait maladroitement de monter dans sa corbeille. Line la prit dans ses bras pour la déposer doucement sur sa couverture. La chienne tourna un peu en rond, s'installa confortablement et bâilla deux ou trois fois ; puis elle ferma les yeux, posa son petit museau noir sur ses pattes et se rendormit, sous le regard attendri de toute la maisonnée.

— Eh bien, remarqua Blanche, on dirait que le voyage l'a épuisée ! Laissons-la dormir et passons à table.

De sa place, Line jetait de temps à autre un coup d'œil inquiet sur sa nouvelle amie par la porte laissée grande ouverte. Rassurée, elle fit honneur au repas, comme tous d'ailleurs. L'attitude de son père la surprenait agréablement. Pourvu que Flicka, une fois habituée à son nouvel environnement, ne fasse pas trop de bêtises. La fillette était bien décidée à y veiller sans relâche pour prévenir et éviter le moindre conflit avec M. le juge.

IV

Les cousins de Grenoble

Comme il fallait s'y attendre, lorsque la petite chienne eut pris ses marques dans sa nouvelle maison, elle cumula bientôt les sottises. Line lui avait donné un jouet, un pantin de caoutchouc qu'elle mordillait avec enthousiasme. Hélas, elle avait une prédilection pour les chaussures, les pantoufles en particulier ; si bien que l'on dut scrupuleusement veiller à toujours refermer la porte du petit meuble de l'entrée où s'alignaient les chaussures de Line et de ses parents.

Les mules roses à pompon de la maîtresse de maison ne résistèrent pas longtemps aux petites dents pointues de Flicka ; les pompons, mâchouillés encore et encore, furent très vite transformés en charpie.

— Vilaine fille, gronda Blanche en mettant l'objet du délit sous le nez de la petite chienne. Regarde un peu ce que tu as fait !

Au ton sévère de la jeune femme, Flicka comprit fort bien qu'elle avait mal agi. Pour se faire pardonner, elle se mit à lui lécher les mains, la tête penchée, l'air confus, si bien que Blanche éclata de rire. Inquiète, Line assistait à la scène ; soulagée devant la réaction de sa mère, elle réprimanda pourtant sa chienne en s'efforçant de prendre une grosse voix :

— Petit démon ! Puisque c'est ainsi, tu n'iras pas courir après ma balle dans le jardin ! Allez, va te coucher, tu es punie !

Tête basse, la chienne grimpa aussitôt dans sa corbeille où elle se roula en boule en soupirant.

— Tu as vu, maman, comme elle est intelligente ! Elle a compris tout de suite qu'elle avait fait une très grosse bêtise. Jérôme m'a bien recommandé de la faire obéir et j'y arrive très bien.

Toute fière de son autorité, la fillette leva pourtant très vite la punition : se priver de lancer la balle et de courir dans l'herbe avec Flicka, voilà qui la punissait elle aussi !

Suivant les recommandations de son oncle, Line veillait tout particulièrement au comportement de sa chienne lorsqu'elles jouaient ensemble dans le jardin.

— Les chiens ont tendance à gratter pour déterrer les plantes. Fais bien attention aux fleurs de ta mère, à ses rosiers et autres arbustes. Livrée à elle-même, Flicka peut faire pas mal de dégâts dans les plantations !

— Oh, mais elle est encore trop petite, tu ne penses pas ?

— Pour l'instant peut-être. Mais elle va grandir très vite, tu dois dès maintenant lui donner de bonnes habitudes.

Le père de Line tolérait la présence de la nouvelle venue, à condition qu'elle n'entre jamais dans son bureau. Comme l'escalier qui menait aux chambres, la pièce lui était donc interdite. Il était relativement facile de respecter cette consigne ; en l'absence du juge, la porte restait toujours fermée et il en était de même lorsque, le soir, il y travaillait.

Le lendemain de son arrivée, Flicka avait suivi Émilienne, entrée dans la pièce interdite pour y faire le ménage, mais, renvoyée aussitôt dans le corridor, la chienne avait fort bien compris que cet endroit n'était pas pour elle et, après quelques tentatives, elle avait vite renoncé.

*

* *

La fin juillet était proche et Line attendait impatiemment la venue de ses cousins. Son oncle Jean et sa famille arriveraient le 1er août, comme d'habitude, pour passer un mois de vacances en famille. Plus encore que d'habitude, la fillette espérait cette arrivée prochaine, il lui tardait tellement de leur présenter Flicka.

Elle adorait Gloria, sa tante, toujours d'humeur joyeuse et qui s'entendait à merveille avec la mère de la fillette. De même, Jean était un homme affable, plus pondéré sans doute que son épouse mais plein d'affection pour sa nièce et ses propres enfants. Contrairement à Jocelyn, il jouait volontiers avec eux dans le jardin, les emmenait en promenade, lisait des histoires aux plus jeunes si la pluie les confinait à l'intérieur.

La maison résonnait alors de cris joyeux, de cavalcades dans l'escalier. Jocelyn supportait ce bouleversement dans sa vie trop bien rangée en se disant que quatre semaines passaient finalement assez vite ; il lui suffirait, comme chaque année, de patienter jusqu'à la fin du séjour des fauteurs de trouble. Il aurait aimé travailler à ce moment-là, hélas, les bureaux de la sous-préfecture dont il dépendait fermaient leurs portes chaque année en août, l'obligeant à prendre ses congés annuels à la même période.

— Papa, plus que deux jours avant l'arrivée de mes cousins ! annonça Line un soir au dîner. Je suis si contente ! On va bien s'amuser tous ensemble !

— Ainsi, les envahisseurs approchent… Jean et sa tribu ! Fini ma tranquillité !

— Jocelyn, tout de même ! reprocha aussitôt Blanche. Comment peux-tu parler ainsi de ton frère et de sa famille ?

— Mais enfin, je plaisante !

Blanche n'en était pas vraiment certaine mais elle préféra ne pas insister et faire semblant de le croire.

La « tribu » du frère aîné de son époux se composait de trois garçons et d'une fille. D'origine anglaise, l'épouse de Jean avait donné à ses enfants des prénoms en usage dans son pays. Christopher venait d'avoir dix ans, John neuf, Sibylle sept et Michaël, le petit dernier, cinq. Pour sa fille exceptée, Gloria usait de diminutifs que Jocelyn trouvait ridicules. Il était d'ailleurs le seul à appeler sa fille Adeline, devenue Line pour tous, même pour sa maîtresse d'école. Il ne supportait pas non plus d'entendre la fillette dire Milie pour Émilienne, ou Babeth pour Élisabeth.

— À quoi sert de donner un prénom à quelqu'un pour le transformer aussitôt de manière absurde ? avait-il coutume de dire.

Christopher était donc Chris, John était devenu Johnny et le petit Michaël tout naturellement Mike. Seule Sibylle avait conservé son prénom entier. Leurs parents s'étaient rencontrés à Paris douze ans plus tôt. Gloria séjournait chez une amie de sa mère et Jean terminait ses études d'architecte. À l'époque, il aurait pu se contenter d'étudier à l'école des beaux-arts dans la capitale auvergnate ; pourtant, avec l'accord de son père, le jeune homme avait préféré obtenir un diplôme reconnu par le gouvernement, beaucoup plus apprécié par la clientèle, d'où son exil parisien quelques années durant.

Jacques Berthaud, le frère de Casimir et par conséquent l'oncle de ses enfants, déplorait de ne pas avoir de fils pour reprendre son cabinet d'architecture installé à Grenoble, ville de naissance de son épouse. Il avait donc proposé à Jean de lui succéder et ce dernier avait accepté avec empressement. Jaloux, Jocelyn avait exprimé sa rancœur devant son père.

— Enfin, c'est ridicule, avait dit ce dernier. Tu as voulu reprendre ma charge de juge de paix et tu finis des études de droit. Que ferais-tu donc d'un cabinet d'architecte, je te demande un peu ?

— Ce n'est pas ce qui m'intéresse et tu le sais très bien. Simplement, notre oncle avantage Jean sans raison aucune, alors que Jérôme et moi-même aurions droit nous aussi à une part de son héritage, non ?

— Jacques peut compenser autrement. Il n'est pas mort, que je sache ?

Le père et le fils en étaient restés là. Mais l'avenir avait donné raison à Casimir : au décès de Jacques, comme leur aîné, Jocelyn et Jérôme figuraient sur son testament.

Lorsque Jean avait présenté Gloria à son père – sa mère, hélas, était décédée quatre ans plus tôt –, Casimir avait été aussitôt conquis par la gentillesse et la spontanéité de la jeune Anglaise. Elle déplorait de ne plus voir son père depuis ses quatorze ans, lorsque ses parents avaient divorcé. Depuis, elle et sa mère habitaient Londres, chez les grands-parents maternels de Gloria qui vivaient à l'aise : son grand-père avait dirigé une banque importante. La mère de la jeune fille avait depuis ouvert une maison de couture florissante, spécialisée dans la mode enfantine.

Devant l'enthousiasme manifeste de leur père pour sa future belle-fille, Jocelyn n'avait pu s'empêcher de glisser à Jérôme :

— Vraiment, j'ai du mal à comprendre l'engouement de papa pour la fiancée de Jean. Une fille de divorcés !

— Moi, je comprends très bien, avait répliqué Jérôme encore adolescent. Elle est merveilleuse ! Je suis certain que le divorce de ses parents l'a rendue très malheureuse, tout comme moi tu sais fort bien qu'elle n'y est pour rien. Alors pourquoi le lui reprocher ?

— Je ne le lui reproche pas, je dis simplement que les relations de papa n'apprécieront certainement pas la situation.

— Papa s'en moque, et il a entièrement raison, crois-moi !

*

* *

Comme Line s'y attendait, Flicka remporta tous les suffrages lorsque ses cousins la découvrirent près de sa petite maîtresse. Son petit bout de queue tout frétillant, ses bonds joyeux autour des quatre enfants montraient assez qu'elle n'attendait qu'une chose : jouer avec eux.

Bientôt, toute la petite troupe gambadait dans le jardin ; ce serait à qui lancerait la balle que la chienne, haletante, rapportait à l'un ou à l'autre avec empressement. Sibylle, qui partageait la chambre de Line, regrettait que Flicka ne puisse venir dormir avec elles.

— Elle n'a pas le droit de monter à l'étage et elle le sait très bien. Si par malheur papa la découvrait là-haut, il serait bien capable de me l'enlever, alors...

Sibylle n'avait pas insisté, elle connaissait assez la sévérité de son oncle pour savoir que Line disait vrai.

— À présent, laissons mes frères jouer avec Flicka, je vais aller aider maman et défaire ma valise. Elle a bien assez de travail pour organiser la chambre des garçons.

Seule fille de la tribu, à sept ans seulement Sibylle secondait toujours sa mère de son mieux. Elle s'occupait tout particulièrement de Mike, le benjamin qui venait souvent se plaindre auprès d'elle des taquineries des deux aînés.

— Je vais le dire à maman ! pleurnichait-il.

— Mais non, laisse donc maman tranquille, elle a assez à faire. Viens, on va jouer tous les deux. Ou bien, si tu préfères, je peux te lire une histoire.

Le petit séchait ses larmes, se blottissait contre sa grande sœur et, le pouce dans la bouche, il écoutait l'histoire des *Trois Petits Loups un peu fous* ou celle de *Pinpin, le petit lapin bleu*, sa préférée.

En grimpant l'escalier en compagnie de sa cousine, Line demanda soudain :

— Est-ce que ta grand-mère est venue de Londres cet été ?

— Oui, elle a passé tout le mois de juillet chez nous et, comme d'habitude, elle nous a beaucoup gâtés. Je l'adore, grand-mère Jenny.

Line était vaguement jalouse ; elle n'avait pas de grand-mère et cela lui manquait beaucoup. Ainsi son amie Babeth et Louis, accompagnés de leur mère, passaient toujours le mois d'août chez leurs grands-parents tout près de Blois ; Line les enviait vivement lorsque, au retour, Babeth racontait les sorties en forêt, les parties de pêche avec son grand-père, les desserts fabuleux concoctés par sa grand-mère pour le goûter ou les pique-niques.

Dans l'esprit de la fillette, Londres, et donc l'Angleterre, se situait au moins à des milliers de kilomètres de l'Auvergne. Naïvement, elle s'imaginait ce pays comme un eldorado.

— J'aimerais tant aller à Londres, moi aussi…

— Oh mais, quand nous serons devenues des jeunes filles, nous irons ensemble, je te promets. Sans nos parents, sans les garçons, seulement nous deux ce sera extraordinaire, tu verras !

Line faisait entièrement confiance à Sibylle ; pas un instant elle ne doutait que ce projet commun se réaliserait. Il lui tardait tellement de grandir pour, enfin, gagner son indépendance et voyager avec sa cousine qu'elle aimait et admirait plus que tout au monde.

Les chambres installées, Gloria et les deux filles redescendaient lorsque Jean apparut au bas de l'escalier.

— Blanche m'a chargée de vous dire que le déjeuner est prêt. Gageons que mon juge de frère s'impatiente, nous perturbons ses habitudes, il est midi et demi passé ! J'ai envoyé les garçons se laver les mains, allons-y vite !

Jean avait un grand sourire. Simultanément, Line et Sibylle sautèrent dans ses bras.

— Et si nous allions nous baigner cet après-midi, papa ?

— Ta tante a prévu cela pour demain. Nous emporterons un repas froid et partirons tout de suite après le petit déjeuner pour passer la journée au bord du lac Chambon. Qu'en dites-vous, les filles ?

Les petites poussèrent des cris de joie et l'on s'installa dans la salle à manger. C'était une grande tablée de neuf personnes. Les enfants se comportaient bien. Malgré leur indulgence, Jean et Gloria savaient être stricts sur les règles de politesse et de savoir-vivre. De plus, les garçons craignaient leur oncle ; si besoin, un seul froncement de sourcils de sa part les rappelait à l'ordre.

Gloria aida Blanche à faire le service car Émilienne avait assez à faire en cuisine avec autant de convives à régaler. Les assiettes remplies, les cinq enfants dégustèrent en silence leur tranche de melon bien frais accompagné de lamelles de jambon cru. Seuls les adultes conversaient. Blanche s'informait de la santé de la mère de Gloria qui venait au secours de Mike, encore un peu maladroit pour manier son couteau. Jean et Jocelyn parlaient politique, commentaient les dernières nouvelles entendues à la radio. Le dessert avalé, les enfants obtinrent la permission de sortir de table et les parents dégustèrent tranquillement leur café. Jocelyn offrit un digestif à son frère. Les vacances communes commençaient sous de bons augures et les deux belles-sœurs s'en réjouissaient.

V

L'accident

Pour Line, le mois d'août passa beaucoup trop vite. Ses cousins repartis, elle trouva la maison bien vide et bien silencieuse ; par chance, il lui restait Flicka. La petite chienne était pour elle une amie, presque une sœur. Blottie contre son corps doux et chaud, Line lui faisait des confidences, certaine que Flicka comprenait chaque mot de ses discours.

Pour distraire sa fille, Blanche décida qu'il était temps d'apprendre à la chienne à marcher en laisse. Les premiers jours, elle tirait si fort que Line craignait de la voir s'étrangler ; puis, petit à petit, elle s'habitua à marcher sagement entre ses deux maîtresses. Blanche avait d'abord choisi des chemins de campagne pour de petites promenades, puis on s'aventura dans les rues du bourg, enfin dans les commerces.

Si Flicka se comportait bien, elle prenait peur à la vue de l'un de ses congénères, même s'il ne se montrait pas agressif ; tremblante, elle se serrait contre les jambes de Blanche qui s'efforçait de la rassurer. Line se penchait vers elle, la caressait et disait doucement :

— N'aie pas peur, personne ne va te faire de mal, maman et moi nous sommes là pour te protéger !

Le danger potentiel éloigné, la promenade reprenait tranquillement son cours. Très vite, les principaux commerçants du bourg apprirent à connaître Flicka. On s'arrêtait à l'épicerie, chez le boulanger, le quincaillier, le marchand de fruits et légumes et, naturellement, à la pharmacie ; s'ils se trouvaient là, Babeth et Louis venaient flatter la petite chienne qui manifestait sa joie en les reconnaissant.

Blanche avait un peu hésité avant de laisser entrer Flicka dans le magasin de M. Mainard, le boucher. L'odeur de la viande n'allait-elle pas l'inciter à mal se conduire ? Aussi, la première fois, préféra-t-elle la laisser sur le trottoir, à la garde de Line.

— Oh, votre petite bête peut fort bien entrer avec vous, madame Berthaud, du moment qu'elle est en laisse !

Mme Mainard ouvrit elle-même la porte de la boutique. Frétillante, Flicka se mit à renifler les bonnes odeurs de cet endroit où, à n'en pas douter, on trouvait des choses intéressantes et forcément délicieuses.

— M. le juge va-il se mettre à chasser ? demanda le boucher en coupant des côtelettes à grands coups de tranchoir. Ou bien ce jeune chien d'arrêt appartient peut-être à M. Jérôme ?

— Ni l'un ni l'autre, répondit Blanche en souriant. Cette petite chienne est à ma fille et je ne pense pas qu'elle chasse beaucoup...

Un peu à l'arrière, un jeune homme occupé à dégraisser un quartier de viande avait salué les clientes en rougissant légèrement, pourtant personne ne semblait l'avoir remarqué. Roger, le fils de la maison, jetait de temps à autre des petits coups d'œil qu'il voulait discrets du côté de Blanche Berthaud. Un observateur attentif aurait aussitôt constaté dans son regard une admiration sans bornes. Cependant, dans le magasin où venaient d'entrer deux autres clientes, personne ne prêtait attention au jeune homme. Seule Line surprit ses mimiques sans équivoque mais son jeune âge l'empêcha de les interpréter.

Un après-midi où le temps maussade empêchait la fillette de jouer dans le jardin, Blanche proposa :

— Et si nous allions rendre une petite visite à Mme Portal ? Je suis certaine qu'elle en serait très heureuse.

Line acquiesça aussitôt. Mme Portal, leur plus proche voisine, était une très vieille dame extrêmement gentille qui vivait seule avec une bonne à tout faire dévouée. De son magnifique buffet bien ciré, elle tirait toujours pour la fillette quelque gâterie : sucres d'orge ronds dans une jolie boîte de métal, barres de chocolat praliné, nougat aux amandes, pralines roses dans leur sachet de papier cristal… Et puis elle avait un gros chat noir nommé Vulcain que Line lui enviait beaucoup avant l'arrivée de Flicka. Il sautait familièrement sur les genoux de la petite et ronronnait comme un bienheureux sous ses caresses.

— Je vais emmener Flicka, elle pourra jouer avec Vulcain.

— Non, ce n'est pas une bonne idée. Ils ne se connaissent pas et, en général, chien et chat ne font pas bon ménage. Cela pourrait contrarier

Mme Portal. Imagine qu'ils se battent, non, ce n'est pas possible.

À contrecœur, Line dut s'incliner. Elle expliqua à sa chienne qu'elle devait rester à la maison et, obéissante, Flicka partit se rouler en boule dans sa corbeille.

*

* *

L'ouverture de la chasse approchait et, un peu plus tard, ce serait la rentrée des classes. Line s'en réjouissait. Même si Babeth était de retour à Saint-Géraud et si les deux amies se rendaient souvent visite, il lui tardait de retrouver ses autres camarades d'école. Et puis elle avait hâte d'apprendre encore et de progresser.

Le 23 septembre, Jérôme partit faire l'ouverture avec son ami Pierre Delsort, le pharmacien. Le soir, les deux hommes rentrèrent fourbus mais très contents de leur journée : ils rapportaient trois faisans et quelques perdreaux et partagèrent le produit de leur chasse.

— Voilà du travail pour Émilienne, dit Jérôme tout réjoui.

Et comme Flicka s'excitait en flairant les oiseaux étalés sur la table de la cuisine, il ajouta en riant :

— Si on te donnait un perdreau, tu ne te formaliserais pas qu'il ait encore ses plumes, n'est-ce pas ? Mais tu auras tout de même le droit d'y goûter, une fois cuit !

— Émilienne, dit Blanche, ce soir vous emporterez deux perdreaux à vos parents. Ils nous rendent assez de services, dieu merci.

— Je vous remercie pour eux, madame, je sais qu'ils apprécieront.

— Hélas, dimanche prochain, je devrai me passer de partie de chasse, déplora Jérôme. J'ai promis de remplacer un collègue qui a des problèmes familiaux pour une plaidoirie au tribunal de Valence. L'affaire sera jugée samedi en milieu d'après-midi et je ne pourrai pas rentrer le soir même, seulement le lendemain. Évidemment, je le regrette mais il est naturel de s'entraider, et puis j'espère bien qu'avant les premières neiges il y aura d'autres dimanches pour aller à la rencontre du gibier.

Le dimanche suivant, un bruit insolite, bien que léger, tira la petite Line de son sommeil. Avait-elle rêvé ou bien était-ce réellement le grincement de la porte d'entrée ? « Milie arrive tôt aujourd'hui, se dit-elle, encore tout endormie… Mais non, je suis sotte, elle ne vient pas le dimanche. Ce doit être Jérôme qui part à la chasse. »

Elle sauta du lit, marcha doucement vers la fenêtre et souleva un pan de rideau. Il était vraiment très tôt, le jour perçait à peine à travers un fin voile de brume bleuâtre. Soudain, elle aperçut Flicka en train de franchir en trottinant la barrière de la cour restée entrouverte. La petite chienne suivait un homme qui s'éloignait à grands pas de la maison. Line le voyait seulement de dos, pourtant elle se dit aussitôt : « C'est bien oncle Jérôme qui part à la chasse. » L'homme, en effet, portait un fusil en bandoulière, et puis la fillette reconnaissait parfaitement sa veste de toile brune ainsi que la casquette de velours qui le coiffait. Elle devait descendre, courir et rattraper Flicka au plus vite. Sans nul doute, Jérôme ne s'était pas encore aperçu que la chienne était sortie derrière lui.

Line chaussa rapidement ses pantoufles et, en pyjama, descendit l'escalier sur la pointe des pieds, perdant ainsi un temps précieux mais elle ne pouvait pas courir le risque de réveiller ses parents, surtout son père. Avec mille précautions, elle ouvrit la porte d'entrée, jeta un coup d'œil au-dehors : l'homme s'éloignait rapidement et la chienne le suivait à distance. Le chasseur avait pris la direction du bois des Chevreuils dont les arbres moutonnaient au loin sur la droite, de manière étrange, un peu mystérieuse ; tenace, la brume ne semblait pas vouloir se dissiper et le paysage s'estompait toujours sous ses volutes grises et vaporeuses.

Line se mit à courir ; par chance, l'herbe étouffait le bruit de ses pas. Elle rejoignit enfin sa chienne et la saisit par le collier.

— Chut ! fit-elle en s'accroupissant. Quelle idée de suivre Jérôme, tu ne sais même pas chasser ! Allez, polissonne, viens vite, rentrons à la maison avant que mes parents se réveillent sinon nous serons punies toutes les deux !

Soudain, un coup de feu assez proche fit sursauter la fillette tandis que la petite chienne se serrait contre ses jambes en gémissant.

« Qui a tiré ? songea Line, perplexe. Oncle Jérôme ou un autre chasseur ? Je ne croyais pas que l'on pouvait se servir d'un fusil si près des maisons, d'habitude, d'ici on n'entend jamais les détonations… » Peu après, Flicka retournait se coucher sagement dans sa corbeille et Line retrouvait son lit. À son grand soulagement, dans la maison rien ne bougeait encore.

Le seul problème, c'était l'état de ses pantoufles : non seulement elles étaient trempées de rosée, mais la semelle de feutre était sale et boueuse. Faute d'autre cachette plus sûre, Line les glissa sous son lit en espérant qu'elles sécheraient vite.

Elle s'était rendormie quand sa mère ouvrit la porte de sa chambre.

— Eh bien, petite marmotte, ne vas-tu pas te lever avant midi ? Flicka finit de déjeuner et ton chocolat t'attend avec la brioche du dimanche.

— Bonjour maman, dit la petite en se pendant au cou de Blanche, j'arrive tout de suite !

Elle ne tenait pas à ce que sa mère remarque l'état de ses pantoufles, mais elle savait bien que cela se produirait, tôt ou tard.

— Papa est déjà dans son bureau ? demanda-t-elle tout en dévorant sa brioche avec appétit.

— Mais non, voyons, tu oublies que nous sommes dimanche, ton père ne travaille pas. Il vient de partir pour sa petite promenade matinale.

— Et oncle Jérôme ? Il n'est sans doute pas encore rentré de la chasse.

— Voyons, ma chérie, il n'est pas à Saint-Géraud ! Il devait remplacer un collègue, souviens-toi, nous le verrons seulement dimanche prochain.

Line faillit répondre : « Pourtant, moi je l'ai vu ce matin, de très bonne heure… » Par chance, elle réussit à se taire, soudain persuadée qu'elle avait rêvé. Comment alors expliquer l'état de ses pantoufles ? Elle devait être subitement devenue somnambule, c'était la seule possibilité...

— J'espère au moins que tu n'as pas oublié : demain c'est la rentrée des classes, reprit Blanche. Il ne s'agira pas d'être en retard le premier jour.

Dès lors, Line chassa de son esprit les derniers événements, rêvés sans doute aucun, pour ne penser qu'à cette fameuse rentrée. Comme la majorité de sés camarades, pour l'occasion elle serait vêtue de neuf. La couturière avait confectionné pour elle une belle blouse à carreaux bleus et blancs ; agrémentée d'un col Claudine et d'une ceinture à nouer, elle se boutonnait dans le dos. La fillette étrennerait aussi des souliers à bride marron clair, exactement de la couleur de son cartable. Acheté l'automne précédent pour sa première rentrée, celui-ci était encore tout neuf. Blanche avait tricoté pour sa fille un gilet de laine bleu marine à torsades orné de six boutons de nacre en forme de fleur du plus bel effet.

— S'il te plaît, maman, tu ne me feras pas de nattes demain matin, je voudrais tant avoir les cheveux libres, comme ma cousine Sibylle...

— Si tu veux, ma chérie, répondit sa mère en contemplant la chevelure blonde et bouclée de Line pas encore coiffée. Mais nous mettrons deux petites barrettes sur les côtés pour retenir tes cheveux, sinon tu les auras sans cesse devant les yeux et cela te gênera pour ton travail scolaire.

Mère et fille échangèrent un sourire plein de tendresse et gagnèrent aussitôt l'étage pour procéder à leur toilette.

*
* *

Le lendemain, lorsque Émilienne arriva pour prendre son service, Blanche et sa fille achevaient leur petit déjeuner.

— Ah, les vacances sont finies, on dirait bien ! remarqua la jeune fille après avoir salué sa patronne et embrassé la petite. Il ne sera plus question de paresser au lit dorénavant !

Quand Line redescendit lui faire admirer sa nouvelle tenue d'écolière, elle la complimenta avec chaleur avant de faire claquer un baiser sonore sur sa joue. Puis elle lui recommanda de bien s'appliquer en classe, ce que la fillette s'empressa de promettre.

Line rejoignit plusieurs camarades dans la cour de l'école, puis les gamines coururent dire bonjour à leur maîtresse respective, debout sur le seuil de sa classe. Blanche s'attarda quelques instants à peine alors que la plupart des mamans bavardaient devant le portail. Enfin, lorsque la directrice eut donné le signal de l'entrée en classe, toutes repartirent vers le bourg par petits groupes.

— Avez-vous appris la triste nouvelle, madame Berthaud ? demanda Émilienne dès le retour de sa patronne. Bien sûr, je n'ai rien voulu dire devant la petite. Je suppose que tout le monde en parlait à l'école.

Étonnée devant sa mine grave, Blanche s'informa aussitôt :

— Non, mais j'avoue que je ne me suis pas attardée et je n'ai bavardé avec personne. De quoi s'agit-il ? Un événement grave ?

— Eh bien, il y a eu un accident de chasse hier matin, dès l'ouverture. Une balle perdue, sans doute en raison du brouillard, a atteint Roger Mainard.

— Oh, comme c'est triste ! s'exclama Blanche. Au moins, le pauvre garçon n'est pas…

— Non, heureusement, mais il est paraît-il grièvement blessé. Ses pauvres parents sont anéantis.

— Il y a eu une enquête des gendarmes, je suppose. A-t-on retrouvé le tireur ? Il doit être effondré !

— À ce que je sais, on ignore qui a tiré, madame.

Émilienne revoyait le garçon boucher, là, dans la cuisine, lorsqu'il lui arrivait de venir livrer une commande. Si Mme Berthaud se trouvait là, le jeune homme la dévorait du regard en rougissant. Sans doute aucun, il en était amoureux mais la jeune femme ne semblait absolument pas s'en rendre compte. Émilienne en avait souvent souri sans rien dire à personne. Pauvre garçon, si aimable avec tout un chacun…

VI

Interrogations

LORSQUE JOCELYN RENTRA DÉJEUNER, Blanche voulut savoir s'il avait entendu parler de l'accident de chasse de la veille.

— Le secrétaire de mairie m'en a touché un mot, il s'agit du fils du boucher, c'est ça ?

— Oui. Ton greffier ne t'a rien dit ? Et que savait le secrétaire ?

— Simplement que le garçon avait été victime d'un accident de chasse hier matin.

— Et comment va-t-il ?

— Mais je n'en sais strictement rien et, franchement, ce n'est pas une priorité pour moi ! s'emporta le juge. Et puis-je savoir pourquoi tu t'intéresses tellement à ce garçon boucher ?

— Je m'intéresse à lui parce que je le connais, jeta Blanche en haussant le ton elle aussi. Je connais ses parents et je les plains, voilà ! Mais toi, comme toujours, tu n'écoutes que ton égoïsme, il n'y a que toi qui comptes, je te reconnais bien là !

Blanche s'emportait et Jocelyn affichait sa mine des mauvais jours. Une scène de ménage se préparait sans doute aucun. Par chance, à cet instant Line entra en trombe. Elle se jeta aussitôt vers ses parents pour raconter sa première matinée de classe, ce qui fit diversion.

— Je vais demander à Émilienne si nous pouvons passer à table, dit soudain Blanche en ouvrant la porte de la cuisine.

L'employée, elle en était certaine, avait tout entendu mais cela lui importait peu. Son époux l'exaspérait de plus en plus et depuis quelque temps déjà ce genre de scène n'était plus une exception.

Pendant le déjeuner, Blanche autorisa sa fille à rapporter quelques anecdotes ayant trait à sa nouvelle maîtresse, à ses camarades et aux leçons du matin. Elle n'ignorait pas que Jocelyn n'aimait pas voir les enfants prendre la parole à table mais elle le narguait sciemment. D'ailleurs, lorsqu'il était sombre et muet, et c'était souvent le cas, les repas étaient lugubres ; la jeune femme venait donc de décider que dorénavant Line pourrait s'exprimer, elle aussi, en respectant toutefois certaines limites.

En prenant de l'âge, Jocelyn se montrait de plus en plus souvent désagréable. Blanche espérait qu'il n'affichait pas la même attitude avec les personnes venues le consulter pour lui demander de régler leurs litiges. Elle espérait bien que non.

Avec Jocelyn, c'était la troisième génération de Berthaud qui occupait la fonction de juge de paix à Saint-Géraud, gros bourg bâti sur le plateau de l'Artense en Auvergne. Depuis le Moyen Âge, l'endroit était célèbre pour ses marchés et surtout ses foires aux bestiaux. Pays d'élevage par excellence, la région offrait de très riches pâturages où l'on engraissait des bovins destinés à la boucherie. Les éleveurs les vendaient à la ferme où l'on venait directement en prendre livraison avec des bétaillères ; pourtant les transactions les plus importantes avaient lieu lors des foires très renommées, non seulement dans le département mais aussi dans tous ceux des alentours.

Créée en 1790, au lendemain de la Grande Révolution, la charge de juge de paix s'étendait sur tout un canton ; il était donc logique que l'homme de loi exerce son métier au chef-lieu. Presque toujours, c'est en mairie qu'un bureau était mis à sa disposition. Sa mission consistait en un rôle de conciliateur. Officier de police judiciaire, il se devait donc de régler les litiges de la vie quotidienne à l'amiable ainsi que tous les problèmes de voisinage. La procédure s'effectuait en deux niveaux : la plus simple, appelée « petite conciliation », se réglait sur place ; en cas de désaccord, il revenait au sous-préfet dont dépendait le juge de reprendre et poursuivre l'affaire.

À partir de 1905, le juge de paix avait acquis de nouvelles compétences : régler les contestations entre hôteliers et voyageurs, celles concernant la correspondance… Pour avoir le droit d'exercer cette charge, il fallait être présenté par l'assemblée cantonale avec un autre candidat. Celui qui était retenu devait alors être nommé par l'autorité suprême de l'État. Le juge était assisté d'un greffier et un suppléant était désigné pour le remplacer en cas d'indisponibilité passagère.

Parmi les nombreuses attributions du juge de paix, les affaires de bornage des propriétés, la présidence d'un conseil de famille, les litiges, nombreux, entre locataires et propriétaires, la pose de scellés, l'enregistrement des plaintes, le fait de diligenter une enquête… Dès 1926, pour occuper cette charge une licence en droit devint obligatoire ou, à défaut, deux années d'activité auprès d'un avocat ou d'un notaire avec à la clé un examen professionnel réussi.

Blanche n'ignorait pas que son époux avait la réputation d'être un juge équitable et que, de ce fait, il avait l'aval du maire et de la population. Que n'était-il aussi irréprochable sur le plan familial, se disait souvent la jeune femme. Sa plus grande crainte en effet était de voir plus tard leur fille, au caractère déjà très affirmé malgré son jeune âge, entrer en conflit avec son père. Jocelyn se montrait si intransigeant en toutes choses. Généralement, son épouse s'en accommodait, pourtant, de plus en plus souvent, malgré elle la jeune femme perdait patience et se rebellait.

Le lendemain, dès l'arrivée d'Émilienne, Blanche s'empressa de la questionner : avait-elle des nouvelles du pauvre Roger Mainard ?

— Oui madame, hier soir ma mère a pu se renseigner auprès de sa tante, vous savez, Mme Vergeol, la quincaillière, vous n'ignorez sans doute pas qu'elle est la sœur de la mère de Roger. Bref, depuis l'accident, il est à l'hôtel-Dieu, à Clermont. Les médecins ont extrait la balle de son épaule, mais hélas il paraît que l'articulation est très gravement lésée. Et il se dit que…

— Quoi donc ? demanda Blanche, intriguée.

— Eh bien, on raconte qu'il s'agit d'une balle comme celles que les chasseurs utilisent pour le gros gibier, lors d'une battue au sanglier par exemple, et dimanche ce n'était pas du tout le cas ! Mais faut-il se fier à des racontars ? Les gens disent tellement de choses à tort et à travers, on ne sait plus qui croire... N'empêche que, si c'est vrai, il ne s'agit plus d'un accident mais d'un acte volontaire.

— Comment cela ? Vous ne voulez pas dire que...

— Que Roger était visé personnellement ? Ce serait possible, en effet. Il se peut aussi que le tireur soit quelqu'un de très maladroit ou bien il voyait mal à cause de la brume très épaisse ce matin-là et il s'est trompé de cible. Enfin, on peut tout inventer et les gens ne s'en privent pas.

— Mais ce pauvre garçon était la gentillesse même, je n'imagine pas qu'il ait un ennemi capable d'en vouloir à sa vie, tout de même !

— Vouloir le tuer peut-être pas, mais lui faire peur, quitte à le blesser gravement.

— Mais pour quelle raison ?

— On parle de jalousie, peut-être fréquentait-il une personne dont un autre était amoureux, allez savoir ! Pourtant, Roger est un grand timide, on ne lui connaît pas de liaison féminine, mais là encore personne n'en sait rien, il pouvait avoir une relation secrète, qui sait ?

— Vous voulez dire une femme mariée ?

— Pourquoi pas ? Personnellement, je n'y crois pas du tout mais je peux fort bien me tromper.

Émilienne se gardait bien de le dire, mais elle revoyait la façon dont Roger dévorait sa patronne des yeux. Sans doute aucun, c'est d'elle dont il était amoureux mais, naturellement, la jeune fille ne pouvait pas le dire, à personne. Et, la tête sur le billot, elle aurait juré que Blanche ne s'en doutait nullement et qu'il n'y avait jamais rien eu entre elle et le jeune boucher.

Les jours suivants, on apprit que le malheureux avait perdu l'usage de son bras gauche ; l'articulation de l'épaule était fracassée, les os en miettes. Malgré l'intervention d'un grand chirurgien, ce bras ne reprendrait sans doute jamais aucune mobilité.

La mère du garçon ne le quittait pas alors que son père, au bout d'une semaine, avait rouvert sa boucherie. Les commères se pressaient donc au magasin, à l'affût des dernières nouvelles. Une enquête de gendarmerie avait été diligentée. Dans les rues du bourg, les fermes et les hameaux environnants, deux par deux les hommes en uniforme bleu quêtaient des renseignements, ciblant tout d'abord les chasseurs partis à la rencontre du gibier ce fameux dimanche.

Ensuite, il faudrait s'informer des relations de chacun avec le blessé et ce ne serait pas chose facile d'entrer dans les vies privées pour surprendre un secret sans doute bien gardé. On pouvait s'attendre à une enquête longue et fastidieuse. Avait-elle des chances d'aboutir ? La plupart des habitants de Saint-Géraud en doutaient fortement.

— Pour ma part, avait confié plus tard Émilienne à sa patronne, je n'y crois pas et mes parents sont de mon avis. Depuis que Roger est rentré chez lui, sa mère ne fait que se lamenter : « Mon fils n'a plus aucun avenir, il ne pourra ni continuer son métier de boucher ni aucun autre. Que faire avec un seul bras ? Rien, strictement rien ! » Quant à M. Mainard, il en veut au monde entier et jure qu'il retrouvera le coupable et le fera payer cher un acte impardonnable. Cela dit, on le comprend…

Blanche n'avait pas eu le courage de se rendre à nouveau à la boucherie ; elle se sentait incapable de supporter la douleur des parents de Roger. C'était donc Émilienne qui achetait la viande pour ses patrons. Mme Mainard avait repris sa place à la caisse de la boucherie mais on ne voyait plus Roger au magasin.

— Cela ne me regarde pas, bien sûr, mais je pense qu'il serait bon pour lui d'apprendre à seconder sa mère. Avec du temps et de la patience, il devrait pouvoir rendre la monnaie avec une seule main, ne croyez-vous pas ?

Ainsi prise à témoin, Blanche restait dubitative. Il était certain, du moins en était-elle persuadée, que pour le moral du jeune homme une activité, quelle qu'elle soit, ne pouvait qu'être bénéfique.

À l'école, Line avait souvent entendu parler de l'accident de Roger Mainard. Les premiers jours surtout, ses petites camarades répétaient à l'envi ce que racontaient leurs parents à ce propos.

— Maman, avait demandé Line, c'est vrai qu'un chasseur a voulu tuer le gentil garçon de la boucherie ?

Prise de court, Blanche s'était contentée de répondre :

— Ne t'inquiète donc pas de cela, ma chérie, et surtout n'en parle pas devant ton père au risque de grandement le contrarier.

La petite avait depuis longtemps compris qu'avec son père il était de beaucoup préférable d'éviter les sujets qui fâchent ; aussi, sans se poser de questions sur les motivations du juge pour ne pas s'inquiéter de Roger Mainard, elle n'en reparla jamais.

VII

Émilienne se marie

Ce samedi de juin 1935, Blanche était occupée à coiffer sa fille avec le plus grand soin. En effet, c'était le jour des noces d'Émilienne ; accompagnée de deux autres fillettes, Line devait porter la traîne de la mariée, sa chère Milie. Depuis quelques jours, elle ne tenait pas en place à l'idée de sa belle robe rose, de la cérémonie, du repas et du bal auquel elle assisterait pour la première fois de sa jeune vie. Les parents de la petite avaient été invités au souper, comme il était encore d'usage dans les campagnes, mais, comme Blanche s'y attendait, Jocelyn avait énergiquement refusé. La mère de Line se contenterait donc d'assister à la messe de mariage. Émilienne ne s'était nullement étonnée de voir le juge décliner son invitation, elle le connaissait bien et savait, de longue date, qu'il détestait la compagnie de ses semblables.

« Il supporte de plus en plus difficilement son propre frère et sa famille, alors… »

Cependant, la jeune fille déplorait le fait que son épouse soit ainsi privée d'un moment agréable.

« Pauvre Mme Berthaud, se disait-elle, il lui faut vraiment une patience d'ange pour vivre avec un tel rabat-joie ! »

Émilienne allait épouser Paul Rouvel, l'ouvrier de son père. Les futurs mariés se connaissaient de longue date et se côtoyaient chaque jour. En effet, dès l'âge de quatorze ans, Paul était entré en apprentissage chez Norbert Valais et il logeait depuis chez ses patrons, retrouvant sa famille seulement le dimanche. À l'époque, Émilienne n'avait que onze ans.

Paul avait craint que son patron ne voie pas d'un bon œil une relation entre sa fille et son ouvrier, en quoi il se trompait grandement.

— Émilienne est employée de maison, tu le sais. Ce n'est pas une position préférable à la tienne, crois-moi. Un ouvrier charron consciencieux et honnête comme toi est aussi respectable qu'une bonne à tout faire. Je n'ai pas de fils et, si tu deviens mon gendre, je te léguerai mon entreprise quand viendra pour moi l'heure de la retraite.

Là-dessus, Norbert avait donné une grande tape amicale sur l'épaule de son ouvrier qui se confondait en remerciements.

En annonçant la nouvelle de son mariage à sa patronne, Émilienne s'était empressée de prévenir :

— Si vous et M. le juge êtes d'accord, je continuerai mon service chez vous. Mon salaire ne sera pas de trop dans le ménage et, comme mon mari et moi continuerons à vivre chez mes parents, il n'y aura rien de changé.

— Je suis très heureuse de vous l'entendre dire, avait répondu Blanche avec un grand sourire.

J'aurais eu beaucoup de peine de vous voir nous quitter et, vous vous en doutez bien, Line en aurait été très malheureuse. Nous vous aimons beaucoup, elle et moi.

— Je le sais, madame, et croyez bien que je vous en suis reconnaissante. Je vous demanderai seulement une semaine de congé pour préparer la noce et encore trois ou quatre jours après pour aider ma mère au rangement.

— C'est tout à fait normal, je comprends très bien.

— Je voulais vous proposer, ajouta Émilienne après une petite hésitation, ma cousine Louisette veut bien me remplacer auprès de vous, si vous êtes d'accord bien entendu. Elle travaille à la ferme de ses parents et, pour vous rendre service, sa mère accepterait de se passer d'elle quelques jours.

— Voilà qui est très gentil de sa part et j'accepte volontiers. Bien sûr, il est certainement trop tôt pour vous poser la question mais, au cas où vous auriez un enfant, ce que je vous souhaite de tout cœur, il est évident que vous ne pourriez plus travailler.

— Paul et moi y avons pensé, madame. J'en ai parlé à ma mère et, si cela arrive, elle veut bien se charger de garder l'enfant pendant mes heures de travail.

— Ainsi donc, tout est pour le mieux. Venez que je vous embrasse. D'ores et déjà, je vous félicite et vous offre mes très sincères vœux de bonheur.

Émues, les deux femmes s'étaient donné l'accolade puis Émilienne avait lancé les invitations.

— Merci de tout cœur, Line va être ravie. Pensez donc, son premier mariage ! Mais je crains bien que mon époux ne décline votre aimable invitation.

Vous le connaissez, n'est-ce pas ? Il refuse toute sortie et n'accepte jamais que nous recevions ici chez nous, mis à part ses frères et parfois l'associé de Jérôme. C'est ainsi et je n'y peux rien, hélas ! Mais naturellement je lui transmettrai votre demande.

Pour le cadeau de mariage, Blanche avait ajouté une somme assez importante sur sa cagnotte personnelle à celle, fort chiche, que Jocelyn avait bien voulu y consacrer.

— Tu sembles oublier qu'il s'agit d'une domestique, avait-il jeté, méprisant.

— Une domestique que je considère comme une amie, ne t'en déplaise ! Je te savais regardant à la dépense, mais je dois t'apprendre que tu deviens avare, et cela me déplaît fortement, j'ai le regret de te le dire !

Jocelyn n'avait pas répondu et il était parti avec un haussement d'épaules signifiant sans doute qu'il s'en moquait.

Line avait beaucoup amusé sa mère et Émilienne en déclarant :

— Quel dommage que les chiens n'aient pas le droit d'entrer dans les églises ! J'aurais pu mettre un nœud de ruban rose au cou de Flicka et l'emmener avec moi à la cérémonie. Cette couleur lui irait si bien avec son poil noir et blanc…

Puis elle avait ajouté, toujours à regret :

— Maman, il ne faudra pas oublier de dire à Louisette de l'enfermer le jour des noces, sinon elle viendra me rejoindre, c'est sûr !

— Mais, ma chérie, Louisette ne sera pas là, elle est la cousine de notre Milie et assistera naturellement à son mariage. Pourtant n'aie aucun souci, j'enfermerai moi-même ta chienne avant de me rendre à la messe.

Le grand jour venu, Line s'admirait sous toutes les coutures devant l'armoire à glace de la chambre de ses parents : la longue robe d'organdi rose à petites manches ballon, les souliers de cuir blanc, ses boucles blondes retenues par de fins rubans roses et, pour finir, des gants de dentelle blanche. La fillette se trouvait magnifique, aussi belle que les princesses de ses livres de contes. Elle se mit à tournoyer pour le plaisir de voir sa robe virevolter autour d'elle en se disant :

« Après la mariée, la plus belle ce sera moi, j'en suis certaine ! »

Mme Valais, la mère d'Émilienne, avait affirmé à Blanche qu'elle garderait Line pour la nuit.

— Puisque vous ne serez pas des nôtres au souper, et je le regrette fort, je me charge de coucher Line dans la chambre de ma fille avec les deux autres petites qui doivent porter la traîne dès qu'elles tomberont de sommeil. Il vous suffira de venir la chercher le lendemain à midi, à moins que vous ne la laissiez pour le retour de noces. Il y aura bien assez à manger, n'ayez crainte.

Blanche avait remercié avant de dire qu'elle viendrait reprendre sa fille le dimanche vers midi.

— Line aura profité suffisamment des réjouissances et devra se reposer pour reprendre l'école le lendemain.

*

* *

L'année scolaire terminée, comme chaque été, Line attendait impatiemment l'arrivée de ses cousins et surtout de Sibylle. Elle ne doutait pas que cette dernière admirerait la belle robe rose portée le jour du mariage d'Émilienne. De plus, elle écouterait avec plaisir le compte rendu de la cérémonie pour lequel Line n'oublierait aucun détail : la mariée, les demoiselles d'honneur, les invités, la décoration de l'église, le repas, le bal, Sibylle saurait tout comme si elle y avait assisté en personne.

Les Grenoblois enfin installés, lors du premier repas pris en famille Jean demanda des nouvelles du pays. Jérôme, venu tout exprès pour voir son frère et ses neveux, eut alors la malencontreuse idée d'évoquer l'accident de chasse de l'automne précédent :

— L'enquête de gendarmerie n'a jamais rien appris au sujet du tireur et de ses motivations. Cela restera donc un mystère, avait-il conclu.

— Mais, dit Jean, est-on vraiment certain que c'était un geste délibéré ?

— Certain, c'est peut-être beaucoup dire, il se peut que ce pauvre garçon n'ait pas été la cible après tout. Ce qui est sûr en revanche, c'est que la balle utilisée n'avait pas lieu d'être, on voulait vraiment blesser grièvement, voire tuer quelqu'un et…

— Cesse de raconter de telles choses devant les enfants, ordonna Jocelyn d'une voix forte et autoritaire. Cette vieille histoire est à présent enterrée, aussi je te prie de parler d'autre chose ou de te taire !

L'intervention du juge jeta un froid parmi les convives et, pendant quelques instants, on n'entendit que le bruit des fourchettes. Pour dissiper un malaise qui se prolongeait, Gloria entreprit de rapporter une anecdote amusante concernant Mike, son petit dernier. L'atmosphère se détendit aussitôt et, mis à part Jocelyn qui persistait dans un silence bougon, chacun y alla de son commentaire.

En début d'après-midi, les garçons organisèrent dans les allées du jardin une course-poursuite à laquelle Flicka s'empressa de participer. Avec une joie évidente, la petite chienne courait derrière les enfants, ses longues oreilles battant l'air de façon comique. Line et Sibylle s'étaient assises dans l'herbe, à l'ombre, pour se faire des confidences. Les deux cousines avaient tant de choses à se raconter après une si longue séparation.

— Eh, les filles, venez jouer avec nous ! cria John sans ralentir sa course.

— Laisse-les donc, rétorqua Christopher, elles se racontent des « trucs de filles », comme toujours !

Trop occupé à galoper le plus vite possible – ses aînés le distançaient toujours –, Michaël continua sans se préoccuper de sa sœur ni de sa cousine. Certes, il perdrait la course mais il était bien décidé à ne pas déclarer forfait pour s'en tirer honorablement.

Après le récit, fort détaillé, du mariage d'Émilienne, Line laissa la parole à Sibylle.

— Comme toujours, ma grand-mère Jenny est venue passer le mois de juillet à Grenoble. Avec elle et maman, nous avons fait de très belles promenades autour de la ville. Les montagnes, tu sais que ce sont les Alpes sans doute, sont bien plus hautes qu'en Auvergne et, surtout, il y a des glaciers. Bien sûr, pour en voir il faut aller assez loin de

Grenoble, aussi nous partions souvent pour toute la journée. Des rivières et même des fleuves de glace très épaisse se glissent au milieu des rochers et des forêts de sapins, c'est vraiment magnifique.

— Comme il me tarde que nous venions vous rendre visite, maman et moi ! avoua Line avec un soupir de regret.

— Mais pourquoi ne venez-vous pas au mois de juillet ? Ce serait vraiment chouette !

— Maman attend que j'aie onze ou douze ans, déplora Line. Tu te rends compte, il me faudra attendre encore quatre ou cinq longues années...

— Mais pourquoi ? Des enfants bien plus petits que toi voyagent par le train !

— À cause de mon père, bien sûr ! Il ne me donnera pas la permission avant, hélas !

— Je comprends... soupira Sibylle d'un air entendu.

Pour ne pas faire de peine à Line, elle n'en dit pas davantage, mais elle pensait qu'elle et ses frères avaient beaucoup de chance d'avoir un père si gentil, si différent de leur oncle Jocelyn.

— Sais-tu, jeta soudain Line, le matin de l'accident de chasse, j'ai fait un rêve très étrange...

— Ah bon ? Raconte !

— J'ai cru voir oncle Jérôme partir à la chasse et, comme Flicka le suivait, j'ai couru pour la rattraper. Il était très tôt et il y avait une brume très épaisse. Tout à coup, j'ai entendu un coup de fusil.

— Et ?

— Et c'est tout, je suis vite rentrée avec la chienne. Mais c'était un rêve seulement. De toute façon, Jérôme n'était pas venu chasser ce dimanche-là.

Alors, rêve ou non, il n'a pas pu tirer sur le pauvre Roger Mainard.

— Voilà qui est très bizarre. Mais tu ne dois pas en parler devant ton père.

— Aucun risque, je le connais trop bien !

VIII

En pension

EN CE BEAU MATIN D'OCTOBRE ensoleillé, Line effectuait sa dernière rentrée à l'école primaire de Saint-Géraud. Des groupes d'élèves bavardaient sous les arbres au feuillage jaune et roux de la cour de récréation. Heureuses de se retrouver après la longue interruption des grandes vacances, les fillettes se racontaient mille anecdotes ; seules les petites de la classe enfantine, intimidées, restaient sur leurs gardes dans ce territoire inconnu et un peu effrayant pour les novices qu'elles étaient.

Pour la première fois, Line ne retrouvait pas sa chère Élisabeth ; cette dernière, en effet, venait d'entrer en classe de sixième au lycée Jeanne-d'Arc de Clermont-Ferrand où elle était interne. Tout d'abord, sa mère avait été réticente, expliquant à son mari que leur fille pouvait très bien, comme la grande majorité des enfants, fréquenter le cours complémentaire du bourg. Mais Pierre Delsort voulait que sa fille puisse étudier l'anglais et le latin, matières qui n'étaient pas enseignées à Saint-Géraud.

Finalement, il l'avait emporté, d'autant que son propre frère et son épouse habitaient la proche banlieue de la ville. Élisabeth pourrait passer chez eux les dimanches, en compagnie de sa cousine Annie, élève dans le même lycée en classe de quatrième, et de son frère de sept ans, Antoine.

Line savait qu'elle reverrait seulement Élisabeth lors du bref congé de la Toussaint. Naturellement, elle avait des amies de son âge mais, contrairement à la fille du pharmacien qui vivait tout près de la maison du juge, toutes habitaient assez loin de chez elle et elle les rencontrait très peu en dehors des heures de classe.

La fillette prit alors l'habitude de se confier de plus en plus à Flicka. La petite chienne, évidemment, ne répondait pas à ses discours, mais elle dévisageait sa petite maîtresse de son regard vif, ses yeux marron foncé si pleins d'intérêt que, ainsi que l'affirmait Émilienne, Line était intimement persuadée que Flicka comprenait tout de ses discours.

Si, par hasard, son père la surprenait, il prenait toujours un air excédé :

— Comment faut-il te dire que tu es ridicule ? Tu ne crois tout de même pas que les chiens comprennent le langage humain ? Cesse un peu tes simagrées, tu sembles oublier que tu vas sur tes dix ans !

Line se gardait bien de répondre mais, dans la mesure du possible, elle fuyait son père et, bien souvent, se réfugiait auprès de sa chère Milie.

— Ne fais pas attention, ma poussinette, viens plutôt prendre ton goûter avant que ta mère ne te cherche pour réviser les tables de multiplication.

En juillet 1938, pendant le séjour des cousins de Grenoble à Saint-Géraud, Line expliqua à Sibylle qu'elle allait bientôt partir en pension.

— Tes frères et toi, vous avez beaucoup de chance d'habiter une grande ville avec toutes les écoles possibles et imaginables. Comme les parents de Babeth, les miens ne veulent pas que je reste ici au cours complémentaire mais que j'étudie dans un lycée.

— Ce n'est pas si grave, justement là-bas tu retrouveras Babeth.

— Oui, bien sûr, mais elle sera en cinquième et, le dimanche, elle passe la journée chez sa cousine Annie alors que moi je n'aurai personne pour m'accueillir…

— Tu pourras certainement être avec elle en dehors des heures de cours, et puis tu feras de nouvelles connaissances, tu vas avoir tout plein d'amies, j'en suis sûre.

— Je l'espère bien, d'ailleurs c'est ce qu'affirme maman. Sais-tu qui me manquera le plus ? Flicka ! Dieu que je voudrais rester petite toute ma vie !

— C'est impossible, tu le sais bien, rétorqua Sibylle en riant. Bon, allons voir si le reste de la troupe est enfin prêt pour la promenade. Papa et oncle Jérôme ont promis de nous accompagner pour la cueillette des framboises.

— Tu penses que Mike pourra nous suivre ?

— Sans problème. Tu oublies qu'il a presque neuf ans et au moins autant d'endurance que moi !

*

* *

Quelques jours avant la fin septembre, Line accompagna Émilienne chez la famille Valais. Comme de juste, Flicka les suivait de près.

— Je suis venue vous dire au revoir, dit-elle à Maria, dans quatre jours je vais partir au lycée de Clermont.

— Ne te soucie pas, petite, tout se passera bien. Et puis la Toussaint arrivera vite, tu verras.

— Oui, j'ai regardé le calendrier, quatre semaines à attendre mais je ne resterai que trois jours, après il faudra patienter jusqu'à Noël pour revenir à nouveau chez moi. Je peux sortir jouer devant la porte ? Je crois que Flicka a très envie de se dégourdir les pattes.

— Bien sûr, mais fais attention à ne pas ouvrir le portillon de la cour des volailles, sinon cette coquine ira les ennuyer.

À la vue de la chienne derrière leur grillage, les poules commencèrent à caqueter à qui mieux mieux et le coq, sur ses gardes, lança quelques cocoricos sonores en guise d'avertissement.

Après avoir couru un moment dans l'herbe avec son amie à quatre pattes, Line se dirigea vers l'atelier des charrons. Elle retint Flicka par son collier pour éviter qu'elle ne s'approche du brasier toujours allumé au fond du hangar où s'affairaient les hommes.

— Tiens, voilà notre future étudiante ! lança Norbert, toujours jovial. Alors, tes valises sont prêtes ?

— Oui, et il y en a beaucoup ! Je dois emporter un matelas, des couvertures, un oreiller, des draps, un nécessaire à toilette et, bien sûr, mes vêtements, mes livres et des cahiers, sans oublier ma trousse.

— Oh, mais M. le juge va devoir louer un camion de déménagement au moins, et même peut-être deux ! plaisanta Norbert.

— Tout de même pas ! Maman et moi, nous avons vérifié, tout rentrera dans la voiture, heureusement.

Line embrassa le brave homme avant d'aller serrer la main de Paul, le mari d'Émilienne, et de René, l'apprenti. Puis elle gagna la cuisine où Maria et sa fille bavardaient en triant des pommes.

— Prenez ce panier de pommes à couteau pour ta maman. Les autres sont tachées, j'en ferai des compotes et quelques pots de gelée. Je t'en donnerai un ou deux à la Toussaint, promis. En attendant, n'oublie pas d'emporter la gelée de mûre et de framboise pour tes goûters. Allons, au revoir mon petit oiseau, travaille bien surtout, le temps passera vite, tu verras.

Là-dessus, Maria fit claquer deux gros baisers sur les joues de Line qui faisait des efforts infructueux pour ne pas pleurer. Puis, sa main dans celle d'Émilienne, elle reprit le chemin du bourg. Flicka suivait un peu à contrecœur ; elle se doutait bien qu'on l'enfermerait dès son retour alors qu'elle aurait voulu courir encore dans le jardin.

Line avait été étonnée de lire, sur les nombreuses pages de recommandations envoyées par le lycée deux mois plus tôt, que les familles des internes devaient fournir le petit déjeuner et le goûter des pensionnaires, le pain et la boisson, thé ou café au lait excepté.

— Le matin, tu mangeras de la confiture, avait dit Blanche, le beurre ne se conserverait pas. Pour le goûter, je te donnerai quelques tablettes de chocolat, mais tu devras faire très attention d'en conserver jusqu'à la fin du mois.

Line se savait terriblement gourmande, aussi n'était-elle pas certaine de résister à la tentation. Il y avait donc de fortes chances que le pain sec soit souvent au menu de ses goûters…

— Maman, avait-elle demandé, quand tu étais au lycée, il fallait déjà fournir une partie de la nourriture ?

— Évidemment. Mais, souviens-toi, j'étais externe, pas pensionnaire, et donc je n'étais pas concernée.

— Comme tu avais de la chance ! Et si j'allais habiter chez oncle Jérôme pendant la période scolaire ? Ainsi je n'irais pas à l'internat, qu'est-ce que ce serait bien !

La mère de Line s'était mise à rire.

— Mais, ma chérie, tu oublies que Jérôme est célibataire ! Il ne saurait pas prendre soin de toi. D'ailleurs, il prend ses repas au restaurant et, en général, il est tard lorsqu'il rentre chez lui. Non, ce n'est pas possible.

— Et si je lui demandais de se marier ?

— Voilà une décision qui lui appartient et, crois-moi, on ne décide pas d'un mariage sur un coup de tête ! avait répliqué Blanche, amusée.

Puis, pour changer les idées de sa fille, elle avait déclaré :

— Viens donc, nous allons aller vérifier les vêtements préparés pour le jour de la rentrée.

— Je pourrai encore essayer la robe et le manteau ?

— Si cela te fait plaisir, je veux bien.

Les internes étaient tenues de respecter scrupuleusement l'uniforme en vigueur : manteau et béret bleu marine, chaussettes blanches et gants blancs. Pour les cours, la blouse était obligatoire. Émilienne avait aidé sa patronne à coudre initiales et numéro d'identification sur chaque pièce du trousseau de Line. Mouchoirs, chaussettes, gants de toilette, linge de lit, tout, absolument tout devait porter les deux petites étiquettes brodées de lettres ou de chiffres rouges.

Puis vint le moment des adieux. Line s'était jetée en pleurant dans les bras de sa chère Milie qui ne réussissait pas à cacher ses larmes. Enfin, la petite s'accroupit auprès de sa chienne et noua ses bras autour de son cou.

— Au revoir ma Flicka, surtout sois bien sage et obéissante, je reviendrai bientôt, c'est promis. Maman et Émilienne prendront soin de toi.

— Allons, ma chérie, essuie tes yeux et dépêche-toi, papa nous attend dans la voiture, dit Blanche en relevant la petite. S'il vous plaît, Émilienne, enfermez-vous dans la cuisine avec Flicka sinon elle va nous suivre.

Par chance, Élisabeth et ses parents allaient faire la route avec les Berthaud. Dès l'arrivée à Clermont, les voitures garées devant le lycée, les deux amies se retrouvèrent. Les bagages enfin dans le dortoir, Lucie et Blanche aidèrent leurs filles à faire le lit puis à ranger les vêtements dans le petit placard qui leur était dévolu. Pendant ce temps, Pierre et Jocelyn attendaient leur tour devant le bureau de la directrice d'internat pour signer des papiers administratifs.

— Je suis si contente d'être dans le même dortoir que Babeth, confia Line à sa mère, et juste à côté d'elle en plus !

Blanche sourit à sa fille avec tendresse ; si elle se gardait bien de le montrer, elle éprouvait beaucoup de chagrin de se séparer de Line, son petit soleil. Comme les soirées allaient être tristes, en tête à tête avec Jocelyn, si taciturne… Par chance, elle gardait Émilienne, tellement dévouée et d'une compagnie si agréable.

Élisabeth s'approcha.

— C'est bien que les classes de sixième et de cinquième partagent les mêmes dortoirs. Soyez tranquille, madame Berthaud, je veillerai sur Line, je vous le promets.

— Merci, répondit Blanche en se penchant pour l'embrasser, je compte donc sur toi. Bonne rentrée, et à bientôt.

Puis elle précipita les adieux avec sa fille tant elle craignait de se mettre à pleurer comme la petite. Line se jeta dans ses bras avant d'embrasser son père et les parents d'Élisabeth. Enfin, les adultes disparurent au bout de l'immense cour de récréation.

— Viens, dit Élisabeth en entraînant sa compagne, allons voir les salles d'études, nous rangerons nos livres et nos cahiers.

Pour Line, une autre vie commençait, pleine d'imprévus et de découvertes. Refoulant ses larmes, elle se laissa docilement guider vers l'autre aile du bâtiment.

IX

Entrée en guerre

L'année scolaire passa, tant bien que mal. Grâce à Élisabeth, Line supportait la séparation d'avec sa mère et sa chienne aussi aimée qu'une sœur. À chacun de ses retours, Flicka lui faisait la fête des heures durant. Exubérante, elle sautait autour de la petite, courait dans les couloirs, tournait sur elle-même pour le plus grand amusement de Line, de Blanche et d'Émilienne ou de Louisette. En revanche, Jocelyn, exaspéré par le bruit et les rires, s'enfermait dans son bureau en bougonnant, attendant le retour au calme pour réapparaître.

Au début d'avril 1939, Émilienne était devenue maman d'un petit garçon, Baptiste. Durant un peu plus de trois mois, sa cousine l'avait donc remplacée chez les Berthaud. Depuis, comme convenu, Maria, la grand-mère, gardait le nourrisson pendant les heures de travail de sa fille. Line n'avait jamais vu de nouveau-né ; aussi, aux vacances de Pâques, ce fut pour elle une grande joie de rendre visite au bébé.

— Sais-tu, disait-elle à Flicka, pendant les grandes vacances je promènerai le petit Baptiste. Il aura un peu plus de trois mois et Milie me le confiera volontiers, enfin je l'espère. Naturellement, tu nous accompagneras pour nous protéger, d'accord ?

La chienne ne répondait pas, et pour cause, mais elle frétillait en remuant la queue et Line était persuadée qu'elle approuvait pleinement sa petite maîtresse. Avec une telle gardienne, personne ne s'aviserait de faire le moindre mal au bébé, c'était certain.

Dès le début de sa classe de sixième, Line s'était passionnée pour les cours d'anglais. Depuis longtemps déjà, elle grillait d'apprendre cette langue que Sibylle et ses frères parlaient couramment. Leur mère, en effet, tenait à ce qu'ils possèdent très tôt sa propre langue maternelle. Ainsi, lors des visites de leur grand-mère Jenny, les enfants pouvaient discourir avec elle, accomplissant ainsi des progrès considérables. Gloria se disait que, dès leur entrée au lycée, ils domineraient l'écrit bien plus vite que leurs camarades français. Cela avait été le cas pour les deux aînés, puis pour Sibylle, et leur mère se félicitait de son initiative.

Dès l'arrivée de ses cousins en août 1939, Line les avait grandement surpris en traduisant leur conversation en anglais qu'elle n'était pas censée comprendre jusque-là.

— Eh bien les garçons, avait plaisanté Sibylle, vous n'avez pas intérêt à dire du mal de Line, elle vous comprend parfaitement.

— Mais nous ne parlons pas du tout d'elle ! avait répliqué John.

— Je le sais bien, je vous prévenais, c'est tout !

Gloria avait grandement félicité sa nièce et Line, toute fière, avait clamé :

— Je vais pouvoir aller bientôt en Angleterre, je comprendrai tout ce que l'on me dira !

— Attends quelques années, avait prévenu son oncle Jean avec gentillesse, ton vocabulaire est encore assez limité, non ?

— Bien sûr, mais d'ici à l'année du bac, je connaîtrai tout le dictionnaire, promis !

*

* *

En ces premiers jours d'août, on s'inquiétait des agissements du chef de l'Allemagne. L'année précédente déjà, les frères Berthaud en avaient souvent débattu, évitant toutefois de le faire devant les enfants.

Dès le mois de mars 1938, l'Anschluss, qui affichait les revendications allemandes sur la région tchèque des Sudètes, aurait dû alerter les autres peuples européens. Pourtant, trop confiants, les gouvernements occidentaux avaient signé le traité de Munich en septembre de la même année ; celui-ci permettait à Hitler d'annexer les Sudètes sans autres formalités.

De son côté, l'URSS n'avait pas apprécié d'avoir été évincée de la conférence de Munich. Soucieuse de détourner la menace allemande vers les pays de l'Ouest, elle espérait récupérer les territoires perdus en 1918, après la Première Guerre mondiale. Le 24 août 1939, elle signerait un pacte de non-agression avec l'Allemagne. On découvrirait bientôt qu'une clause secrète prévoyait le partage de la Pologne entre les deux pays à présent alliés ;

de plus, ce pacte garantissait des livraisons de blé, pétrole, minerais de fer et de cuivre à Hitler en échange d'armes allemandes fournies à la Russie. Pour le Führer, cette alliance devait surtout servir à éviter l'ouverture d'un deuxième front à l'est en cas de guerre déclenchée par la France et l'Angleterre.

— Comme si le chancelier allemand n'était pas assez puissant, depuis le mois de mai il bénéficie de l'aide du chef italien, Mussolini. L'un et l'autre ont signé le pacte d'Acier, c'est un signe, croyez-moi ! dit un jour Jocelyn à ses frères.

— Un signe de quoi ? demanda Jean pour le contrarier.

— Ce que tu peux être naïf, mon pauvre ami ! Mais tout simplement cela montre qu'Hitler ne va pas se contenter des Sudètes, il prépare d'autres conquêtes, c'est certain, et l'allié italien ne sera pas de trop.

— Tu es trop pessimiste, jeta Jérôme. Si c'est le cas, nos gouvernements ne le laisseront pas faire.

— Il faut bien l'espérer mais je crains fort que nos gouvernements, comme tu dis si bien, ne réagissent trop tard. Pourtant, s'il y a une guerre, le peuple allemand l'aura bien cherchée. Qu'avait-on besoin de mettre cet Hitler au pouvoir ? Un véritable dictateur qui va mener les Allemands à leur perte.

— Certes, il a eu la majorité, pourtant nombre de ses compatriotes ne l'approuvent pas, dit Jean.

— C'est fort possible, mais on ne revient pas sur un vote, tu le sais bien, même si une minorité ne l'approuve pas, le rejette même.

Comme toujours, Jocelyn avait eu le dernier mot ; depuis longtemps, ses frères avaient renoncé à polémiquer. Hélas, dans ce cas précis, un avenir proche allait donner raison au père de Line.

Inquiets, les Français lisaient quotidiennement la presse, à l'affût de renseignements sur les agissements du Führer ; ceux qui possédaient un poste de radio écoutaient les informations, de plus en plus alarmantes. Le 1er septembre à 5 heures, sans déclaration de guerre, voilà qu'Hitler lance les divisions militaires de la Wehrmacht sur la Pologne aussitôt envahie.

Enfin consciente de ses engagements vis-à-vis de ce malheureux pays, l'Angleterre déclare la guerre à l'Allemagne le 3 septembre, à 11 heures. La France fait de même, à 17 heures.

Alors, dans tout le pays, les cloches des églises sonnent le tocsin, jetant les habitants dans la rue. Les jeunes et les enfants s'étonnent ; leurs parents et grands-parents, qui n'ont pas oublié la première et terrible guerre mondiale, revivent avec effroi ce qu'ils ont connu en 1914. Les vieillards pleurent, les femmes se désolent ; elles savent que la mobilisation va suivre, que leur mari, leur fils, leur frère, vont devoir aller combattre pour, peut-être, laisser la vie sur les champs de bataille.

Line et Élisabeth qui jouaient dans le jardin des Berthaud avec Louis et Flicka se précipitent dans la maison.

— Il y a un incendie, maman ? s'inquiète Line.

— Non, ma chérie, répond doucement Blanche, les yeux pleins de larmes, c'est la guerre…

La guerre ? Les trois enfants se regardent, désemparés.

— Mes parents en parlaient ces derniers jours, dit Élisabeth, mais je n'avais pas compris que c'était si proche. Viens Louis, rentrons vite.

Le cœur serré, Blanche les regarde partir, main dans la main. Il y a peu, Lucie lui a confié son angoisse : si la guerre est effective, leur père sera mobilisé. Elle-même ne craint pas pour Jocelyn, réformé, mais Jérôme, lui, devra partir combattre. Or elle l'a toujours considéré comme son jeune frère et elle l'aime tout autant. Soudain, elle pense à Jean et se souvient : il a quatre enfants, il ne quittera pas les siens.

Le lendemain, Jérôme est là ; il vient faire ses adieux à sa famille. Line ne comprend pas ce prochain départ, alors son jeune oncle lui explique :

— Les Allemands veulent nous envahir, aussi les hommes doivent-ils partir au plus tôt protéger les frontières pour les empêcher de passer. Alors il ne leur restera qu'à retourner chez eux.

Blanche, qui assiste à l'entretien, trouve la déclaration de son beau-frère un peu simpliste, mais comment expliquer la guerre à une enfant de dix ans ? Beaucoup d'adultes ne comprennent pas vraiment les causes de ce nouveau conflit, alors une fillette…

La mère de la petite savait naturellement que le chef de l'Allemagne avait envahi la Pologne ; sommé par les Alliés de retirer immédiatement ses troupes, il n'avait pas répondu et son armée avait continué à avancer. Alors les gouvernements français et anglais avaient décrété la mobilisation générale pour soutenir ce malheureux pays.

Pierre Delsort, sur le point de partir rejoindre son régiment, était venu dire au revoir à ses amis et, surtout, leur confier son épouse et ses deux enfants.

— N'ayez aucune crainte, l'avait rassuré Blanche, nous veillerons sur eux, je vous le promets.

Peu après le départ des appelés, elle s'était rendue chez Lucie et l'avait prise dans ses bras en déclarant :

— Toi et les enfants, vous pourrez toujours compter sur nous, je le jure.

Les deux femmes avaient pleuré longtemps avant de se séparer. Dans un premier temps, la pharmacie de Pierre resterait ouverte grâce à un préparateur qui n'était pas mobilisé car, sa mère étant veuve, il bénéficiait du statut de soutien de famille. Inconsolable, Line avait sangloté en s'accrochant à Jérôme sur le point de monter dans la voiture qui le conduirait à la gare la plus proche ; il devait rejoindre, à Clermont-Ferrand, la caserne du 92e régiment d'infanterie. Pierre le quitterait alors pour continuer son voyage jusqu'à Lyon où il serait incorporé.

— Je t'écrirai très vite, avait promis Jérôme à sa nièce. Et je ne serai pas absent très longtemps, tu verras. Prends bien soin de Flicka et travaille bien dans ta nouvelle classe. À bientôt.

Comme si elle comprenait la tristesse de la famille, la chienne allait et venait de l'un à l'autre, inquiète et désemparée. Jérôme parti, Line avait longtemps câliné sa fidèle amie, trouvant elle-même un peu de consolation dans ces caresses.

À l'annonce de la déclaration de guerre, Blanche et Lucie s'étaient inquiétées de savoir s'il serait bien ou non de renvoyer les deux filles au lycée de Clermont. Ne serait-il pas préférable de les inscrire au cours complémentaire pour les garder à Saint-Géraud ? Consultés, Pierre et Jocelyn avaient jugé qu'il n'y avait aucun danger à les voir repartir en ville.

— La rentrée des internes est prévue seulement le 30 septembre, un délai assez long pour nous donner le temps de réfléchir, avait dit Blanche.

— D'ici à une semaine environ, avait ajouté Lucie, nous pourrons téléphoner au lycée pour savoir si les pensionnaires seront accueillies comme de coutume. À mon avis, ce serait vraiment dommage que nos filles ne puissent plus étudier ni l'anglais ni le latin, ce qui sera le cas ici à Saint-Géraud.

— Nous savons tous que, dans un premier temps au moins, la guerre se déroulera aux frontières. Clermont en est vraiment très loin, là-bas nos filles ne courront aucun danger, avait conclu Jocelyn.

X

La défaite

MOINS DE DEUX SEMAINES après la mobilisation, la plupart des familles reçurent des nouvelles rassurantes des soldats. Selon leur régiment, ils étaient répartis le long de la ligne Maginot. Cet ouvrage de fortifications avait été construit dès 1928 et terminé les années suivantes dans le but d'arrêter une éventuelle invasion ; il protégeait les frontières avec la Belgique, le Luxembourg, l'Allemagne, la Suisse et l'Italie. La ligne de défense était doublée de casemates où s'abritaient les combattants avec le matériel de guerre.

La frontière avec l'Allemagne avait été fermée dès le 2 septembre, à minuit, et l'on avait évacué les habitants des environs de Strasbourg ; c'est là en effet que l'on attendait la première offensive. Pourtant, basée à quelques kilomètres de cette frontière, de nombreuses semaines durant l'armée allemande ne passa pas à l'offensive. Les soldats français devaient participer à des travaux de fortification supplémentaires : tranchées, pose de barbelés et de mines, installation de lignes téléphoniques… Travaux vite freinés par un hiver précoce et très rude.

Dans les lettres adressées aux leurs, ils laissaient percer leur déception de cet immobilisme. Cette « guerre d'attente » mettait leurs nerfs à rude épreuve.

— Je ne comprends pas, confiait Lucie Delsort à Blanche. Pourquoi la mobilisation si aucune attaque ne survient ?

Évidemment, Blanche n'avait pas la réponse, « mais, se disait-elle, si étonnante qu'elle soit cette situation épargne la vie de nos soldats ». Jérôme était basé dans la région de Colmar alors que Pierre se trouvait cantonné près de la frontière luxembourgeoise. Ce dernier, en tant que père de famille, avait espéré une permission à Noël, hélas il n'avait pas regagné Saint-Géraud. Quant à Jérôme, lui non plus n'était pas revenu en Auvergne pour les fêtes de fin d'année.

Comme Louis et Élisabeth, Line avait été très déçue ; en arrivant de Clermont pour les vacances, elle s'était persuadée qu'elle trouverait son oncle à la maison et il n'en était rien.

— Ne te plains pas, disait Émilienne, toi tu as ton père alors que tes amis ne verront pas le leur pour les fêtes.

Line ne l'aurait jamais avoué à personne, mais, plutôt que son père, elle aurait de beaucoup préféré que Jérôme ne soit pas parti. En même temps, elle avait un peu honte de cette pensée mais ne pouvait pas s'en défendre.

— Ne crois-tu pas, demanda Blanche à son époux alors que janvier tirait à sa fin, que les Alliés devraient attaquer, eux, si les Allemands ne le font pas ? Il faudra bien que cette situation finisse un jour ou l'autre !

— Hélas, ce n'est pas si simple. À demi-mot, on laisse entendre que ni les Anglais ni les Français ne sont suffisamment armés pour tenir tête aux divisions allemandes. À ce que je sais, nos usines d'armement tournent à plein, c'est peut-être une chance que, depuis près de cinq mois, Hitler ne se décide pas à nous attaquer. Oh, il a ses raisons, sans doute aucun ! En attendant, on se demande combien de temps va durer cette « drôle de guerre », comme le dit la presse.

Près de deux mois passèrent encore. Dans la région de Saint-Géraud, comme dans tous les massifs montagneux, la neige et le froid paralysaient les communications et, dans la mesure du possible, chacun restait chez soi. La fête de Pâques était fixée au 24 mars et les écoliers se voyaient accorder deux semaines de vacances. Line et Élisabeth avaient donc retrouvé leur famille avec le plus grand bonheur.

Les frimas cédaient enfin à une douceur bienvenue. Si la neige blanchissait encore le sommet des montagnes, les prairies environnant le bourg commençaient à reverdir. Blanche en profita pour débarrasser le jardin des branchages morts avant de tailler les rosiers où de minuscules bourgeons rougeâtres annonçaient la future floraison. Absorbée par son travail, elle vit soudain arriver Flicka qui précédait Line de peu ; la fillette semblait tout excitée.

— Maman, maman, devine la grande nouvelle ! Le père de Babeth arrivera après-demain en permission pour les fêtes de Pâques ! Crois-tu que Jérôme viendra aussi ?

Consciente qu'elle allait beaucoup peiner sa fille – mais comment faire autrement ? –, Blanche posa son sécateur, enleva les gants qui protégeaient ses mains et répondit doucement :

— Non, ma chérie, non, Jérôme ne viendra pas. S'il avait une permission, il nous aurait avertis. Bientôt peut-être…

Des larmes perlaient dans les yeux de Line et sa mère la prit contre elle, embrassa ses cheveux.

— Ce n'est pas juste, murmura la petite, non, ce n'est pas juste !

— Allons, calme-toi. Pense que Babeth et Louis n'ont pas vu leur papa depuis très longtemps, toi tu n'es pas séparée de ton père et…

— Ce n'est pas mon père que je veux, c'est oncle Jérôme, je l'aime, lui !

— Chut, chut, ne dis pas de telles choses ! murmura Blanche tout en berçant contre elle la fillette révoltée. Sais-tu ce que nous ferons dimanche, toi et moi ? Nous irons jusqu'au bois des Chevreuils cueillir des perce-neige et il se peut que les violettes montrent déjà le bout de leur nez. Nous ferons une très belle promenade, tu verras.

— Et au retour, nous pourrons nous arrêter chez les parents de Milie ? Il me tarde de revoir le petit Baptiste, il a presque un an, il doit être très mignon. Il paraît qu'il marche un peu si on lui donne la main.

— Si tu veux, nous irons le voir. À présent, ramène Flicka à la maison, cette polissonne gratte la terre mouillée et elle en met partout.

*
* *

En avril, sans que la population en soit vraiment informée, les événements se précipitèrent. Depuis quelque temps, les troupes basées dans la région de Dunkerque se hâtaient de fortifier la ligne de défense le long de la frontière, jugée trop inefficace par l'état-major. Les Anglais venaient d'arriver en renfort ; en effet, les manœuvres de l'armée allemande devenaient inquiétantes sans que leur but soit encore bien défini.

Et puis, le 10 mai, les troupes du Reich déferlèrent soudain sur les Pays-Bas, la Belgique et le Luxembourg, violant leur neutralité. Depuis que la menace se précisait, ces pays, en alerte, avaient en hâte mobilisé des troupes auxquelles se joignirent aussitôt Français et Anglais. Évitant les frontières françaises de l'est, trop bien défendues, Hitler attaquait traîtreusement au point de défense le plus faible.

Du 13 au 15 mai, il réussit une percée dans les Ardennes, puis ce fut la longue bataille de Dunkerque, du 25 mai au 3 juin. Le secteur des Flandres étant insuffisamment fortifié, l'armée allemande prit rapidement les casemates pour enfin se déployer sur le territoire français.

Entre le 5 et le 9 juin, les Allemands percent le front sur la Somme, puis le passage de la Sarre ; les troupes franco-anglaises sont déplacées en grande hâte pour éviter l'encerclement. Plus à l'est, les villes de Colmar et de Belfort sont prises, la population évacuée. Dépassées, les troupes françaises battent en retraite vers le sud pour enfin se rendre, entre le 21 et le 25 juin. Le 22, le gouvernement français a signé l'armistice avec l'Allemagne, le 24 avec l'Italie. La France a perdu la « drôle de guerre », les régions du Nord et de l'Est sont envahies. Les troupes du Führer sont entrées dans Paris le 14 juin, et c'est tout le pays qui est consterné ; cette défaite a un goût amer, les Français s'interrogent avec angoisse sur leur avenir.

Devant l'avancée allemande, les populations du Nord, de l'Est, de la région parisienne et de la Normandie fuient vers le sud sous les bombardements : c'est « l'exode ». Beaucoup de ces malheureux vont périr sur les routes, d'autres seront arrêtés et faits prisonniers. Ceux qui auront la chance d'en réchapper trouveront refuge ici ou là, grâce à la solidarité de leurs compatriotes encore épargnés.

Après la capitulation, deux millions de soldats français et nombre d'Anglais faits prisonniers à l'issue des batailles sont conduits en Allemagne, enfermés dans des camps de prisonniers. Quelques-uns sont restés sur place quelque temps pour déminer alors que l'armée allemande récupérait tout l'armement des Alliés.

À Saint-Géraud, comme partout, c'est l'accablement général. Depuis le début des batailles, les familles n'ont aucune nouvelle de leurs soldats disséminés sur les divers fronts de combats : sont-ils morts, blessés, prisonniers ? Nul ne sait.

De son mieux, Blanche Berthaud tente de rassurer Lucie Delsort qui ignore tout du sort de son mari. Elle écrit à Line, toujours pensionnaire au lycée de Clermont, lui ment au sujet de Jérôme, prétendant qu'il a donné des nouvelles et qu'il va bien. Émilienne, elle aussi, a grand besoin d'être réconfortée : Paul, son mari, était mobilisé quelque part près de la frontière belge ; comme tant d'autres, il n'a donné aucun signe de vie depuis plusieurs semaines.

— Mon petit Baptiste n'avait que six mois au départ de son père, déplore Émilienne en larmes, il ne se souviendra même pas de lui...

— Il reviendra, j'en suis certaine, affirme Blanche en serrant la jeune femme dans ses bras.

Elle n'est sûre de rien, comment pourrait-elle prévoir l'avenir ? Pourtant, elle doit convaincre Émilienne que tout espoir n'est pas perdu.

Le maréchal Pétain, l'un des héros de la guerre de 1914-1918, a été appelé par le gouvernement français. C'est lui qui, ne voyant pas d'autre issue, a demandé le 17 juin aux Allemands l'arrêt des combats. Plus tard, on lui reprochera cette capitulation, vécue comme un déshonneur par la grande majorité des Français.

Parmi les conventions du traité de paix, une ligne de démarcation coupe la France en deux : zone nord et façade atlantique occupées par les Allemands, zone sud libre. Quelques territoires de l'Est sont dévolus aux Italiens, trop peu au gré de leur chef Mussolini. L'Alsace et la Lorraine deviennent allemandes, les hommes de ces provinces enrôlés contre leur gré dans les troupes d'Hitler.

Le gouvernement français, avec à sa tête le maréchal Pétain, est installé à Vichy, dans l'Allier, sous la ligne de démarcation. À Saint-Géraud, où l'on se réjouit d'être en zone libre, ont été accueillis un grand nombre de réfugiés. Les Berthaud logent une grand-mère et sa petite-fille de sept ans. Jocelyn, très réticent, avait d'abord refusé avec véhémence de recevoir ces « étrangères », puis il avait fini par céder aux exhortations de son épouse, bien plus par amour-propre que par charité.

Grâce à la Croix-Rouge qui a acheminé les courriers, les soldats prisonniers ont enfin donné des nouvelles, au grand soulagement des familles. Dans une lettre très brève surtout destinée à indiquer son adresse, chacun se veut rassurant. Dans un camp de la région de Hambourg, Jérôme est pour le moment l'un des secrétaires d'un haut officier. Pierre Delsort est enfermé dans un camp de la Ruhr, à quelques heures de la ville de Dortmund ; il a été affecté à l'infirmerie. Quant à Paul Rouvel, il se trouve prisonnier au nord de la Rhénanie ; chaque matin, lui et ses camarades sont conduits dans une usine, à quelques kilomètres de distance, pour travailler à la fabrication de pièces détachées destinées aux avions de combat.

Un peu rassurées sur le sort de ceux qui leur sont chers, les familles font désormais face à une question angoissante : combien de temps durera cette captivité ? Des semaines, des mois, des années peut-être… Nul, hélas, ne saurait le dire. On ne peut qu'espérer que les prisonniers soient bien traités, qu'ils ne tombent pas malades. Quant à leur retour, c'est l'inconnu le plus total.

Au reçu de la lettre de Jérôme, Blanche s'est empressée d'écrire à Jean pour le rassurer sur le sort de son jeune frère. Pour l'instant, Grenoble est en zone libre ; mais, vu les événements, Gloria,

Jean et les enfants pourront-ils, comme chaque été, venir passer le mois d'août à Saint-Géraud ? Tout le monde l'espère mais quelle sera la situation quelques semaines plus tard ?

XI

Débuts de guerre

Les semaines passaient. La plupart des prisonniers donnaient assez régulièrement de leurs nouvelles. Les familles attendaient impatiemment la courte missive, généralement mensuelle, sur laquelle ils reconnaissaient avec soulagement l'écriture de l'être cher retenu loin de chez lui. Naturellement, nul n'ignorait que ces courriers étaient censurés, aussi les prisonniers ne se plaignaient-ils pas, au contraire : *Je vais bien, je suis bien nourri, j'ai de bons camarades…*

Les familles répondaient de même, se gardant bien de faire allusion à la situation générale du pays, encore moins d'émettre la moindre critique à l'égard du gouvernement de Vichy et des contraintes auxquelles, de plus en plus, était soumise la population.

Un matin, Blanche Berthaud entra à la boucherie Mainard pour trouver la patronne la mine triste et les yeux rougis ; la jeune femme n'osa rien demander. Le boucher était absent, seul Roger débitait un quartier de viande sur un comptoir alors que sa mère tenait la caisse. Blanche était la seule cliente ; elle remarqua que le jeune homme, malgré la raideur de son bras gauche, semblait avoir acquis une assez grande dextérité pour ce travail et elle s'en réjouit pour lui.

— Ah, madame Berthaud, à vous je peux bien le dire, je sais que vous me comprendrez, déclara soudain la bouchère. Je viens d'avoir une dispute avec mon mari. Je peux parler librement, il est parti depuis peu à l'abattoir avec le commis. Imaginez-vous que j'ai eu le malheur de faire une réflexion qui lui a déplu et, à ma grande honte, il m'a remise en place devant deux clientes.

Blanche ne sut que répondre, attendant la suite de l'anecdote.

— J'ai fait remarquer, reprit la bouchère, qu'à tout prendre je préférais que mon fils ait eu cet accident qui le prive d'un bras, ou presque, plutôt que de le savoir prisonnier en Allemagne. Qui peut dire si ces malheureux ne sont pas battus, affamés, ou pire encore ? Et puis reviendront-ils un jour ? Alors là, mon mari est entré dans une colère terrible, disant que notre fils ne pourrait jamais reprendre notre affaire, qu'après nous il n'aurait plus de gagne-pain, qu'il finirait par mourir de faim, seul et abandonné car, à cause de son infirmité, aucune jeune fille ne voudrait jamais devenir sa femme, etc.

Mme Mainard recommença à pleurer en rendant sa monnaie à Blanche qui, très gênée, ne savait que répondre.

— Maman, intervint doucement Roger, rouge de honte, tais-toi, je t'en prie, nos clients n'ont rien à faire de nos disputes familiales…

— Tu as raison, mon petit, excusez-moi madame Berthaud, je n'aurais pas dû, surtout que votre jeune beau-frère est là-bas…

— Ce n'est rien, madame Mainard, ne vous excusez pas, je comprends tout à fait vos soucis pour l'avenir de votre fils.

De retour chez elle, Blanche eut la malencontreuse idée de rapporter cette conversation à son mari qui, à sa grande surprise, s'emporta aussitôt, se mettant à vociférer :

— Je ne veux plus entendre parler de ce garçon boucher et de ses problèmes, c'est une vieille histoire et j'ai bien d'autres préoccupations, crois-moi ! Je pourrais te demander pourquoi tu t'intéresses tellement à lui. À partir d'aujourd'hui, je t'interdis de prononcer son nom !

Stupéfaite, Blanche faillit rétorquer que son époux n'avait rien à lui interdire, elle n'était pas une enfant puis, jugeant inutile d'engager une polémique pour si peu, elle tourna les talons pour rejoindre Émilienne à la cuisine ; bavarder avec la jeune femme lui ferait le plus grand bien.

Par chance, les grandes vacances avaient commencé depuis peu et Line avait regagné Saint-Géraud. Jean et sa famille promettaient leur visite pour les premiers jours d'août ; Blanche et sa fille s'en réjouissaient grandement, un peu de mouvement et de gaieté dans la maison seraient plus que jamais les bienvenus. Jérôme leur manquerait à tous, lui toujours rieur et empressé auprès de chacun des membres de la famille, Jocelyn excepté puisqu'il s'enfermait toujours dans un mutisme décourageant.

Blanche soupira et partit vers la pharmacie où elle se rendait régulièrement pour tenir compagnie à Lucie et lui apporter un peu de réconfort.

Le temps était pluvieux et Line était déjà auprès d'Élisabeth chez qui elle devait passer l'après-midi ; la fillette avait emmené Flicka que Lucie accueillait volontiers. Pendant que les deux amies se faisaient des confidences, Louis jouait avec la chienne qui ne demandait pas mieux.

*

* *

Lors de la rentrée d'octobre 1940, les pensionnaires du lycée Jeanne-d'Arc eurent une surprise de taille : certains locaux et leur réfectoire avaient été réquisitionnés par les services de santé de l'armée ; depuis le début de l'été, cette dernière pièce, immense, servait de bloc opératoire pour les nombreux blessés que n'avaient pu accueillir les hôpitaux clermontois.

À l'heure des repas, les internes accompagnées par des surveillantes gagnaient d'autres établissements scolaires de la ville ; on rentrait ensuite au lycée pour suivre les cours. Les classes, déjà surchargées (quarante-cinq à cinquante élèves), étaient à présent presque doublées. En effet, il avait fallu libérer des locaux pour des étudiants étrangers à la région ; les facultés manquaient de classes pour eux et les établissements publics secondaires se devaient d'en accueillir un certain nombre.

Comme leurs camarades, Élisabeth et Line se plaignaient des repas d'une qualité plus que médiocre et des portions minuscules qui leur étaient servies. Les élèves qui, par chance, avaient des correspondants en ville, demandaient l'autorisation de prendre leurs repas chez eux, quand cela était possible. Les cousins du père d'Élisabeth habitaient beaucoup trop loin du centre-ville pour lui rendre ce service ; quant à Line, son oncle Jérôme absent et pour cause, elle n'avait personne susceptible de l'héberger.

Cette année scolaire 1940-1941 fut donc particulièrement difficile pour la fille de Blanche. Elle suivait à présent la classe de quatrième et commençait l'étude du grec ancien. Plus que jamais, elle attendait impatiemment les vacances qui la ramenaient à Saint-Géraud. Chaque fois, sa chienne lui faisait des fêtes à n'en plus finir. Line s'inquiétait des nouvelles de son oncle Jérôme qui lui manquait tellement. Elle aidait sa mère à confectionner pour lui des colis de linge et de victuailles. Elle écrivait à sa cousine Sibylle, passait de longs moments avec sa chère Babeth, rendait visite à la famille Valais pour jouer avec le petit Baptiste.

Elle n'allait plus voir la voisine Mme Portal, décédée au printemps 1940. Vulcain, le gros chat noir, était mort de vieillesse quelques semaines avant sa maîtresse.

Les deux réfugiées hébergées chez les Berthaud en juin 1940 avaient quitté l'Auvergne fin avril de l'année suivante. Geneviève Deschamps et sa petite fille de sept ans, Madeleine, étaient parties rejoindre la seule famille qui leur restait à Cavaillon, dans le Vaucluse. Le frère de Geneviève venait de rentrer chez lui après un long séjour à l'hôpital et il avait été heureux de les accueillir. Au moment de l'exode, la maison des deux femmes, dans un village de l'Oise, avait été bombardée et entièrement détruite et elles avaient de peu échappé à la mort. Pendant leur séjour à Saint-Géraud, en période de vacances, Line aimait s'occuper de la petite Madeleine comme d'une jeune sœur ; à présent, la fillette lui manquait beaucoup.

Désolée de voir sa chère Line si grande et d'une maigreur inhabituelle, Émilienne confectionnait pour elle des plats revigorants et quantité de desserts.

— Mais ne t'inquiète donc pas, Milie, je suis seulement un peu mince parce que j'ai beaucoup grandi.

— Taratata, répliquait son ange gardien, tu es mal nourrie dans ta fichue grande ville, c'est tout ! Quand tu es là, tu dois manger double pour compenser. Ah, si je tenais ces malotrus qui font mourir de faim de pauvres gamines innocentes !

Line éclatait de rire en dévorant une énorme portion de semoule au lait nappée de confiture et Blanche souriait en se demandant ce qu'elle-même deviendrait si, en l'absence de sa fille chérie, Émilienne venait à la quitter. Par chance, à la belle saison, elle avait son jardin, ses rosiers, quantité de fleurs qu'elle soignait avec amour ; là, elle parvenait à oublier un peu l'absence de Line, de Jérôme, la froideur de Jocelyn qui se désintéressait de plus en plus de son épouse. Sa journée de travail finie, comme autrefois il s'enfermait dans son bureau. Là, il lisait la presse, écoutait les informations souvent volontairement erronées, pestant contre Hitler et ses troupes, le maréchal Pétain et son gouvernement, et même contre ses compatriotes qui n'avaient pas su garder leur liberté.

Lorsque, sous le coup de la colère, il pensait tout haut pendant les repas, Blanche grillait d'envie de demander : « Et toi, que fais-tu de plus ? Bien au chaud, bien nourri, tu n'oses pas refuser de lire les lettres de Jérôme mais tu n'en as rien à faire ! La preuve, tu ne lui as pas écrit une seule fois. Tu es un sans-cœur, tu ne mérites pas ta chance d'être toujours chez toi avec ta famille alors que lui... » Évidemment, pour éviter une discussion où Jocelyn aurait raison et elle tort, comme toujours, elle se taisait.

Parfois, il s'en prenait également au général de Gaulle « bien tranquille en Angleterre à composer des discours grandiloquents », à son avis parfaitement inutiles.

La visite de Jean et de sa famille était toujours une période bénie pour Line et sa mère. Comme leur cousine, les quatre enfants avaient beaucoup grandi ; les deux aînés, âgés de dix-sept et seize ans, participaient activement aux débats soulevés par leur père et leur oncle au cours des repas.

— Je suis entièrement de l'avis de mes camarades de classe, dit un jour Christopher, le maréchal Pétain est beaucoup trop âgé pour tenir les rênes du pays. Il a vendu la France aux Allemands, s'aplatissant de manière honteuse devant eux.

— Parfaitement, renchérit John. De plus, il est entouré de très mauvais conseillers. À présent, il n'y a que le général de Gaulle qui soit capable de les chasser.

— Sans armée, ricana Jocelyn, il ne peut pas faire grand-chose ! Vous êtes deux jeunots ignorants, mes chers neveux. Pensez plutôt à vos études au lieu de vous mêler de problèmes d'adultes qui vous dépassent.

— Tu te trompes grandement, mon cher frère, répliqua Jean. Tout comme moi, mes fils comprennent très bien ce qui se passe dans notre pays. Et, crois-moi, je les incite toujours à s'y intéresser. Avec de Gaulle, ce sont les jeunes qui sauveront la France, bientôt.

— Ah oui, et comment ? Tu peux nous le dire ?

— Des groupes commencent à se former dans notre région pour résister à l'occupant. Et je suis certain qu'au fil du temps il y en aura partout en France.

— Quel doux rêveur tu fais, mon pauvre Jean ! De Gaulle a appelé à la résistance depuis la radio de Londres dès le 18 juin de l'année dernière, plus d'un an déjà. Et nous en sommes toujours au même point, c'est-à-dire nulle part !

— Je vois que tu n'es pas vraiment au courant. De plus en plus de Français passent en Angleterre. Ils s'entraînent avec des troupes anglaises. Dans quelque temps, lorsqu'ils seront prêts et que la France comptera assez de résistants pour les épauler, ils débarqueront chez nous, tu verras.

— Dans quelque temps ! Là est la question ! Garde tes rêves, mon pauvre Jean, et tes fils aussi. Moi, je crois ce que je vois.

Blanche, sa belle-sœur, Sibylle, Line et Michaël, onze ans déjà, s'étaient contentés d'écouter le débat entre les deux frères. Afin de faire diversion, Gloria demanda à sa fille de l'accompagner à la cuisine pour chercher le dessert ; pendant ce temps, Line aidait sa mère à desservir.

— Tu devrais nous plaindre, jeta Blanche à sa belle-sœur. Je n'en peux plus des considérations de Jocelyn, il m'épuise ! Encore, lorsque Line est là, c'est supportable, mais dès qu'elle repart au lycée, Dieu que c'est difficile pour moi…

— Ne fais donc pas attention, laisse-le dire, répliqua Gloria en serrant la main de Blanche. Bien sûr, ce ne doit pas être drôle mais tu dois bien en prendre ton parti, n'est-ce pas ?

Les premiers jours de septembre, peu après le départ des Grenoblois, les parents de Line reçurent un courrier de la directrice du lycée Jeanne-d'Arc. Elle informait les familles qu'à la prochaine rentrée d'octobre l'internat était supprimé. Seuls les cours seraient assurés comme par le passé. Il convenait donc de chercher un hébergement en ville pour les anciennes pensionnaires.

XII

Période sombre

Blanche et Lucie, très embarrassées, devaient rapidement résoudre le problème de la scolarité de leur fille. Il n'était pas question de loger à l'hôtel des adolescentes de treize et quatorze ans. Alors où ?

Ce fut Émilienne qui eut une idée providentielle.

— La sœur de ma mère et son mari tiennent un café à Clermont, rue Fontgiève. Leur fille unique s'est mariée il y a deux ans, à présent elle vit près du Puy, en Haute-Loire. Elle a un bébé de six mois et ne vient pas souvent visiter ses parents. Sa chambre est donc libre. Voulez-vous, madame Berthaud, que je demande à mon oncle et à ma tante s'ils accepteraient de loger et nourrir provisoirement Line et son amie ?

Sans même en parler à son époux, Blanche se confondit en remerciements avant de courir chez Lucie pour lui faire part de cette proposition. Cette dernière s'empressa d'approuver son amie et, le jour même, Émilienne téléphonait à sa tante. Thérèse et Antoine Dumont acceptèrent aussitôt de rendre ce service à la patronne de leur nièce. Le jour du mariage d'Émilienne, ils avaient d'ailleurs rencontré Line et beaucoup apprécié la fillette.

Comme il fallait s'y attendre, Jocelyn désapprouva cette solution dès que Blanche le mit au courant.

— Mais tu n'y penses pas ! Ces gens tiennent un café et toi tu veux leur confier ta fille ? Imagines-tu un instant quels personnages elle sera appelée à rencontrer ? Des ivrognes, des moins-que-rien, voilà !

— Eh bien, trouve donc une autre solution ! Me critiquer, encore et toujours, c'est une chose mais résoudre le problème en est une autre, non ?

Pour une fois, Blanche répliquait et son mari, pas du tout habitué à ce qu'elle lui tienne tête, quitta la pièce sans ajouter le moindre mot. Le soir au dîner, il jeta soudain :

— Ces gens vont nous faire payer le prix fort, tu y as songé ? Nous dépenserons bien plus que le montant de la pension versée au lycée, c'est certain !

— Nous paierons ce qu'il faudra pour notre fille unique. Et j'espère bien que cette situation ne durera pas un siècle, Line a droit à une scolarité dans les meilleures conditions possibles.

C'était dit d'un ton ferme et sans réplique, tout à fait exceptionnel chez Blanche, et Jocelyn donna enfin son aval.

Accompagnés de Lucie, les Berthaud assistèrent à une réunion de rentrée où la directrice en personne prit la parole. Elle expliqua que non seulement le réfectoire mais aussi les dortoirs étaient réquisitionnés et occupés par les services de santé de l'armée. Il avait donc fallu fermer l'internat. En revanche, les salles de cours restaient à disposition des élèves et de leurs professeurs.

On conduisit ensuite les lycéennes rue Fontgiève, chez leurs logeurs. Lucie et Blanche furent aussitôt rassurées : Antoine et Thérèse Dumont étaient sympathiques, leur accueil chaleureux. Line et Élisabeth partageraient un grand lit, ainsi que l'armoire et la commode pour ranger leurs vêtements. Elles disposaient d'un petit cabinet de toilette et une table leur servirait de bureau.

— Ainsi, dit Thérèse Dumont, vous serez tranquilles pour faire vos devoirs, au café il y a généralement trop de bruit.

Après avoir débattu le prix de pension et versé un mois d'avance, les parents quittèrent leurs filles ; Lucie et Blanche leur firent mille recommandations avant de repartir vers l'automobile où Jocelyn les attendait. Les adolescentes éprouvaient une grande joie à l'idée d'être libres, comme les externes qu'elles enviaient tellement durant les années scolaires précédentes.

Lorsque Antoine les appela pour dîner dans l'arrière-salle du café, Line et Élisabeth songèrent que, finalement, ce contretemps faisait bien leur affaire.

*

* *

Dès le 1er juillet 1941 commença une longue période de restrictions de toutes sortes qui perdurerait, pour certains produits, jusqu'en 1949.

On rationna tout d'abord les produits textiles, puis le tabac, enfin l'alimentation, le charbon et, peu à peu, toutes les denrées de consommation courante. Les cartes de rationnement et les tickets entrèrent en vigueur, différents selon l'âge, le sexe, le métier, la région habitée, ville ou campagne… Au fil des mois s'installa un trafic, le marché noir, qui enrichit considérablement une partie de la population alors que l'autre ne mangeait pas à sa faim, dans les grandes villes tout particulièrement. Les prix subissaient des hausses constantes et les plus pauvres ne parvenaient plus, ou à peine, à nourrir leurs enfants.

Lorsqu'il pouvait se procurer suffisamment d'essence, et plus tard de charbon de bois pour le nouveau moteur à gazogène, Antoine Dumont se rendait à Saint-Géraud. Maria Valais, sa belle-sœur, lui cédait une volaille, un lapin, du porc salé, des œufs, des légumes. Line et Élisabeth profitaient de ces largesses, ainsi de ce qu'avait pu se procurer leur mère respective.

Hélas, la plupart des routes étaient sévèrement contrôlées, les marchandises saisies et l'on devait en outre payer une amende. Pour regagner Clermont, Antoine rallongeait considérablement son trajet en empruntant de petites routes secondaires non surveillées ou même, parfois, des chemins de terre lui permettant d'éviter les grands axes.

Comme lui, nombre de citadins qui possédaient des moyens financiers suffisants gagnaient la campagne environnante pour acheter dans les fermes un supplément de nourriture. Faute de carburant, la plupart s'y rendaient à vélo le dimanche, en famille, heureux lorsqu'ils pouvaient rapporter un peu de ravitaillement sur leur porte-bagages.

Les arrestations de masse, ordonnées par la Gestapo et soutenues par le régime de Vichy, ont commencé. Les Juifs sont particulièrement visés ; ceux qui le peuvent se cachent dans des caves, des greniers ou mieux à la campagne, moins surveillée que les villes dans un premier temps. En secret, quelques fermes autour de Saint-Géraud, et ailleurs, abritent ces malheureux, leur fournissant un toit et de la nourriture.

Un peu partout naissent des réseaux de Résistance ; mal armés, souvent désorganisés, ils ne sont pas encore efficaces. Après le débarquement des Alliés en Afrique du Nord à partir du 8 novembre 1942, la zone sud de la France est peu à peu occupée par l'armée allemande et la Résistance se renforce. Il n'y a plus de zone libre. Prétextant un échange entre des prisonniers français et des volontaires, les Allemands créent le service du travail obligatoire auquel beaucoup de jeunes vont échapper en prenant le maquis, renforçant ainsi les groupes de résistants. L'espoir des familles est d'ailleurs rapidement déçu : très peu de prisonniers, malades et donc dans l'incapacité de travailler, vont être renvoyés dans leur foyer. Les réfractaires au STO sont pourchassés par la Milice, police française dévouée à la cause de l'occupant ; ceux que l'on arrête sont aussitôt exécutés pour l'exemple.

La rentrée d'octobre 1942 au lycée Jeanne-d'Arc avait eu lieu dans les mêmes conditions que la précédente. Mais, à l'arrivée des troupes allemandes, il fallut céder une partie des salles de classe et un grand nombre d'élèves durent suivre des cours ailleurs en ville, dans des hôtels le plus souvent ou à la faculté de lettres. Réfectoire et dortoirs logeaient à présent des soldats allemands, les services sanitaires français en ayant été chassés promptement par les troupes d'occupation.

Comme tant d'autres parents, Blanche et Lucie s'inquiétaient pour leur fille qui vivait maintenant dans une ville occupée. Les bourgs et villages de montagne ne semblaient pas, pour l'instant, être la cible de l'ennemi. L'hiver déjà installé dans les régions d'altitude expliquait sans doute son hésitation à les investir ; hélas, dès l'arrivée du printemps, les troupes allemandes les occupèrent à leur tour, à la recherche des résistants qu'elles nommaient « les terroristes ».

Les bâtiments publics, trop peu nombreux à Saint-Géraud comme dans tous les bourgs d'ailleurs, ne suffisaient pas à héberger la division allemande cantonnée dans ce secteur ; les habitants les mieux logés furent, bon gré, mal gré, mis à contribution. Tandis que Lucie, seule la plupart du temps avec son fils, devait céder trois pièces à des sous-officiers de la Wehrmacht, les Berthaud se voyaient imposer un officier supérieur et son aide de camp.

Jocelyn enrageait de devoir subir les allées et venues incessantes des soldats convoqués par le chef nazi dans la chambre qui lui servait de bureau.

Pire encore : les deux hommes hébergés partageaient les repas dans la salle à manger familiale. Rapidement, le juge et son épouse prirent l'habitude de devancer l'heure de se mettre à table ; ainsi, ils évitaient le tête-à-tête avec les deux Allemands.

Lorsque, aux vacances de Mardi gras, Line rentra chez elle pour quelques jours, elle dut prendre son parti de croiser les deux hommes dans l'escalier et les couloirs.

L'adolescente n'était pas surprise, à Clermont les Allemands avaient tout investi : les rues, les cafés, les magasins, les cinémas… Pour Antoine Dumont, il n'était plus question de venir se ravitailler à Saint-Géraud et, comme les denrées alimentaires les plus courantes manquaient cruellement, tickets ou non, au grand dam de son épouse Thérèse les menus étaient chiches. De retour en ville, Line et Élisabeth avaient réussi à rapporter, cachés au milieu de leur linge dans leur valise, pain de ménage, fromages et saucissons secs. Au café Dumont, on fit durer le plus longtemps possible ces provisions miraculeuses.

Durant l'année 1943, un peu partout en France, arrestations et représailles furent légion. Les nazis s'en prenaient non seulement aux Juifs français mais aussi à tous les étrangers installés dans le pays, à des intellectuels, à tous les anonymes que leurs compatriotes dénonçaient sous un prétexte quelconque, généralement pour régler des comptes personnels. La Milice française traquait particulièrement les résistants, de plus en plus nombreux et, hélas, souvent trahis par ceux que l'on nommait les collaborateurs, inconditionnels du gouvernement en place. Après l'internement au camp de Drancy, des trains entiers emportèrent indistinctement hommes, femmes, enfants, vieillards vers des camps de déportation au fin fond de l'Allemagne. La plupart n'en reviendraient jamais.

En août, Jean Berthaud et les siens n'avaient pu gagner l'Auvergne comme ils en avaient l'habitude. Depuis l'invasion de la zone sud, les régions proches des frontières suisse et italienne étaient occupées par les troupes de Mussolini et l'on ne délivrait pas de laissez-passer. Un mois plus tard, celles-ci rejoignaient les Alliés et, aussitôt, les Allemands s'empressaient d'occuper ces territoires.

À Saint-Géraud, Line déplorait l'absence de ses cousins, de Sibylle surtout. Les adolescentes échangeaient des courriers réguliers, se racontant, avec la plus grande prudence, leur vie de lycéennes. Depuis le début des grandes vacances, Line avait un grand secret que, même de vive voix, elle n'aurait pu confier à sa chère cousine ni à personne d'autre d'ailleurs. Élisabeth, elle non plus, n'était pas au courant. Parfois, la fille de Blanche culpabilisait, se reprochait de tromper sa mère mais elle ne pouvait en aucun cas agir autrement.

À Grenoble, Gloria tremblait pour ses deux fils aînés. En effet, depuis quelques mois, Christopher puis John avaient rejoint le maquis du Vercors. Malgré son inquiétude, leur père approuvait ce choix. Il savait que seule une armée de réfractaires répandue en secret dans tout le pays pourrait, avec l'aide des troupes réunies en Angleterre autour du général de Gaulle, débarrasser la France de l'occupant. Certes, ceux que l'on nommait les maquisards couraient de grands risques ; pourtant leurs actions commençaient à dérouter l'ennemi. Ils faisaient sauter des ponts et des lignes de chemin de fer, attaquaient par surprise un détachement de soldats allemands en pleine ville ou un convoi sur une route de campagne, posaient une bombe dans leurs repaires. Beaucoup, hélas, y laissaient la vie ou se retrouvaient plus ou moins blessés. Grâce à un code secret, ils étaient informés des parachutages d'armes venues d'Angleterre et les récupéraient de nuit avec la plus grande prudence.

De son côté, depuis longtemps déjà, Jean aidait à cacher des Juifs dans des fermes isolées ou des chalets d'alpage dans le massif de Belledonne, proche de Grenoble. Assisté de quelques amis, il conduisait de nuit des petits groupes de fuyards, généralement une ou deux familles aux abois, risquant sa vie en cas d'arrestation. Chez lui, Gloria et leur fille tremblaient ; quant au jeune Michaël, âgé d'un peu plus de treize ans, il enrageait de ne pouvoir rejoindre ses frères au maquis.

XIII

Projets de résistance

VINT UN JOUR où Clermont-Ferrand fut bombardée. Les Alliés visaient tout particulièrement les usines et dépôts d'armes ; hélas, il arrivait qu'une bombe manque sa cible. On avait construit quelques abris souterrains ; pourtant c'était surtout dans les caves que les habitants cherchaient un abri. Au café Dumont, Line et Élisabeth avaient appris, comme les patrons et les consommateurs, à descendre en toute hâte dans la cave voûtée au premier son de la sirène d'alarme ; Antoine y entreposait tonneaux de vin et bouteilles d'alcool mais, depuis le début de la guerre, ces provisions s'amenuisaient de jour en jour sans pouvoir être renouvelées.

Si les lycéennes se trouvaient en cours au moment de l'alerte, avec leurs professeurs elles traversaient en courant l'esplanade devant leur école pour gagner les abris souterrains creusés sous les trottoirs d'en face.

Une autorisation parentale permettait alors à quelques élèves une fuite à bicyclette chez des amis proches.

Les jeunes filles savaient depuis longtemps que nombre d'étudiants de l'université appartenaient à la Résistance. Aux côtés des Clermontois, on trouvait des étudiants venus d'Alsace au début de 1940. En effet, l'invasion allemande devenue imminente, le recteur de l'université de Strasbourg avait sollicité l'aide de l'académie de Clermont-Ferrand. Les étudiants avaient ainsi échappé à l'enrôlement dans l'armée allemande ; les facultés alsaciennes fermées, beaucoup de jeunes filles avaient suivi leurs compatriotes pour étudier dans la capitale auvergnate.

Ces étudiants réfugiés, parmi lesquels des lycéens et lycéennes, logeaient dans des familles, en foyer ou bien se partageaient un modeste appartement. Leur vie était difficile : manque de nourriture, de vêtements. La plupart gagnaient la campagne le dimanche pour faire du troc : tabac contre denrées alimentaires tout particulièrement.

Dès 1941, en grand secret, s'était développé un réseau de résistance au sein des facultés ; en 1943, ce mouvement clandestin avait pris de l'ampleur et nul n'ignorait son existence.

À la mi-juin, un jour où Line était rentrée du lycée avant Élisabeth, Antoine Dumont avait frappé à la porte de la chambre où l'adolescente travaillait à une dissertation portant sur un texte de Ronsard.

— Pardon de te déranger, mais ton amie ne doit pas savoir ce que je vais te demander. D'abord, je dois t'informer que Thérèse est contre et que tu ne devras parler à personne de notre conversation.

Line dévisageait son logeur dont la mine grave tout à fait inhabituelle l'intriguait.

— Je sais que tu es très jeune et que je vais te demander quelque chose d'extrêmement difficile.

Si tu ne te sens pas capable d'assumer la mission que je désire te confier, dis-le-moi franchement, je ne t'en voudrai pas.

— Je vous écoute, dit Line en posant le stylo qu'elle tenait toujours à la main.

— Voilà, commença Antoine en s'asseyant sur la chaise libre en face de l'adolescente, très attentive. D'abord, sache que je t'ai choisie plutôt qu'Élisabeth car, même si elle a un an de plus que toi, je te trouve beaucoup plus mûre, plus volontaire. Je me trompe ?

Line secoua la tête en signe de dénégation. Certes, elle aurait quinze ans début octobre seulement mais, grâce sans doute aux événements qu'elle vivait ces dernières années et surtout à son caractère très affirmé, elle se sentait plus adulte que la majorité de ses camarades, Élisabeth tout particulièrement. Antoine commença à formuler ce qu'il attendait d'elle.

Pendant les grandes vacances, à présent toutes proches, il avait besoin d'une personne sûre à Saint-Géraud, et cette personne, ce serait Line, si elle acceptait.

Il s'agissait, une fois par semaine, le samedi, de se rendre à l'arrêt du car venu de Clermont et de contacter discrètement Jules Coudert, le conducteur. Celui-ci confierait un message oral à son contact, chargé de le transmettre à un jeune homme qui l'attendrait l'après-midi même chez les Tournaire, fermiers au hameau des Ronciades, à deux kilomètres à peine du bourg.

— Penses-tu que ce soit possible ? demanda le cafetier.

Et, comme Line hochait la tête pour acquiescer, il continua ses explications :

— J'insiste, tu dois retenir le message, il sera court, et surtout ne jamais l'écrire, tu comprends ? Si par hasard tu es fouillée, on ne doit pas trouver un papier sur toi. Ce secret, tu ne le partages avec personne, absolument personne, ni tes parents, ni tes amies, ni ma nièce Émilienne, son père ou sa mère, c'est très important. Alors, qu'en dis-tu ?

— Je le ferai, affirma Line sans hésiter.

— Merci. Il te faudra trouver un prétexte pour te rendre aux Ronciades le samedi après-midi.

— Oh, ce sera facile, j'irai acheter du beurre chez Mauricette Tournaire, je la connais. Ma mère était l'une de ses bonnes clientes avant la guerre, lorsque les marchés se tenaient encore sous la halle, les mardis et samedis matin.

— Voilà qui est très bien. Nous en reparlerons juste avant ton départ pour Saint-Géraud. Je te laisserai mon numéro de téléphone, mais il ne faudra l'utiliser qu'en cas d'extrême urgence, n'est-ce pas ? Et n'appelle jamais de chez toi, bien sûr. Merci encore, tu es une fille courageuse, je n'en attendais pas moins de toi. À tout à l'heure au dîner.

Les parents de Line et la mère d'Élisabeth devaient venir chercher les lycéennes pour les vacances ; les jeunes filles en effet auraient beaucoup trop de bagages pour prendre le car. Line le regrettait un peu, ce voyage de Clermont à Saint-Géraud lui aurait permis de prendre discrètement contact avec le conducteur ; ce serait donc pour plus tard. Blanche et Lucie cachaient dans leur sac pain de seigle et saucisson pour les hôtes si dévoués de leurs filles. En cas de contrôle, elles prétendraient qu'il s'agissait seulement de leur repas de midi. Blanche s'était bien gardée de confier la chose à Jocelyn ; ce dernier se serait insurgé, déclarant qu'il était stupide de prendre des risques, que les Dumont étaient assez cher payés, avançant aussi d'autres arguments auxquels Blanche ne voulait même pas songer.

La veille, en cachette de son épouse et d'Élisabeth, Antoine Dumont avait pris Line à part pour d'ultimes recommandations.

— Au moins, tu ne regrettes pas de m'avoir donné ton accord ? Il est encore temps de te rétracter, pourtant je t'avoue qu'il me sera difficile de trouver un nouveau contact et...

— Je n'ai qu'une parole, monsieur Dumont, répondit l'adolescente en le fixant droit dans les yeux.

— Je n'en attendais pas moins de toi. Merci. J'ai bien compris que, malgré ton jeune âge, toi aussi tu as hâte de voir ton pays enfin libéré et tu tiens à apporter ta pierre à l'édifice, je me trompe ?

— Vous ne vous trompez pas. Il me tarde tant de voir revivre une France libre, de retrouver mon cher oncle Jérôme, absent depuis près de quatre ans déjà, de voir rentrer le père de Babeth, celui du petit Baptiste pour qui le mot papa évoque seulement une image, la photo que Milie lui montre chaque jour, et tant et tant d'autres que leur famille attend dans l'angoisse. J'ai bien conscience que ce que je pourrai faire, ce sera infime mais la mer n'est-elle pas formée de milliards de gouttes d'eau ?

Pour la première fois, Antoine et Line s'étaient embrassés avec chaleur.

— Sois prudente, avait recommandé l'homme, bien plus ému qu'il ne voulait le laisser paraître.

Line avait seulement répondu par un grand sourire. Les dés étaient jetés. Pleine de confiance en l'avenir, l'adolescente avait rejoint Élisabeth dans leur chambre pour finir ses bagages.

*

* *

À trois kilomètres environ de Saint-Géraud commence une grande étendue d'épaisses forêts de hêtres et de sapins qui couvrent la longue pente abrupte remontant vers la chaîne des monts Dore. Au milieu des autres montagnes, plus ou moins élevées, se dresse le puy de Sancy, plus haut sommet du Massif central.

Des groupes de jeunes patriotes se cachaient là depuis environ une année, de plus en plus nombreux et bien entraînés ; il était prévu que, début novembre 1943, ces résistants, membres des Forces françaises de l'intérieur, partiraient grossir les rangs des maquis les plus proches : celui de Saint-Genès ou celui du barrage de l'Aigle, dans le Cantal. De là, leurs chefs les conduiraient vers des centres de regroupement destinés à frapper un grand coup pour désarçonner l'ennemi sur divers points du territoire.

Dans le bourg de Saint-Géraud, malgré leur discrétion, bien peu ignoraient la présence de ces jeunes ; leur besoin de ravitaillement en particulier faisait qu'une partie de la population du bourg connaissait leur existence. Le juge Berthaud était rentré furieux un jour pour déjeuner ; il venait d'apprendre qu'un certain nombre de ces « marginaux » vivaient clandestinement dans les bois des environs et enrageait en réalisant le danger qu'ils représentaient pour toute la population. Enfermé dans la chambre avec Blanche pour ne pas être entendu des Allemands qu'il hébergeait, il tentait vainement de parler bas en ravalant sa colère :

— Les chefs de ces inconscients ignorent-ils que, s'ils sont découverts, les Allemands, soutenus par la Milice, nous tueront tous avant de brûler entièrement le bourg ? C'est arrivé en bien d'autres endroits, tu le sais ! Et, s'ils épargnent les habitants, c'est vers les camps de déportation qu'ils les emmènent ! Qui sait ce qui s'y passe, tu peux me dire ?

Non, pas plus que quiconque son épouse ne pouvait le dire. Elle ne répondait rien et Jocelyn enrageait de plus belle.

— J'en ai parlé au maire, eh bien, crois-le ou non, il approuve la Résistance. Mon greffier m'a assuré que le fils du premier magistrat de notre commune est sur le point de rejoindre le maquis. Où va-t-on, mais où va-t-on ? Je te demande !

Sans un mot, Blanche avait quitté la chambre et gagné la cuisine pour chercher le repas préparé par Émilienne. Laissant la part des deux Allemands dans le four encore tiède, elle commença à déjeuner seule ; quand, peu après, Jocelyn vint la rejoindre, elle ne leva pas les yeux vers lui.

— Encore ce pain noir ! jeta ce dernier. Il est immangeable, je suis certain que même la volaille n'en veut pas… Quant à ce que nous disions tout à l'heure, j'avais oublié que mon imbécile de frère laisse ses deux fils se mettre en danger. Pour rien, crois-moi !

Une fois encore, Blanche resta muette et, imperturbable, commença à manger les nouilles faites maison, grisâtres certes en raison de la farine utilisée mais au moins avait-on la chance, contrairement à bien d'autres, de pouvoir se procurer du beurre pour les améliorer. Et, grâce à l'élevage de Maria Valais, un beau morceau de râble de lapin rôti complétait le plat.

— Je crains fort, songeait tristement la jeune femme, que ma petite Line ne profite pas d'un si bon déjeuner. Quant au pain noir, beaucoup sans doute voudraient bien pouvoir s'en rassasier, à commencer par Jérôme. Qui sait de quoi sont faits les repas de nos malheureux prisonniers…

Lorsque Line arriva chez elle pour les grandes vacances, elle attendit fébrilement le premier samedi où commencerait sa mission secrète. Le car venu de Clermont arrivait à Saint-Géraud à 10 heures. La plupart du temps, cet horaire n'était pas respecté. La Milice contrôlait le car, ici ou là, vérifiant l'identité des voyageurs, fouillant minutieusement tous leurs bagages et cela prenait du temps. De plus, le moteur à gazogène était capricieux. Bien souvent, l'heure d'arrivée était largement dépassée : une demi-heure, voire une heure de retard, et il fallait bien prendre son mal en patience.

Sous prétexte de rendre visite à Élisabeth, ce matin-là, Line, les mains moites et le cœur battant, annonça à sa mère qu'elle s'absentait un moment.

— Prends donc les tickets pour acheter le pain, dit Blanche. Voici mon porte-monnaie, tu récupéreras aussi les chaussures que j'ai données à ressemeler à la cordonnerie Fulbert.

Flicka sautait autour de sa maîtresse qui hésitait à l'emmener ; finalement, elle la mit en laisse et se dirigea vers la pharmacie avant de bifurquer vers la place de l'église où s'arrêterait le car.

XIV

Line en mission

Jules Coudert, le chauffeur du car, repéra aussitôt l'adolescente qui attendait, accompagnée de son chien. Elle s'appuyait contre le mur, à l'angle de l'*Hôtel des Cimes*, arrêt du car depuis de longues années.

Il connaissait bien la lycéenne qui, à chaque période de congés scolaires, empruntait son véhicule. Lorsque Antoine Dumont lui avait décrit son nouveau contact, Jules avait aussitôt pensé à Line : grande, agréable, une magnifique chevelure blonde et bouclée, un regard bleu franc et rieur mais volontaire, on lui donnait facilement dix-sept ou même dix-huit ans. Mais peut-être se trompait-il, elle pouvait être là pour attendre une connaissance.

Lorsque le dernier voyageur se fut éloigné, Line s'avança :

— Bonjour monsieur, je peux vous demander un renseignement ?

C'était le sésame, Jules ne s'était pas trompé.

— Bien sûr, mademoiselle.

Et, baissant la voix, il dit après avoir jeté un regard alentour pour s'assurer que nul ne pouvait l'entendre :

— « Une chouette niche dans le grand frêne. »

Line répéta le message à voix basse, ajouta d'un ton tout à fait naturel :

— Merci monsieur Coudert, et bon retour en ville.

La jeune fille partit aussitôt vers la boulangerie devant laquelle patientaient une petite dizaine de personnes ; son cœur battait la chamade, mentalement elle comptait les mots du message : sept, c'est vrai qu'il était court et facile à mémoriser. Naturellement, elle était incapable de le traduire, mais celui qu'elle rencontrerait cet après-midi même comprendrait l'énigme, cela seul importait. Levant les yeux, elle vit soudain Élisabeth devant elle.

— Babeth, j'allais te voir justement, mais ma mère m'a recommandé d'acheter le pain d'abord pour être certaine d'en avoir. Il n'est pas meilleur que celui de Clermont, mais il remplit l'estomac, c'est mieux que rien ! Avez-vous des nouvelles de ton père ? Comment va-t-il ?

— Il ne se plaint pas, pourtant je le soupçonne de vouloir ménager ma mère qui se ronge les sangs à son sujet. Il est toujours infirmier mais il ne donne aucun détail sur ses patients, tu t'en doutes. J'aurais aimé que nous passions l'après-midi ensemble mais nous attendons la visite d'une cousine et de sa fille.

— Nous nous verrons un autre jour, nous avons tout le temps, les vacances commencent à peine.

Line songeait qu'il lui serait certainement difficile de trouver un prétexte pour éloigner son amie chaque samedi. Bah, elle verrait au fur et à mesure.

Après le déjeuner, elle annonça :

— Maman, Milie, par ce beau soleil, j'ai très envie de faire une promenade en solitaire dans la campagne, cela me changera des rues de Clermont. Je vais aller acheter le beurre chez Mauricette Tournaire. Vous le prenez toujours chez elle, je suppose ?

— Oui, dit Blanche, une livre chaque semaine. Parfois je vais le chercher avec Flicka, parfois Mauricette ou Janine, sa fille, nous l'apporte le dimanche matin.

— Eh bien, je prends l'argent et j'y vais de ce pas. Allez Flicka, nous partons en promenade.

— Prends la laisse, recommanda sa mère, tu attacheras la chienne après avoir passé le vieux moulin, sinon elle se glisse sous les barbelés et fait peur aux troupeaux de vaches dans les pacages.

Avant la sortie du bourg, Line croisa deux Allemands qui se dirigeaient vers le champ de foire. Aussitôt, elle saisit le collier de la chienne pour l'empêcher de courir vers eux. Les soldats ne lui jetèrent pas même un regard et elle continua son chemin sur la petite route de terre. Peu après, elle mettait Flicka en laisse. Son cœur battait un peu trop vite et elle ne voyait rien du paysage. Soudain, levant les yeux, elle découvrit au loin la chaîne des monts Dore, les bois d'un vert profond qui moutonnaient au pied des pics rocheux, les prairies couvertes de fleurs sauvages aux vives couleurs. Déjà, sur sa droite, elle apercevait les toits du hameau des Ronciades au milieu d'un bouquet de hêtres feuillus.

Parmi les bâtiments de pierre grise, la plupart n'étaient que des dépendances : étables, granges, hangars où ranger le matériel agricole. Derrière la ferme des Tournaire, la plus importante, se dressait celle des Salvy et une maisonnette où le père

Donatien vivait seul avec son chien, son chat et ses trois poules. Mauricette Tournaire prenait soin du vieil homme dont le fils unique, célibataire, était prisonnier près de la frontière polonaise. Les Salvy, encore jeunes, avaient deux fillettes qui fréquentaient l'école primaire de Saint-Géraud.

Line s'arrêta devant la ferme des Tournaire. La porte de la cuisine était grande ouverte. Elle appela, un peu intimidée soudain :

— Madame Tournaire, vous êtes là ?

Une grande jeune fille brune apparut.

— Line Berthaud ! dit-elle. Je me souviens très bien de toi à l'école, mais tu étais chez les petites quand je préparais le certificat. Je suis Janine, ma mère est au potager derrière la maison, je l'appelle.

— Non merci, je vais la rejoindre. À tout de suite, je prendrai le beurre en repartant.

Par précaution, Line attacha sa chienne à l'ombre avant de faire le tour de la maison. Elle trouva la fermière occupée à arracher des poireaux. Mauricette était une femme courageuse. Dix ans plus tôt, on avait dû amputer Robert, son mari, de la jambe gauche à la suite d'un accident provoqué par une machine agricole. À l'époque, Janine avait douze ans et Martin, son petit frère, neuf seulement. Secondé par un domestique, le père continuait pourtant son travail du mieux possible.

À présent, Martin avait rejoint le maquis de Chalvignac, dans le Cantal ; mobilisé en septembre 1939, le domestique avait été remplacé par un vieux journalier qui, malgré sa bonne volonté, ne se montrait guère efficace. Mauricette et sa fille devaient donc travailler dur pour remplacer les hommes.

Line et la fermière se saluèrent et, après un bref échange de paroles anodines, Mauricette baissa la voix pour dire :

— Tu es attendue dans la grange.

Du menton, elle désignait un grand bâtiment sur sa gauche. Line se dirigea lentement vers l'endroit indiqué, il lui semblait que ses jambes ne la portaient plus. L'intérieur de l'immense grange aux deux tiers remplie de foin était si sombre que, d'abord, elle ne distingua rien. Enfin, sur sa gauche, elle aperçut une silhouette qui se détacha soudain du mur pour s'avancer vers elle.

— Bonjour. Je suis Raoul et vous Marie, je suppose ?

Un jeune homme aux épais cheveux châtain tendait la main en souriant. Il avait de grands yeux noirs et Line songea qu'il était aussi beau qu'un acteur de cinéma. Elle avait presque oublié qu'Antoine Dumont lui avait donné un nom de code : Marie. Son contact ne s'appelait certainement pas Raoul, mais cela n'avait aucune importance.

— Oui, répondit-elle enfin. Voici le message : « Une chouette niche dans le grand frêne. »

Line parlait à voix basse et le dénommé Raoul répondit sur le même ton :

— Merci. Vous êtes vraiment très belle et je suis heureux de vous connaître. À la semaine prochaine, soyez prudente. Je sors le premier, attendez un peu avant de repartir.

Quand l'adolescente se dirigea enfin vers l'entrée de la ferme, ses jambes la portaient à peine et elle ne pouvait réprimer un tremblement de tout son être. Elle s'arrêta, respira profondément, entra dans la cuisine où Mauricette épluchait les poireaux fraîchement cueillis.

— Tout va bien ? demanda-t-elle en dévisageant Line, toute pâle. Assieds-toi donc un moment. Je prépare la soupe, elle cuira doucement pendant que j'irai rejoindre mon mari au pacage pour faire téter les veaux. Janine est partie nourrir la volaille et les porcs, elle a préparé ton beurre. Tu as sans doute soif, veux-tu un verre de lait ?

— Non merci, je préfère un peu d'eau, s'il vous plaît.

Quand Line se leva pour prendre congé, elle avait complètement oublié le beurre. Mauricette lui tendit un petit paquet enveloppé de papier journal pardessus de larges feuilles vertes qui tenait le beurre au frais.

— C'est la première fois mais tu vas t'habituer au fil du temps, tu verras, dit-elle en prenant la monnaie que lui tendait la jeune fille. Donne le bonjour à ta mère et à Émilienne. Bon retour, à samedi prochain.

Line salua, remercia, s'empressa de détacher sa chienne qui paraissait trouver le temps long, attachée au tronc d'arbre. Au fur et à mesure qu'elle marchait sur le chemin de terre avec Flicka, elle retrouva un peu de sérénité. Finalement, son rôle était facile, il n'y avait pas lieu de s'inquiéter. Elle songea au beau Raoul, se retourna pour balayer du regard les prés au-dessus des Ronciades. Le jeune homme avait disparu, sans doute marchait-il à travers la campagne, sous le couvert des arbres pour se dissimuler du mieux possible. Là-haut, dans les sapinières, il allait rejoindre ses camarades. Line avait du mal à imaginer la vie de ces garçons, en pleine nature. En été, ce ne devait pas être trop difficile. Elle savait qu'ils se ravitaillaient de nuit dans les fermes et même les villages, prenant ainsi de grands risques, mais comment survivre sans nourriture ? Raoul remportait-il des provisions données par Mauricette ? C'était probable. La fermière, certainement, protégeait de son mieux ces garçons en songeant à son fils dans son maquis du Cantal.

De retour chez elle, Line déposa le beurre au frais dans le garde-manger. Elle rejoignit ensuite sa mère à la cuisine. Blanche tricotait un gilet de laine bleu marine pour la rentrée des classes ; elle avait récupéré la laine de deux pulls devenus trop petits pour sa fille et, après l'avoir lavée et mise en pelotes, s'affairait à son ouvrage en compagnie d'Émilienne occupée à des conserves de haricots.

— Mauricette et sa famille vont bien ? demanda-t-elle.

Et comme Line semblait pressée de quitter la pièce, elle ajouta :

— Lundi après-midi, nous irons chez la couturière. Je lui porterai une de mes robes où elle pourra te tailler une jupe pour l'automne.

— Oui maman, je vais lire un moment dans le jardin si tu n'as pas besoin de moi.

Elle désirait surtout s'isoler pour penser à Raoul. C'était un peu ridicule, elle s'en rendait bien compte, mais il n'était pas interdit de rêver…

*

* *

La semaine durant, les pensées de Line revinrent sans cesse vers cette scène, si rapide fût-elle, qui s'était déroulée dans la grange des Tournaire. Sans cesse, elle croyait revoir le visage de son contact, son regard complice et lumineux ; elle ressentait encore le contact de ses doigts tièdes sur les siens. Bref, dès qu'elle se retrouvait seule, malgré ses efforts elle ne parvenait pas à chasser l'image du beau Raoul.

Il lui tardait de le retrouver le samedi suivant, en même temps elle appréhendait le bref moment de leur prochaine rencontre. En famille, elle s'efforçait d'être le plus naturelle possible et personne n'avait encore perçu son trouble. Elle sortait souvent avec Élisabeth ; les jeunes filles partaient cueillir d'énormes bouquets de marguerites et de trolles, ou bien elles se baignaient dans la rivière aux eaux vives qui les rafraîchissaient. Il leur arrivait de croiser un détachement de soldats allemands sur les chemins de terre ou, parfois, une petite voiture décapotable. Line craignait sans cesse de voir le véhicule se diriger vers les Ronciades mais il n'en était rien, pour l'instant.

Enfin, ce fut le jour tant attendu. L'adolescente partit vers le hameau avec sa chienne ; son cœur battait aussi vite que le premier samedi, non plus de crainte mais d'excitation à l'idée de revoir enfin le jeune homme qu'elle ne pouvait chasser de son esprit. Et si, cette fois, ce n'était pas Raoul mais un autre maquisard ? Non, les chefs ne changeaient certainement les contacts qu'en cas de force majeure.

Quand elle fut en présence du jeune résistant, il tendit la main en souriant et murmura de sa voix chaude :

— Bonjour Marie, toujours aussi belle... Vous allez bien ?

Troublée, elle rendit le bonjour, délivra le message, se détourna à regret tandis que Raoul disait :

— À la semaine prochaine. Je dois vous avouer quelque chose : j'ai compté les jours, attendant avec impatience cette nouvelle rencontre. Et vous ?

— Moi aussi, chuchota Line en se détournant rapidement pour quitter la grange au plus vite.

Sur le chemin du retour, elle avait à la fois envie de rire et de pleurer.

« Je l'aime, s'avouait-elle, étonnée et ravie, et il m'aime aussi, c'est merveilleux. »

Elle refusait de se projeter plus loin que le temps de ces rencontres furtives, d'imaginer qu'une histoire d'amour était possible entre elle et le jeune résistant. Ils ne savaient absolument rien l'un de l'autre. Vivre l'instant présent d'abord, après le sort déciderait de leur avenir.

XV

Le drame

LINE GAGNAIT LE HAMEAU des Ronciades pour la quatrième fois, toujours aussi fébrile à l'idée de revoir le jeune homme qui ne quittait plus ses pensées. Elle ignorait que sa mère, enfin, s'étonnait de son comportement pour le moins inhabituel. Blanche s'en était ouverte à la fidèle Émilienne ; celle-ci avait eu un petit sourire pour répondre :

— Évidemment, madame Berthaud, que je me suis aperçue de quelque chose. Line est sans cesse excitée, elle ne tient pas en place, elle s'isole constamment dans le jardin ou dans sa chambre. Vous voulez mon avis ? Elle est amoureuse, voilà tout !

— Amoureuse ? Mais c'est impossible, elle a quinze ans à peine !

— Je le sais bien, pourtant elle ne serait pas la première, je vous l'assure. Je pourrais vous citer tout plein de jeunes filles qui connaissent leur premier amour à cet âge-là. Cependant, il faut bien reconnaître que, généralement, ce n'est qu'un feu de paille…

Perplexe, Blanche s'était abstenue de questionner sa fille. Si Émilienne avait raison, cette amourette ne durerait pas très longtemps. Pourtant son cœur de mère restait inquiet. Si l'on en croyait Émilienne, de qui Line avait-elle bien pu tomber amoureuse ? Il ne pouvait s'agir que d'un jeune homme rencontré en ville. Un habitué du café des Dumont ? Un étudiant ? Elle n'avait aucun moyen de le savoir et se refusait à accabler sa fille de questions indiscrètes.

Line arriva fébrile à son rendez-vous hebdomadaire. L'échange avec Raoul ne variait pas ; au grand regret de l'adolescente, il était trop bref et elle repartirait frustrée, comme à chacune de leurs rencontres. Elle se détournait lorsque, sans un mot, il l'enlaça soudain farouchement, embrassa ses lèvres avec fougue, la libéra aussitôt en murmurant :

— Pardon, je n'aurais pas dû…

Il baissait la tête, l'air penaud. Alors Line s'enfuit en courant, s'arrêta devant la porte de Mauricette pour respirer profondément et calmer les battements fous de son cœur. Son beurre acheté, comme dans un rêve elle prit le chemin du retour ; si Flicka, attachée à son tronc d'arbre, n'avait pas gémi avec insistance, elle l'aurait oubliée devant la ferme. L'adolescente se retrouva chez elle sans savoir comment elle y était arrivée. La semaine suivante, elle passait sans cesse de la plus grande exaltation à la détresse la plus totale : bientôt, ce serait la rentrée des classes et jamais, plus jamais elle ne reverrait Raoul. Et dire qu'elle ne connaissait même pas son véritable nom…

Le samedi suivant, pas de baiser. Le jeune maquisard s'excusa à nouveau en ajoutant à voix basse, comme toujours :

— Nous n'avons pas le droit, après peut-être…

Son sourire était si triste que Line dut réprimer une soudaine envie de le prendre dans ses bras, comme on le fait pour consoler un enfant. Elle n'osa pas, se contenta de dire : « À la semaine prochaine » avant de s'enfuir, en proie à une tristesse désespérée.

Lorsqu'elle rencontrait Élisabeth, celle-ci la trouvait étrange ; elle avait perdu sa spontanéité, affichant une mine pâle et une grande tristesse. Un jour, son amie finit par poser la question qui lui brûlait les lèvres :

— Line, tu me connais, d'habitude je fais toujours preuve de discrétion, mais là tu m'inquiètes, vraiment. Je ne te reconnais plus. Pardonne-moi, quelqu'un de ta famille a-t-il des problèmes ? Ton oncle Jérôme a donné de mauvaises nouvelles ? Réponds-moi, je t'en prie !

— Tu me promets de ne rien dire à personne, n'est-ce pas ? Eh bien, tout simplement, je suis tombée amoureuse d'un garçon que tu ne connais pas. C'est bête mais cela va passer, ne te soucie pas pour moi.

Stupéfaite, Élisabeth, bouche bée, regardait sa meilleure amie d'un air incrédule. Line, amoureuse ? C'était une plaisanterie.

— Tu te moques de moi !

— Je te jure que non, c'est la stricte vérité. N'en parlons plus, tu veux bien ?

Une fois de plus, Line se retrouvait sur le chemin des Ronciades. Flicka tirait sur la laisse et elle devait sans cesse la gronder. La chienne aurait aimé fureter dans l'herbe épaisse des talus mais sa maîtresse était pressée d'arriver au hameau. De loin, elle aperçut, arrêtée devant la ferme, une voiture allemande. La peur la saisit : Raoul avait-il été arrêté ? Sinon, devait-elle faire demi-tour pour éviter ce malheur ? Mais non, elle venait ici en qualité de cliente, il n'y avait à cela aucun mal. Une fois chez les Tournaire, on lui ferait comprendre si elle devait ou non gagner la grange pour délivrer son message. Enfin, à son grand soulagement, elle vit Janine se diriger vers elle, un seau à la main.

— Ne crains rien, Raoul est bien caché dans le foin de la grange. Un soldat garde la voiture, deux autres sont montés avec ma mère jusqu'au pacage pour ordonner à mon père de livrer un veau pour eux à l'abattoir demain matin. Accompagne-moi jusqu'à la ferme, je te donnerai ton beurre. Mais tu devras repartir aussitôt, tu comprends ?

Line fit oui de la tête. Devait-elle délivrer le message à Janine qui le transmettrait à Raoul après le départ des Allemands ? Sitôt entrée dans la cuisine de la ferme, Line sur ses talons, Janine referma la porte. Elle jeta un coup d'œil discret par la fenêtre : le soldat qui gardait la voiture, une mitraillette en travers des genoux, n'avait pas bronché.

Tout en enveloppant la livre de beurre dans une feuille double de papier journal, Janine demanda à voix basse :

— Qu'est-ce que je dois dire à Raoul quand ils seront repartis ?

— « Le soleil se lève toujours à l'est », répondit Line dans un souffle.

Aussitôt, elle tendit l'argent, prit son paquet et s'en alla en s'efforçant de marcher à une allure normale, sa chienne à ses côtés ; pour une fois, elle l'avait gardée avec elle, sans jamais lâcher la laisse.

Était-elle heureuse que Raoul n'ait pas été pris, terriblement triste et déçue de ne pas l'avoir vu ce jour-là ? Et s'il avait manqué de prudence, s'il était reparti avant le départ des Allemands ? Mais non, c'était impossible, il savait faire preuve de méfiance, on l'avait sûrement choisi pour cela. Line était désorientée, incapable d'ordonner ses pensées. Jusqu'au samedi suivant, elle allait se morfondre, passant de la confiance au désespoir le plus total.

Par chance, tout rentra dans l'ordre. Les samedis suivants, l'adolescente et son contact ne purent résister à l'appel de leur passion naissante mais bien réelle. Ils s'embrassaient avec une ardeur décuplée à la pensée que leur rencontre serait, hélas, éphémère. Bientôt, plus de rendez-vous, Line regagnerait son lycée et leur belle histoire s'arrêterait là. De retour chez elle, il lui semblait toujours avoir rêvé ces quelques minutes de bonheur intense. Un jour, le supposé Raoul avait dit :

— Je m'appelle Bertrand, et toi ?

— Adeline, mais depuis toujours on m'appelle Line.

— Line, répéta le jeune homme. C'est très beau, ce prénom te va très bien. En décembre, j'aurai vingt ans, et toi ?

— Dix-sept le 7 octobre, avait menti la jeune fille.

*

* *

Le premier samedi de septembre, le car venu de Clermont tardait à arriver plus encore que de coutume. Line commençait à s'inquiéter un peu. Pour passer le temps, elle observait les bâtiments en face d'elle : l'église avec sur le devant une large esplanade plantée de tilleuls, à gauche le presbytère, à droite la maison de retraite. L'adolescente se félicitait qu'aucun commerce ne soit implanté dans ce quartier, peu fréquenté en dehors des offices religieux. Dans ce cas, quelqu'un aurait pu s'étonner de voir l'adolescente bavarder chaque samedi avec Jules, un sexagénaire qui à première vue ne pouvait présenter pour elle aucun intérêt.

Enfin, le car s'arrêta devant elle. Les voyageurs dispersés, le conducteur murmura, la mine défaite :

— Il n'y a pas de message, l'informateur d'Antoine Dumont a été arrêté avant-hier soir.

— Antoine ? demanda Line, pleine d'angoisse.

— Pour le moment, il est libre, mais si son contact parle, c'est tout le réseau qui va être appréhendé. Tu dois redoubler de prudence, informe Raoul, que les gars se tiennent sur leurs gardes.

Line savait que les résistants tombés aux mains des SS étaient torturés ; beaucoup de ces malheureux ne supportaient pas l'odieuse souffrance à laquelle ils étaient soumis des heures ou même des jours durant et, la mort dans l'âme, ils finissaient par dénoncer leurs camarades.

L'adolescente l'ignorait, mais c'était l'avant-dernière fois qu'elle rencontrerait celui que, dans le secret de son cœur, elle nommait Bertrand. À l'annonce de l'arrestation de leur contact clermontois, le jeune homme était resté muet un long moment. Enfin, prenant Line contre lui, il l'avait embrassée avec une grande tendresse avant de chuchoter à son oreille :

— Surtout, ne t'inquiète pas, tu n'as rien à craindre.

— Et toi ? avait-elle demandé anxieusement.

— Moi non plus... pour l'instant. Si mes chefs ont des craintes fondées, nous déménagerons tout simplement et les SS pourront toujours courir pour nous retrouver dans les bois. Tu n'as aucun souci à te faire, je te promets.

La semaine suivante, Jules avait le sourire en transmettant le nouveau message à Line. Il lui apprit que les résistants avaient réussi sans dommages à faire évader leur camarade durant un transfert de prison. L'alerte avait été chaude mais à présent tout allait bien. Réjouie par cette bonne nouvelle, la jeune fille s'était rendue aux Ronciades le cœur léger.

— Je vais bientôt repartir au lycée, avait-elle dit à Bertrand. Comment avoir de tes nouvelles ensuite ? Crois-tu qu'Antoine Dumont...

— Sois tranquille, nous nous retrouverons après la guerre. Ce n'est plus l'affaire que de quelques semaines, les Alliés seront bientôt là et, ensemble, nous chasserons ces diables d'Allemands, c'est sûr !

Vint un nouveau samedi. À la grande surprise de Line, ce n'était pas Raoul qui se cachait dans la grange. Un autre garçon, très brun, aux cheveux raides un peu trop longs et à la mine inquiète, sortit de l'ombre en murmurant :

— Je suis votre nouveau contact, Raoul a un empêchement et...

Il s'interrompit brusquement, secoué de sanglots silencieux. Line, très gênée, inquiète aussi, s'approcha davantage encore pour demander :

— Que se passe-t-il ? Vous avez peur ?

Le jeune homme fit non de la tête et chuchota, en larmes :

— C'est Raoul et un autre de mes amis, ils sont…

Line avait compris aussitôt. Une main sur la bouche pour ne pas hurler, elle dévisageait avec horreur le porteur de mauvaises nouvelles. Elle se mit soudain à le haïr, comme si le malheureux était responsable de ce qu'il annonçait. Enfin, elle demanda :

— Que s'est-il passé ? Racontez-moi, vite !

D'une voix hachée, de grosses larmes coulant encore sur ses joues, celui qui s'était présenté sous le nom de Sylvestre résuma pour Line les événements de l'avant-veille. Les maquisards étaient partis de nuit en direction du sud du Cantal pour faire sauter un pont où l'on annonçait le passage d'un convoi de camions allemands. Volontairement ou non, ce dernier était très en avance sur l'horaire annoncé. Les poseurs d'explosifs, ils étaient cinq, venaient tout juste d'achever leur travail quand le premier camion avait surgi sur la route. Il y avait eu des tirs, deux maquisards étaient tombés, les autres avaient pu s'enfuir. Peu après, le pont s'écroulait, les trois premiers véhicules du convoi avaient été anéantis, les autres avaient pu faire demi-tour. Raoul était l'un des deux résistants qui avaient laissé leur vie sur place.

XVI

Ultimes batailles

LINE ACHEVAIT SES BAGAGES ; la rentrée des classes aurait lieu dans trois jours. Il lui tardait de fuir les siens, la mine angoissée de sa mère surtout. Elle allait entrer en première avec, au bout de l'année scolaire, l'examen de la première partie du baccalauréat. Elle se jurait de travailler d'arrache-pied, travailler et rien d'autre.

Depuis cette terrible journée où elle avait appris la disparition tragique de Bertrand, son premier amour, près de trois semaines s'étaient écoulées. Les premiers jours, blottie dans son lit, prostrée, elle refusait de s'alimenter, secouée par moments de sanglots irrépressibles, si bien que sa mère, affolée, avait appelé le médecin. Le vieux Dr Lefèvre, qui connaissait l'adolescente depuis toujours, avait rassuré Blanche :

— Line n'est pas malade, je veux dire qu'il ne s'agit pas d'un problème physique. À l'auscultation, je n'ai rien trouvé d'anormal. À mon avis, elle a subi un très grand choc psychologique d'où cette réaction. Pardon, je ne voudrais pas me montrer indiscret, mais connaissez-vous une raison à cette attitude ? Un grave problème familial, par exemple.

— Non, je suis désolée, je ne vois vraiment rien qui puisse expliquer cette réaction.

— Les jeunes filles ont parfois des secrets pour leur mère, remarqua le médecin d'un air entendu. Ne vous souciez pas, madame Berthaud, tout va bientôt rentrer dans l'ordre. Nourrissez Line du mieux possible, laitages, purées, de la viande rouge et tenez-moi au courant je vous prie.

Enfin, l'adolescente émergea de sa torpeur ; sa mère la veillait jour et nuit, la quittant seulement pour aller chercher ses repas qu'Émilienne concoctait avec amour. Jocelyn avait demandé de quelle maladie souffrait sa fille, pourtant il ne lui avait pas rendu visite.

— Un caprice de jeune fille trop gâtée, je suppose, avait-il jeté d'un ton désapprobateur.

— Certainement pas ! Ta fille souffre d'une insolation.

Jocelyn avait levé les bras au ciel avant de se replonger dans son journal. Ulcérée, Blanche s'était empressée de rejoindre Line. Elle portait un plateau où elle avait disposé un bon goûter. En remerciement, sa fille lui fit un petit sourire contrit.

— Merci, ma petite maman, et pardon de te donner tant de soucis. Mais je vais beaucoup mieux, rassure-toi.

Peu après, Line faisait des confidences à sa mère, alors qu'elle s'était juré que personne ne saurait jamais rien de sa brève idylle avec un jeune résistant.

— Je te remercie de ta confiance, ma chérie. Pourtant, laisse-moi te dire que tu as fait preuve d'une très grande imprudence. J'en veux terriblement aux adultes qui ont impliqué dans cette affaire une adolescente de ton âge, c'est inconscient, que dis-je, criminel !

— Je t'en prie, maman, ne dis pas de telles choses. Personne ne m'a obligée, je te le jure, j'étais tout à fait libre de refuser. Mais je ne suis pas comme beaucoup, papa le premier, qui attendent passivement que l'orage s'éloigne. Il faut agir, chacun doit apporter sa contribution, si infime soit-elle, à la délivrance de notre pays. Pense à Chris, à Johnny, ils sont en danger à chaque instant mais c'est pour notre liberté à tous.

La veille de la rentrée, lorsqu'elle se retrouva seule avec Élisabeth dans leur chambre du café Dumont, Line se décida enfin à se confier à sa meilleure amie. Elle n'ignorait pas que cette dernière avait pris de ses nouvelles chaque jour pendant la période où, officiellement, elle se remettait d'une insolation. Les jeunes filles s'étaient étreintes longuement.

— Pardon, je sais que tu es comme ma sœur, mais j'étais tenue au secret, tu comprends ?

Élisabeth s'était d'abord contentée de sourire en caressant les cheveux de Line, puis elle avait dit :

— Sois tranquille, je ne t'en veux pas. Tournons la page, d'accord ?

— Bien sûr. J'aimais sincèrement ce garçon, je te le jure, et je souffrirai longtemps de l'avoir perdu. Ton amitié m'est d'autant plus précieuse…

Antoine Dumont avait félicité et remercié Line de sa collaboration l'été durant. Il ignorait, tout comme la famille Tournaire, que l'adolescente et le dénommé Raoul s'étaient épris l'un de l'autre. Après l'attaque tragique du convoi allemand, il ne restait plus de maquisards cachés dans les bois sous le Sancy ; tous s'étaient repliés, dans un premier temps, vers le maquis de Saint-Genès puis beaucoup plus au sud.

Tant bien que mal, les cours avaient repris dans les mêmes conditions que l'année scolaire précédente, tantôt au lycée, tantôt dans d'autres établissements scolaires ou des hôtels mettant des salles à disposition des élèves. Hélas, après les brefs congés de la Toussaint, les choses changèrent de manière dramatique pour nombre d'étudiants et de professeurs.

Au lycée Jeanne-d'Arc, un matin, Line et ses camarades se trouvent en cours de chimie quand un groupe de soldats allemands armés de mitraillettes surgit en criant : « *Rahaus*[1] *!* » Affolé, le professeur se met à courir dans tous les sens, les élèves réunissent en hâte livres et cahiers avant de se précipiter hors de la salle de classe. Il en est de même dans tout l'établissement. Les Allemands ont maintenant tout investi : dortoirs, réfectoire, salles d'études… Tous les cours seront dès lors dispensés à l'extérieur du lycée.

Le pire était à venir. La Gestapo et la Milice avaient eu vent de foyers de résistance au sein des facultés, à la suite de dénonciations. Une Allemande, ancienne étudiante à Strasbourg repliée depuis longtemps à Clermont, est devenue membre de la police répressive. « La Panthère », ainsi l'avait-on surnommée, secrétaire du chef de la Gestapo, a obtenu l'adresse d'un grand nombre d'étudiants suspects. De plus,

---

1. Dehors !

un étudiant clermontois en histoire, lui-même résistant, est passé au service des Allemands après son arrestation récente, en octobre ; il a livré les noms de ses anciens camarades.

Le 25 novembre 1943, le quartier des facultés est encerclé par les polices locales. À l'université ou à domicile, cinq cents personnes, étudiants et professeurs, sont arrêtées ; cent trente seront déportées. Un professeur a été aussitôt abattu. Dans le monde étudiant, c'est la consternation la plus totale, les cours sont suspendus. Comme leurs condisciples, Line et Élisabeth rentrent dans leur famille pour plusieurs semaines. En janvier 1944 seulement, elles pourront reprendre le cours de leurs études.

La fin de l'hiver et le printemps sont émaillés d'attentats contre les Allemands sur tout le territoire ; inévitablement, les représailles suivent : déportations, exécutions sommaires, fouilles dans tous les foyers, villages incendiés… Jamais la population n'a autant souffert. Pour sauver leur vie et leurs biens, ceux que l'on nomme les « collaborateurs » dénoncent leurs voisins, à tort ou à raison.

Enfin, le 6 juin 1944, c'est le débarquement allié en Normandie attendu depuis si longtemps ; l'espoir renaît. Hélas, des batailles acharnées laisseront cette province en ruine, avec des milliers de morts civils ou militaires. Il faudra plus de deux mois et demi pour que les Français et leurs Alliés parviennent à libérer la région jusqu'à Paris. Le 24 août seulement, le général Leclerc et ses troupes entrent enfin dans la capitale. Quelques jours plus tôt, Pétain et son entourage ont quitté Vichy.

Dans tout le pays, les résistants ont fait sauter un grand nombre de routes et de voies ferrées ; leur but est d'empêcher les divisions allemandes cantonnées dans le Centre et le Sud de porter secours à celles qui se battent contre les Alliés. La circulation devient très aléatoire, voire impossible. Les familles continuent à envoyer des missives à leurs prisonniers ; leur parviennent-elles ? Nul ne peut le dire, on ne reçoit aucune réponse et l'angoisse monte chez les proches de ceux qui n'ont pas revu les êtres chers depuis environ quatre ans et demi.

Les Berthaud n'ont plus de nouvelles de Jean et de sa famille. Aussi, lorsque les échos de la longue et terrible bataille du Vercors leur arrivent, Blanche et sa fille songent avec anxiété à Christopher et à son frère, au sein du maquis dans ces montagnes alpines.

— S'il arrive malheur à ses fils, remarque Jocelyn, amer, mon frère ne pourra s'en prendre qu'à lui-même. Il aurait dû exiger que les garçons se consacrent à leurs études plutôt que de les encourager à prendre part à cette folie !

Blanche ne répond pas, que pourrait-elle dire ? À chacun ses convictions, songe-t-elle. Puis elle pense au danger que Line a couru l'été précédent et elle prie le Ciel pour que ses neveux soient saufs.

Dans le Vercors, au début de 1944, douze camps regroupent quatre cents à cinq cents maquisards. Après de sérieuses offensives, les Allemands attaquent. Des combats acharnés dureront plus d'une semaine. Début juillet, quatre mille volontaires, civils et militaires, sont arrivés en renfort. La bataille terminée, les Français compteront plus de six cents morts, les troupes nazies environ une centaine. La population locale a payé un lourd tribut : fermes et hameaux incendiés, exécutions, déportations... Le plateau du Vercors est dévasté.

Lorsque, enfin, Jean peut joindre les siens à Saint-Géraud, il leur apprend que John en a miraculeusement réchappé. Mais il est grièvement blessé à la jambe gauche, deux fractures ouvertes et la perte d'une grande quantité de sang. Il doit la vie à son frère et à un camarade qui l'ont mis à l'abri de la mitraille avant de pouvoir le faire évacuer. Gloria avait fait jurer à son aîné qu'il ne quitterait pas John d'une semelle. Christopher a tenu parole. Pourtant, son frère en sûreté dans un hôpital militaire, il continue le combat : il faut chasser les Allemands au-delà de la frontière de l'est et libérer le pays tout entier.

Durant tout l'été, les batailles franco-allemandes se succèdent sur toutes les routes d'Auvergne. Enfin, les troupes d'occupation battent en retraite ; l'une après l'autre, les villes sont libérées : Aurillac, Le Puy... Les FFI prennent tout le Cantal ainsi que la Haute-Loire. En réponse à leurs attaques, arrestations et exécutions de nombreux civils se succèdent. Le 13 août, cent quatorze prisonniers politiques sont libérés de la prison de Riom par un groupe de résistants déterminés. Le 27, les Allemands évacuent Clermont. Les maquis entrent dans la ville, les FFI s'installent à la préfecture ; le drapeau nazi est arraché de la façade, aussitôt remplacé par le drapeau tricolore sous les vivats d'une foule en liesse.

Pourtant la guerre n'est pas terminée. Une longue période d'épuration et de règlements de comptes va commencer sur tout le territoire français : actes de vengeance, souvent très sanglants, entre résistants, miliciens et collaborateurs ou sympathisants de l'ennemi. En vain, les Français attendent l'armistice ; combien de mois de souffrance devront-ils encore supporter avant d'être vraiment libres ?

XVII

Le retour de Jérôme

À Saint-Géraud comme partout, un immense soulagement de la population a suivi le départ des Allemands. Enfin débarrassés de leurs hôtes indésirables, les Berthaud retrouvent leur tranquillité. Hélas, Jérôme n'a toujours pas donné de nouvelles, pas plus que Paul, le mari d'Émilienne, ni Pierre Delsort, le pharmacien. Et, comme tant d'autres, leurs familles passeront un bien triste Noël. Nul n'ignore en effet que les troupes nazies résistent encore sur de multiples fronts et que l'Allemagne tout entière est à feu et à sang.

Par chance, les nouvelles de Grenoble sont assez rassurantes. John va de mieux en mieux, même s'il a besoin de béquilles pour marcher. L'angoisse de Jean et de Gloria se concentre sur Christopher dont ils ne savent absolument rien depuis qu'il a suivi la 2e division blindée du général Leclerc, lancée à la poursuite des troupes ennemies.

À la rentrée de janvier 1945, Line et Élisabeth ont rejoint le lycée Jeanne-d'Arc. L'internat est toujours fermé : il faudra encore du temps pour nettoyer, désinfecter, réorganiser dortoirs et réfectoire ; on espère cependant pouvoir le rouvrir bientôt. La direction a jugé bon de donner priorité aux salles de classe, les élèves n'ont perdu que trop de temps. Il est impératif que les cours, dispensés ici ou là ces dernières années, reprennent sur place au plus vite en vue des examens du mois de juin.

C'est donc chez les Dumont que les jeunes filles se réinstallent ; elles n'en sont pas fâchées, au contraire. À présent qu'elles ont goûté à une certaine liberté, elles n'ont aucune envie de se retrouver enfermées à l'internat. Comme la plupart de leurs camarades, les tragiques événements des derniers mois les ont mûries, elles ont perdu l'insouciance propre à leur âge et sont devenues adultes bien avant leur majorité.

Au fil des semaines, on apprend avec soulagement que les armées du Reich capitulent un peu sur tous les fronts. Les troupes rentrées en Allemagne sont prises en tenaille entre les Américains arrivés de l'ouest et les Russes venus de l'est. Sur leur passage, les uns et les autres délivrent les prisonniers et déportés enfermés dans les camps. Petit à petit, après l'armistice, des trains les ramèneront en France à travers une Allemagne presque entièrement détruite par les bombardements alliés. On découvrira alors avec horreur leurs conditions de détention inhumaines et la mort atroce de milliers de malheureux.

Le 8 mai enfin, c'est la délivrance tant espérée. À 15 heures, le commandement allié accepte l'entière capitulation de l'Allemagne. Dans l'heure qui suit, toutes les cloches des villes et villages de France carillonnent triomphalement. On organise des défilés derrière un drapeau tricolore, jusqu'à l'aube on danse et on chante dans les rues. Les gens s'embrassent en pleurant de joie. Chacun a décoré sa fenêtre du drapeau soigneusement caché pendant les années noires de l'Occupation. Quand l'euphorie retombe un peu, on songe aux prisonniers ; alors commence une attente fébrile. Assez vite cependant, grâce à la Croix-Rouge, les familles recevront des nouvelles de ceux qu'elles n'ont pas revus depuis plus de cinq ans.

En ce 8 mai à jamais mémorable, lorsque Line et Élisabeth quittèrent les cours vers 16 h 30, dans toute la ville le son joyeux des cloches des églises résonnait encore : Saint-Joseph, tout près du lycée, les Carmes, Saint-Eutrope, Notre-Dame-du-Port, les Minimes... Et, par-dessus tous ces joyeux carillons, le bourdon de la cathédrale toute proche tintait à assourdir les riverains. À partir de la place Delille, les jeunes filles durent jouer des coudes tant la foule était dense ; on se pressait de toutes parts vers la préfecture et la place de Jaude, la plus grande et la plus centrale de la ville. Les rues étaient noires de monde, les gens brandissaient des drapeaux tricolores et s'époumonaient en criant : « Vive la France ! Vive la liberté ! »

Les deux amies atteignirent enfin la rue Fontgiève. Au café Dumont, plein à craquer, Antoine offrait à ses clients une tournée générale. Il retint ses jeunes locataires, les embrassa sans façon, les invita à trinquer à l'armistice. Pour une fois, elles acceptèrent, levant comme tout le monde leur verre à la France et à ses Alliés. Le cœur serré, Line eut une pensée émue pour Bertrand qui, comme des milliers d'autres, était l'artisan de cette victoire ; hélas, il n'aurait pas la joie de la savourer.

Deux semaines plus tard, les premiers prisonniers commencèrent à arriver à Paris. Des trains régionaux allaient les ramener peu à peu dans leur province. À Saint-Géraud, Émilienne avait reçu un rapide coup de téléphone : Paul était à Clermont, le lendemain il prendrait le car pour rentrer chez lui. Quand, les yeux pleins de larmes de joie, la jeune femme avait annoncé la nouvelle à sa patronne, Blanche l'avait serrée dans ses bras et embrassée avec chaleur.

— Prenez quelques jours de congé pour profiter de lui, il faut que vous puissiez vous retrouver tous les deux.

— Merci, madame Berthaud. Savez-vous que je suis un peu inquiète : son fils et lui ne se reconnaîtront pas, Baptiste a cinq ans et, au départ de son père, il n'avait que quelques mois !

— Soyez sans crainte, ce sera l'affaire d'un jour ou deux. Vous m'avez dit que le petit parle à la photo de Paul chaque soir, tous les deux referont connaissance très vite, vous verrez.

Blanche avait aussitôt appelé Lucie Delsort au téléphone. La voix de son amie tremblait de joie en annonçant que Pierre serait là le soir même. Élisabeth et Line étaient allées l'embrasser à la gare de Clermont. Le pharmacien avait hésité un long moment avant de reconnaître sa fille : il avait laissé une enfant de douze ans et il retrouvait une jeune fille aussi grande que lui.

— Et Jérôme ? avait demandé Lucie. Vous avez de ses nouvelles ?

— Non, pas pour l'instant, mais cela ne va pas tarder. Dans sa lettre reçue il y a une semaine, il disait qu'il allait bien.

Trois jours plus tard, Blanche frémit de joie en reconnaissant la voix de son beau-frère au téléphone.

— Jérôme ! C'est bien toi ? Quel bonheur ! Où es-tu ? Tu vas bien ?

— Je vais très bien, n'aie aucun souci. Je suis chez moi, à Clermont. J'ai tellement hâte de vous revoir tous les trois. Line doit avoir beaucoup changé. Elle est au lycée ? Crois-tu que je pourrais la voir ?

— Bien sûr, je vais te donner le téléphone de ses logeurs et leur adresse, tu peux lui rendre visite ce soir après ses cours. Ensuite, tu viendras vite nous voir, promis ?

Jérôme avait acquiescé mais Blanche avait senti dans sa voix une légère hésitation qui l'intriguait quelque peu. Jérôme appréhendait-il les retrouvailles avec Jocelyn ? Si oui, pourquoi ? Peut-être en voulait-il à son frère de ne jamais lui avoir écrit pendant toute sa captivité, laissant ce soin à son épouse et à sa fille…

Lorsque Line reconnut son oncle sur le seuil du café Dumont, elle hésita quelques secondes : Jérôme était extrêmement maigre, il avait les joues creuses ; pourtant, la même petite flamme qu'autrefois brillait dans le regard affectueux qu'il posait sur sa nièce. Enfin, celle-ci se jeta dans ses bras, incapable de retenir des larmes de bonheur. Elle le présenta à Antoine et Thérèse Dumont qui, généreux comme toujours, lui offrirent l'apéritif en lui proposant de dîner avec eux. Il déclina gentiment l'invitation, invoquant la fatigue et son désir de se coucher tôt.

— Au moins, demanda Antoine, vous savez où loger ? Faute de mieux, nous pourrions vous installer sur le canapé dans l'arrière-salle pour une ou deux nuits.

— C'est vraiment très aimable à vous, monsieur Dumont, mais j'ai la chance d'avoir retrouvé mon petit appartement intact. J'avais confié la clé à un voisin, par bonheur mon deux-pièces, trop exigu sans doute, n'a pas intéressé les Allemands. Line, serais-tu libre demain après-midi pour venir me voir un moment ? Mais tu as sans doute oublié l'adresse, tu n'y es venue que deux ou trois fois et tu étais alors une toute petite fille…

— 14, rue Dubreuil, dit Line. Tu vois, je m'en souviens parfaitement. Demain, mes cours s'achèvent à 15 heures. Vingt minutes après environ, je serai chez toi. Mais je suppose que tu ne tarderas pas à revenir à Saint-Géraud, maman sera si heureuse de te retrouver.

— J'irai bientôt, oui, fit Jérôme d'une voix un peu incertaine. À demain donc, n'oublie pas. Au fait, que devient Flicka ?

— Elle vieillit et s'assagit un peu. Je lui manque beaucoup, d'après maman elle ne cesse de me chercher dans toute la maison et dans le jardin. Si tu voyais comme elle me fait la fête quand je rentre pour les vacances ! Je ne peux pas faire un pas sans l'avoir dans les jambes.

Le lendemain, à l'heure dite, Line appuya sur la sonnette de la porte d'entrée de l'immeuble où habitait son oncle. Elle était si impatiente de renouer avec lui, il lui semblait qu'elle ne parviendrait jamais à lui dire tout ce qu'elle avait prévu de lui confier ; sans hésitation aucune, elle lui parlerait de Bertrand. Jérôme avait toujours été son confident et, comme autrefois, elle entendait bien continuer à s'épancher auprès de lui.

— Bonjour ma Linette ! Entre vite !

En même temps, Jérôme se penchait pour embrasser sa nièce. Sa mine reposée le rajeunissait, pourtant Line vit quelques fils blancs sur ses tempes. « Comme il a dû souffrir loin de nous… » songea-t-elle, émue et pleine de tendresse pour celui qui, au fond de son cœur, avait toujours occupé la place de son père.

La porte refermée, la jeune fille, stupéfaite, aperçut soudain une jeune femme qui s'avançait du fond du couloir. Interdite, elle s'arrêta, tourna vers son oncle un regard interrogateur.

— Je te présente Hanna… Hanna Rilke, ma fiancée. Voici Line, ma nièce chérie dont je t'ai beaucoup parlé. Mais nous n'allons pas rester là, venez.

Interdite, Line restait sans voix. Comment Jérôme, de retour en France depuis quelques jours seulement, pouvait-il avoir une fiancée ? C'était incroyable, et pourtant… Assise en face de la jeune femme et de son oncle, Line reprenait enfin ses esprits. Hanna Rilke, c'était un nom allemand, son oncle l'avait donc connue pendant sa captivité…

— Pardon, je n'ai rien pu te dire hier devant tes logeurs, se défendit Jérôme, un peu crispé. Hanna et moi, nous nous connaissons depuis près de trois ans et nous nous aimons assez pour vouloir nous marier bientôt.

Line observait à présent la jeune femme qui lui souriait. Grande, très blonde, elle avait un beau regard vert amical et plein de franchise.

— Je suis heureuse de vous rencontrer, déclara-t-elle dans un très bon français avec un léger accent. Jérôme ne fait que parler de vous, et aussi de votre maman, si bien qu'il me semble déjà vous connaître.

— Moi aussi, je suis contente, répondit Line, déjà conquise par la douceur amicale et la simplicité d'Hanna.

— Merci, je craignais tant que vous ayez des préjugés à mon égard, ce que, vu les circonstances, je comprendrais tout à fait, soyez-en certaine.

— Oh, fit la jeune fille spontanément, si Jérôme vous aime je ne peux que vous aimer aussi. Pardonnez ma curiosité, mais étiez-vous prisonnière également ?

Alors Jérôme, qui s'était tu jusque-là, entreprit de raconter comment il avait connu Hanna sans quitter le camp où il avait été retenu durant plus de cinq longues années.

XVIII

L'étrangère

DEPUIS SON ARRIVÉE DANS CE CAMP de prisonniers non loin de Hambourg, l'oncle de Line avait toujours conservé le même poste de secrétaire auprès du commandant en second ; il n'en était sorti qu'à l'approche des Américains. Il ignorait pourquoi, un beau jour, ses geôliers avaient fait venir le médecin qui exerçait sa profession dans un village voisin, mais il avait été témoin du refus catégorique de ce vieil homme de se plier aux exigences des chefs nazis. Bien plus tard, de retour en France, il apprendrait que ces derniers se livraient à des expériences médicales douteuses et cruelles sur des prisonniers leur servant de cobayes.

Le malheureux médecin avait refusé de cautionner ces actes barbares et, aussitôt, on l'avait froidement exécuté dans le bureau du commandant, sous les yeux des secrétaires atterrés. Trois jours plus tard, des soldats avaient conduit sans ménagement une jeune fille auprès de leur chef ; dès lors, elle aussi fut prisonnière et placée dans la baraque où une trentaine de femmes seulement étaient détenues pour le bon plaisir des soldats. Pendant l'interrogatoire qu'elle avait subi à son arrivée, Jérôme avait compris qu'elle était la petite-fille du médecin exécuté dont elle était aussi la secrétaire. À présent, elle n'avait plus aucune famille. Hanna Rilke avait alors vingt-quatre ans, elle était seule au monde, livrée à des monstres sans aucune échappatoire.

Le hasard voulut alors que l'un des secrétaires, très gravement malade, soit évacué vers l'hôpital ; faute de mieux, le commandant en second envoya chercher Hanna pour occuper son poste. Volontairement, pour échapper à la convoitise des soldats, la jeune fille s'enlaidissait et se vieillissait autant que possible. De son côté, selon ses moyens, Jérôme la protégeait de son mieux. Très vite, une attirance qui allait bien au-delà de la pitié le porta vers elle ; Hanna éprouvait également pour lui des sentiments dont elle ne pouvait se défendre.

Au fil du temps, les jeunes gens parvinrent à voler quelques brefs moments d'intimité, assez pour se jurer de vivre ensemble s'ils avaient un jour la chance de quitter ce camp.

— Aie confiance, disait doucement Jérôme, la guerre ne durera pas éternellement.

— Sans doute, mais si ton pays est vaincu ?

— C'est impossible, la France a des alliés qui l'aideront tôt ou tard. Ne perdons pas espoir, je t'aime...

— Je t'aime aussi, répondait-elle, des étoiles soudain allumées dans ses beaux yeux verts aux larges cernes mauves.

L'heure de la délivrance venue, les jeunes gens avaient regagné la France sous la protection des troupes américaines. La Croix-Rouge leur avait distribué des colis de vivres, dans le train d'abord, puis à leur arrivée à Paris.

— Allons-nous rejoindre ta famille ? avait demandé Hanna, la voix pleine d'inquiétude. Ne crains-tu pas que je sois mal accueillie ?

— Je vais être franc, avait répondu Jérôme en lui serrant tendrement les mains. Si mon frère Jean et son épouse Gloria ont assez de largeur d'esprit pour nous accepter favorablement, je suis certain en revanche que Jocelyn nous rejettera. Si seulement il avait un cœur aussi grand que Blanche, ma belle-sœur, hélas, c'est loin d'être le cas…

— Je ne veux surtout pas être la cause d'un dissentiment entre vous, s'empressa d'affirmer Hanna.

— N'aie aucune inquiétude, s'il faut choisir, et ce sera le cas, c'est toi que je choisirai, n'en doute pas.

Jérôme avait alors embrassé avec une grande tendresse celle qu'il ne voulait plus jamais quitter.

— Nous allons nous réfugier dans mon petit appartement de Clermont. J'ai déjà téléphoné à Victor, l'associé et ami fidèle dont je t'ai parlé. Dès que possible, je reprendrai mon travail auprès de lui dans notre cabinet d'avocats et nous n'aurons besoin de rien d'autre pour être heureux, je te le promets.

Quand Line avait quitté le jeune couple, elle avait affirmé à son oncle d'un ton décidé :

— Dès demain, je téléphonerai à maman quand mon père sera à la mairie et je lui expliquerai ta situation. Mais je la connais assez pour être sûre de ce qu'elle en dira. Si tu veux bien, je reviendrai samedi soir après mes cours et nous ferons le point.

Puis la jeune fille avait embrassé chaleureusement Hanna et Jérôme avant de disparaître. Le lendemain, le couple avait eu la visite de Victor.

Toujours célibataire, prêt à faire tout son possible pour son ami, malgré ses protestations il avait remis une somme d'argent assez importante à Jérôme qui, il s'en doutait bien, se trouvait plutôt démuni.

— Je ne veux rien savoir, avait-il affirmé, disons que c'est une avance sur ton prochain salaire. Au fait, si tu as encore besoin de repos, tu peux attendre le temps qu'il faudra avant de revenir travailler.

— Une semaine sera suffisante, il me tarde de retrouver dossiers et clients. Mme Meilhaud tient toujours le secrétariat ?

— Oui, mais l'âge de sa retraite approche. J'espère que, le moment venu, nous trouverons quelqu'un de sérieux pour la remplacer.

Puis Victor avait invité le couple à venir dîner avec lui dans un restaurant de quartier. Si Jérôme était heureux de renouer avec une vie normale, Hanna ressentait un peu d'appréhension à être confrontée à la vie publique des Clermontois ; pourtant elle s'exhorta à se montrer courageuse, à présent elle faisait partie des habitants de cette ville et devait s'y intégrer au plus tôt. Certes, le repas n'avait rien d'un banquet, les restrictions continuaient et continueraient encore longtemps ; pourtant, en comparaison de la nourriture infâme du camp, les mets présentés parurent un vrai régal aux jeunes gens. Victor avait fourni des tickets d'alimentation alors obligatoires dans tous les restaurants. Après un potage de légumes, on leur servit une gibelotte de lapin garnie de pommes vapeur, une petite tranche de fromage et une compote de pommes. Le tout était accompagné de seulement deux tranches de pain par convive, pourtant ce fut pour eux un véritable festin.

Ainsi que Line l'avait prévu, Blanche accepta aussitôt de rencontrer Hanna et de l'intégrer dans la famille. Hélas, Jocelyn ne fut pas du tout du même avis :

— Mon frère est devenu fou ! s'exclama-t-il en élevant la voix, sans se soucier de la présence d'Émilienne. Une Allemande ! Se doute-t-il seulement que nous serons tous au ban de la société dès que ces absurdes fiançailles seront connues ? À Clermont, passe encore, en ville on ne se soucie pas de ses voisins. Mais ici, dans un bourg comme le nôtre où tout le monde se connaît, tu imagines les racontars ? « Le frère du juge Berthaud a ramené une Allemande et il va l'épouser. » J'en mourrai de honte. La guerre est à peine achevée, les Allemands sont des monstres abhorrés de tous et Jérôme... Non, jamais, moi vivant ce mariage ne se fera pas !

— Eh bien, rétorqua Blanche en élevant la voix elle aussi, je te préviens : si tu refuses d'accepter de recevoir ton frère et sa fiancée, moi je demanderai le divorce ! J'irai vivre à Clermont avec Line et tu ne reverras plus ta fille !

— Vraiment ? Tu oublies que Line est encore mineure, je t'empêcherai de l'éloigner de moi, c'est mon droit le plus strict !

— Tu ne pourras pas la retenir de force.

— C'est ce que nous verrons. Ta fille et toi, vous ne gagnerez pas, je le jure !

— Tu finiras ta vie seul et abandonné de tous. Car, sois-en certain, Jean et Gloria prendront le parti de Jérôme et de cette jeune femme innocente.

— Innocente ? Qu'en sais-tu ?

— Je t'ai expliqué que les nazis ont froidement exécuté son grand-père, sa seule famille. Elle aussi est une victime, ne l'oublie pas.

— Voilà ce que raconte Jérôme pour la faire accepter. Vous êtes de grands naïfs, Jean et toi, mais moi je suis réaliste, tu devrais le savoir.

— Tu es surtout un être sans cœur, un égoïste qui n'a toujours pensé qu'à lui. Cependant, réfléchis bien à ce que je t'ai dit, ce ne sont pas des paroles en l'air. Tu me connais mal, je suis bien plus tenace et volontaire que tu ne le crois.

Enfermée dans la cuisine, Émilienne avait tout entendu de cette discussion véhémente ; jamais sa patronne ne s'était emportée de la sorte, même lorsqu'il s'agissait de défendre Line. Allait-elle vraiment divorcer ? Émilienne craignait bien que oui.

Au dîner, Blanche annonça froidement à son époux qu'elle se rendrait à Clermont avec Pierre, Lucie Delsort et leur fils le lendemain jeudi. Le couple avait plusieurs courses à faire en ville ; il en profiterait pour passer l'après-midi avec Élisabeth pendant que Blanche, accompagnée de Line, visiterait Jérôme et Hanna. Naturellement, Blanche ne donna pas tous ces détails à Jocelyn mais il n'était pas dupe : son épouse allait faire la connaissance de la fameuse fiancée allemande. Il ne fit cependant aucune réflexion. Un peu plus tard, Blanche s'installa dans la chambre de Line pour passer la nuit loin de celui dont elle tolérait de moins en moins la présence.

Les retrouvailles de Blanche et de Jérôme furent si touchantes qu'Hanna en eut les larmes aux yeux. Elle échangea un sourire avec Line, heureuse de se sentir complice avec la jeune fille qui, bientôt, deviendrait sa nièce. Son fiancé lui avait affirmé que Blanche l'aimait comme une grande sœur et elle constatait que c'était bien la vérité. Cela lui faisait tellement chaud au cœur de sentir autour d'eux l'affection sincère de la mère et de la fille.

Les effusions passées, Jérôme demanda à Blanche de bien vouloir accompagner Hanna dans quelques magasins de vêtements ; en effet, si lui-même avait retrouvé quelques tenues dans le placard de sa chambre, la garde-robe de la jeune fille se révélait quasi inexistante. Line et sa mère se firent donc un plaisir d'accompagner la fiancée de Jérôme en ville ; elle avait d'ailleurs insisté pour qu'il les escorte afin de donner son avis sur les achats effectués.

Lorsque mère et fille quittèrent le jeune couple, Blanche affirma qu'elle se faisait fort de convaincre Jocelyn.

— Tu le connais aussi bien que moi, convint-elle, dans un premier temps il s'entête mais il finit toujours par céder. La peur de me voir divorcer – que dirait-on de nous à Saint-Géraud ? – l'amènera bien vite à en passer par où je veux. Je te téléphonerai bientôt. En attendant, soyez heureux, vous l'avez plus que mérité.

On se quitta sur des embrassades chaleureuses. Et comme Hanna ne cessait de remercier Blanche, cette dernière s'empressa de conclure :

— C'est à moi de vous remercier, vous rendez Jérôme heureux, voilà bien l'essentiel. Et moi j'y trouve mon compte, après un jeune frère voilà que j'ai aussi une sœur.

XIX

Retrouvailles

JEAN BERTHAUD ET SA FAMILLE au complet retrouvaient enfin l'Auvergne après une très longue absence. Depuis la fin de l'été 1939, la guerre les avait empêchés de revoir Saint-Géraud ; c'est donc avec une grande joie pleine d'émotion que s'était déroulée leur arrivée, le 2 août, sous un beau soleil. Au loin, les montagnes, certes bien moins impressionnantes que les Alpes qui leur étaient si familières, offraient aux regards un magnifique dégradé de bleus, de verts et de bruns. À leur pied, les sapinières où s'étaient longtemps abrités les maquisards évoquaient la fourrure sombre d'un énorme animal couché sous les hauteurs.

Impatiente, depuis le milieu de la matinée Line guettait la voiture de son oncle ; elle avait peine à retenir Flicka : son flair aigu avait-il décelé l'approche de cette famille qui, autrefois, lui dispensait toujours affection et caresses ? Sa jeune maîtresse le croyait volontiers.

Enfin, les Grenoblois s'arrêtèrent devant le portail. À peine descendus du véhicule, ils furent assaillis par la chienne qui faisait des bonds autour d'eux, se frottait à leurs jambes avec des petits gémissements de bienvenue. Tour à tour, Line embrassa Jean, Gloria, Sibylle et ses cousins. Les trois garçons surtout avaient beaucoup changé. Si Michaël était encore un adolescent, Christopher et John s'étaient transformés en de jeunes adultes. L'aîné portait un collier de barbe, le cadet boitait encore légèrement mais tous les deux dominaient Line de près d'une tête.

Blanche vint à son tour accueillir les arrivants, suivie de Jérôme et d'Hanna qui, intimidée, s'accrochait à la main de son fiancé pour se donner du courage. Jean, les yeux pleins de larmes, serra longuement contre lui celui qui, malgré son âge, resterait toujours son petit frère ; puis, sans façon, il eut le même geste affectueux pour Hanna, bientôt suivi de son épouse et de ses enfants.

— Bienvenue parmi nous, dit chaleureusement Gloria. Nous espérons bien que Jérôme et vous passerez vos prochaines vacances à Grenoble, soyez certaine que notre maison vous sera toujours ouverte.

Jocelyn n'avait pas daigné sortir au-devant de Jean et des siens. Il se contenta de les rejoindre à table un moment plus tard et se laissa embrasser sans un mot en remarquant seulement :

— Eh bien, Christopher, on peut dire que tu ne fais pas dans l'originalité avec ton collier de barbe. Tous les étudiants des beaux-arts portent le même, non ?

— Certes, répondit le jeune homme en riant, mais tu te trompes, oncle Jocelyn, c'est Johnny qui continuera des études d'architecte, moi j'ai commencé ma médecine…

Son oncle prit alors un air bougon qu'il conserva tout au long du repas. On était habitué depuis toujours à ses sautes d'humeur et personne n'en fit aucun cas. Si Hanna se taisait, se contentant de répondre quand on lui adressait la parole, les autres convives bavardaient avec entrain ; on trouvait tant de choses à se dire après une si longue séparation. Line et Sibylle avaient interdit à leurs mères respectives de quitter la table, prenant en charge le service. Sibylle était devenue une grande et belle jeune fille de dix-huit ans et demi et Line n'avait rien à lui envier. Jean les contemplait, tout attendri.

« Où sont donc nos deux petites fées espiègles et joueuses ? se demandait-il. Voilà à présent deux jeunes et belles personnes presque adultes… Comme le temps a passé vite ! »

Au dessert, il demanda soudain en se tournant vers sa belle-sœur :

— J'y pense tout à coup, a-t-on jamais fait la lumière sur l'accident de chasse qui, avant la guerre, a coûté un bras au fils des bouchers, le pauvre garçon ?

Blanche allait répondre quand Jocelyn lui coupa la parole :

— Encore cette vieille histoire ! déclara-t-il avec une sorte de hargne qui stupéfia toute la tablée. Tu ne peux pas trouver un sujet de conversation plus intéressant ? Ces gens ne nous sont rien, que je sache, si un maladroit a mal visé ce fameux jour d'ouverture, nous n'allons pas en parler jusqu'à la fin des temps !

— Excuse-moi, fit Jean avec un petit sourire ironique, je ne pensais pas déclencher chez toi une telle réaction. Ma parole, si tu étais chasseur, on pourrait croire que tu es impliqué d'une manière ou d'une autre. Mais comme tu n'as jamais touché un fusil de toute ta vie… Tu as raison, parlons d'autre chose. Dis-nous, Line, qu'envisages-tu après ton bac ?

— Comme Sibylle, je vais m'inscrire à la faculté de langues pour préparer une licence d'anglais. Pour elle qui est bilingue depuis toujours, je me doute que ces études seront plus faciles que pour moi. Mais j'ai bon espoir d'arriver à mes fins. Et toi, Mike, quel métier envisages-tu ?

— Oh ! Moi, fit le jeune garçon, je vais seulement entrer en classe de seconde en octobre, j'ai tout le temps d'y penser.

— Tu n'as même pas une petite idée ? intervint Jérôme. Des études de droit ne te plairaient pas, par hasard ? Tu pourrais devenir avocat et me succéder quand je prendrai ma retraite, ou devenir mon associé, pourquoi pas ?

— Faire du droit ? jeta vivement Michaël. Jamais de la vie ! J'ai un ami dont le père et le frère aîné sont avocats, justement. Il m'a juré qu'on ne l'y prendrait pas, d'après lui il n'y a rien de plus ennuyeux que ce genre d'études et tous les métiers qui en découlent !

Tout le monde se mit à rire, même Jérôme, ce qui détendit l'atmosphère après le malentendu qui venait d'opposer Jean et Jocelyn ; seul ce dernier garda son air bourru, feignant de s'intéresser au contenu de son assiette, en l'occurrence une part de tarte aux fraises nappée de crème chantilly.

Comme on le faisait souvent autrefois, on profita du beau temps pour passer l'après-midi au bord de la rivière qui chantonnait allégrement à quelques centaines de mètres du bourg. Pendant que les adolescents se baignaient, s'arrosant mutuellement avec des cris de joie, Blanche et Gloria, assises dans l'herbe fraîche au pied d'un énorme frêne en compagnie d'Hanna, renouaient avec bonheur ; leurs échanges concernaient surtout leurs enfants et l'avenir de chacun. Pour autant, elles se gardaient bien de laisser la jeune femme à l'écart. L'une et l'autre la questionnaient avec gentillesse : était-elle bien habituée à Clermont, avait-elle visité la ville de Riom où se trouvait le cabinet d'avocats de son fiancé ? Cependant, les deux belles-sœurs savaient rester discrètes, évitant d'évoquer le passé douloureux d'Hanna.

Pendant ce temps, Jean et Jérôme marchaient lentement le long de l'eau qui, au gré du terrain, formait quelques boucles capricieuses dans le sol dur de lave noire. Le soleil jouait entre les feuillages des arbres de la rive, allumant à la surface de l'eau des éclairs argentés d'une brillance aveuglante. On percevait le bruit sourd et régulier de la cascade proche. Le calme et la paix profonde de ce coin de campagne rassérénaient les adultes qui se sentaient revivre après les dures épreuves de la guerre encore si proche. À son habitude, Jocelyn avait décliné l'invitation de se joindre au reste de la famille, prétextant du travail en retard, ce qui ne trompait personne.

Ce mois d'août passa beaucoup trop vite au gré de tous. Bien souvent, les jeunes gens faisaient de longues promenades sans les adultes qui ou bien sortaient de leur côté pour les laisser libres, ou bien s'installaient simplement dans le jardin où embaumaient toujours les roses soignées avec amour par Blanche depuis sa lointaine arrivée à Saint-Géraud.

Le plus souvent, Line invitait Élisabeth et Louis à se joindre à leur petit groupe. Au début de la guerre, sachant leur fille seule avec ses enfants pendant la captivité de leur gendre, les parents de Lucie avaient quitté leur région d'origine pour s'installer à Saint-Géraud ; ils faisaient alors partie des réfugiés qui fuyaient en hâte vers la zone sud. Depuis, ils n'étaient jamais rentrés dans leur petite ville presque entièrement bombardée. Contrairement à ce qui se passait avant la guerre, leurs petits-enfants ne quittaient donc plus l'Auvergne en août pour les rejoindre.

Fine mouche, Line décela très vite l'attirance réciproque entre son cousin Christopher et Élisabeth. Émue, elle songea à Bertrand, son premier amour éphémère ; bien souvent, elle entraînait le reste du groupe sur un chemin différent pour laisser aux jeunes gens un peu d'intimité. Pourtant, elle ne questionna pas Élisabeth ; si elle le désirait, son amie se confierait, tôt ou tard. De leur côté, Louis et Michaël, sensiblement du même âge, étaient devenus inséparables.

En octobre, le frère d'Élisabeth entrerait en seconde au lycée Blaise-Pascal de Clermont ; il ferait alors connaissance avec l'internat, ce qui ne l'enchantait guère. En effet, à son entrée en sixième il avait énergiquement refusé de quitter Saint-Géraud. Son père, prisonnier, était absent et, malgré la présence de ses grands-parents, il avait fort bien compris que sa mère répugnait à se séparer de lui après avoir laissé partir sa fille. Lucie avait engagé un professeur d'anglais à la retraite, réfugié depuis peu dans le bourg, pour donner des cours particuliers à son fils. Le maître était content de son élève qui espérait bien avoir ainsi atteint le niveau de la classe de seconde. Ce qui le consolait un peu en songeant à la pension, c'est que sa sœur, inscrite en faculté de pharmacie, lui servirait de correspondante. En principe, elle irait le chercher le jeudi après-midi et il passerait le dimanche avec Élisabeth et Line. Les deux jeunes filles conservaient leur chambre chez les Dumont où elles prendraient toujours leurs repas du soir et des jours de congé.

Avant son départ pour Grenoble, Gloria avait posé en aparté à Jérôme une question qui les taraudait, elle et son époux : comment Jocelyn avait-il accueilli Hanna et depuis quand ? Connaissant son beau-frère, elle se doutait bien que le premier contact avait dû être difficile. De son côté, Jean avait craint un rejet définitif de la part de son frère.

— Blanche ne t'a rien dit ? s'étonna Jérôme.

— Nous n'avons pas eu l'occasion d'en parler, d'autant qu'Hanna ne nous quittait guère et qu'il était hors de question d'aborder ce sujet devant elle.

— Je comprends. Dans un premier temps, j'avais pensé qu'il serait bien, pour notre première visite à Saint-Géraud, d'attendre que Line rentre chez ses parents pour les grandes vacances. Sa présence détendrait un peu l'atmosphère. Blanche était tout à fait de cet avis. Pourtant, après ses discussions houleuses avec Jocelyn à plusieurs reprises, nous avons renoncé et décidé d'attendre votre arrivée.

Jean, notre aîné, saurait, j'en étais sûr, convaincre s'il le fallait notre entêté de frère.

— Des discussions houleuses… Qu'est-ce à dire ?

— Blanche a menacé Jocelyn de divorcer s'il nous rejetait, Hanna et moi. Et ce n'étaient pas des paroles en l'air, crois-moi !

Stupéfaite, Gloria, incrédule, dévisageait son beau-frère.

— Tu crois vraiment qu'elle en serait arrivée là ?

— Oh oui, sans doute aucun !

— Et votre mariage ?

— Il est prévu pour le début d'octobre. Hanna doit fournir des papiers et, comme elle est étrangère, sa demande passera devant une commission. Mais je connais le juge chargé de l'affaire, il m'a affirmé qu'il n'y aurait aucune difficulté. Notre union sera une simple formalité avec seulement deux témoins.

— Et, pour finir, vous êtes donc arrivés ici peu de temps avant nous ?

— La veille. Et, comme je sais que tu vas me le demander, j'ajoute que Jocelyn a été glacial pour Hanna aussi bien que pour moi. Comme je m'apprêtais à l'embrasser, il a reculé d'un pas, la mine fermée et le regard sombre, et je me suis bien gardé d'insister. Quant à Hanna, il ne lui a pas même tendu la main, se contentant d'un vague signe de tête. J'étais furieux, tu t'en doutes. Sans la présence chaleureuse de Blanche et de Line qui avait les larmes aux yeux, j'aurais entraîné Hanna et fait demi-tour. Par chance, je l'avais prévenue et elle ne s'est pas insurgée. Avoue que pourtant il y avait de quoi… Il faut me comprendre : j'avais été absent et en danger pendant cinq ans et demi et mon propre frère me rejetait… Mais je voulais tellement vous revoir, ta famille et toi !

Alors Gloria avait pris Jérôme dans ses bras pour le consoler, comme l'aurait fait une mère, et ils s'étaient embrassés dans un grand élan d'affection.

XX

Vacances en Isère

LINE VENAIT DE S'INSTALLER aux côtés d'Hanna à l'arrière de la voiture de Jérôme alors que Blanche avait pris place auprès de lui à l'avant. En ce 1er juillet 1946, la jeune fille réalisait enfin l'un de ses rêves les plus chers : séjourner à Grenoble chez son oncle Jean. Jusqu'à présent, malgré les promesses de sa mère, la guerre avait empêché ce voyage attendu depuis longtemps.

Comme son épouse et sa fille l'avaient anticipé, Jocelyn avait décliné l'invitation de son frère et de Gloria :

— Tu sembles oublier que je travaille en juillet, avait-il répondu à Jean au téléphone d'un ton toujours aussi peu amène.

— Alors nous nous verrons en août chez toi, comme d'habitude.

Jocelyn avait acquiescé avec un tel manque d'enthousiasme que Jean s'était retenu de rire pour ne pas le vexer. Avec sa franchise habituelle, Line avait déclaré à sa mère :

— J'espérais de tout cœur que papa déclinerait cette invitation, nous serons tellement plus libres sans lui !

Bien avant l'arrivée dans la capitale des Alpes, les chaînes de montagnes entourant la ville, encore couronnées de blanc pour la plupart, impressionnèrent vivement la jeune fille. Si les gravures de ses livres de géographie et des photos montrées par Sibylle lui avaient donné une idée assez précise du massif alpin, maintenant que les pics rocheux et pointus se dressaient fièrement sur l'horizon, Line les admirait sans réserve. Blanche éprouvait la même sensation que sa fille ; seul Jérôme, qui, avant la guerre, s'était rendu chez son frère Jean à plusieurs reprises, connaissait déjà ce paysage grandiose. Quant à Hanna, elle se souvenait avoir traversé les Alpes dans le train qui les avait ramenés en France, elle et son fiancé, début juin 1945.

Au bout de chaque rue une montagne, écrivait Stendhal, natif de Grenoble.

Enfin, on entra en ville. Traversée par l'Isère, Grenoble s'étale dans une large cuvette ; la ceinture de montagnes alentour semble protéger les divers quartiers de la ville et leurs bâtiments, comme l'enceinte de murs épais protégeait autrefois un château fort. Le Drac, torrent fougueux s'il en est, qui dévale des hautes montagnes, rejoint l'Isère un peu en aval de Grenoble, en revanche ses affluents, le Verdaret et le Draquet, pénètrent dans la ville ; bien souvent, à la fonte des neiges ou en automne, quand le débit de ces deux torrents augmente de manière dangereuse, se produisent des inondations. Dans le passé, les eaux impétueuses ont maintes fois emporté les ponts enjambant l'Isère. La passerelle Saint-Laurent en particulier, très ancienne, a dû être reconstruite à plusieurs reprises.

En visitant la ville, la famille de Jean découvrirait bientôt, place de la Cymaise, la célèbre fontaine du Lion ; sculpté dans la pierre, un lion, symbole de l'Isère, maintient sous son énorme patte un serpent, symbole du Drac malfaisant, cause des inondations destructrices.

Jean et Gloria habitaient une belle maison ancienne au départ de la route de Voiron. Un petit parc planté de résineux s'étendait derrière la vaste demeure, si bien que l'on aurait pu se croire très loin de la ville. Comme toujours, les retrouvailles furent chaleureuses. Dès qu'elle le put, Line entraîna Christopher un peu à l'écart pour lui remettre un courrier d'Élisabeth ; les jeunes gens, en effet, correspondaient assidûment et en secret. L'un et l'autre avaient décidé de dévoiler leur amour réciproque au grand jour à la fin de leurs études seulement. Ils ne se voyaient qu'une fois par an lorsque le mois d'août ramenait le jeune homme à Saint-Géraud. Ni l'un ni l'autre pourtant n'avait aucun doute quant à la fidélité de son correspondant.

— Pardon Chris, je sais que cela ne me regarde pas, avait remarqué Line en remettant la précieuse lettre à son cousin, mais pourquoi ne pas mettre vos parents dans la confidence ? Je suis certaine qu'ils seraient ravis. Vous avez respectivement vingt-deux et bientôt vingt ans, et puis un médecin et une pharmacienne, ce sera le couple idéal, non ?

— Tu as sans doute raison, avait répondu le jeune homme en souriant. Je vais y réfléchir. Je commencerai bientôt mon internat, il est peut-être temps en effet d'afficher ma relation avec Babeth au grand jour. Mais, naturellement, je dois d'abord lui demander son avis.

Dès le lendemain de leur arrivée, les Berthaud avaient incité leurs invités à une visite approfondie de la ville.

— Je ferai toutes les prochaines excursions avec vous, avait dit Jean, mais comme je connais Grenoble, et pour cause, aujourd'hui vous voudrez bien m'excuser : je vais travailler au bureau pour pouvoir me libérer totalement par la suite. As-tu donné des nouvelles de votre voyage à Jocelyn, Blanche ?

— Oui, je lui ai téléphoné hier soir avant le dîner. Mais, je te rassure, il ne s'était absolument pas inquiété de savoir si nous avions fait bonne route. D'ailleurs, je crois bien que j'aurais pu m'abstenir, ajouta Blanche avec un peu d'amertume.

Personne ne désirant s'appesantir sur les réactions, hélas coutumières, de Jocelyn, on s'installa dans les voitures afin de gagner le centre-ville. Gloria avait prévenu son époux que, pour gagner du temps, on déjeunerait en ville. Après la célèbre place Grenette, la maison natale de Stendhal et les beaux hôtels particuliers de la rue Jean-Jacques-Rousseau, la fontaine du Lion et autres lieux incontournables, on partit flâner dans le Jardin de ville où, après le passage sous un porche, on découvre ce merveilleux espace vert et sa roseraie vieille de trois siècles.

— Si nous avons quelques jours de pluie, ce que je n'espère pas, dit Gloria, nous pourrons visiter les musées. Pour demain, si vous êtes assez reposés, Jean a prévu la montée au fort de la Bastille. C'est une ancienne place militaire et, de là-haut, la vue est splendide.

Ainsi fut fait. Les promeneurs partirent dès 7 heures et demie du matin afin d'éviter, pour leur ascension, les heures chaudes de la fin de la matinée.

*

* *

Bâtie au sommet de la montagne du Rachais, l'un des derniers contreforts du massif de la Chartreuse, la forteresse de la Bastille domine Grenoble. Un fortin de défense militaire avait d'abord été construit en 1537, sous François Ier. Après avoir pris la ville en 1591, le chef des huguenots Lesdiguières devenu gouverneur agrandit considérablement ce premier ouvrage, bâtissant une véritable forteresse : tour, petits bastions, construction pour abriter la troupe, le tout entouré d'un mur épais de soixante-huit mètres de long. Beaucoup plus tard, de 1827 à 1847, seront ajoutés nouveaux bastions et casemates, ainsi qu'un escalier de trois cent quatre-vingts marches.

Passé l'Isère, sac au dos, les promeneurs entreprirent de gravir le sentier abrupt menant au sommet de la montagne. Au retour seulement, ils visiteraient, en contrebas de la sortie du fort, les excavations creusées dans la roche calcaire et appelées grottes de Mandrin ; reliées entre elles par d'étroits passages souterrains, elles servaient à entreposer munitions et matériel de guerre.

Enfin parvenu au sommet, le petit groupe reprenait sa respiration en admirant sans réserve le magnifique panorama. Jean et ses fils entreprirent de nommer une à une les chaînes de montagnes qui, de toutes parts, cernaient la ville étalée à leurs pieds ; le ruban bleu de la rivière brillait en contrebas, les voitures circulant le long de ses quais semblaient de minuscules jouets d'enfant. L'air vivifiant ouvrait l'appétit des marcheurs et, après s'être désaltérés grâce à l'eau des gourdes emportées, l'on fit honneur au copieux pique-nique prévu par Gloria et ses deux belles-sœurs.

Les jours suivants, ces dernières ne participèrent pas à toutes les excursions : grimper le long des pentes abruptes se révèle souvent très difficile pour les non-initiés. Jean et Jérôme seulement se joignaient alors au groupe des plus jeunes, enthousiastes et infatigables. John avait retrouvé toute sa validité, la blessure de sa jambe n'était plus qu'un mauvais souvenir. Pourtant, on évita de visiter le massif du Vercors où, trop peu de temps auparavant, s'étaient déroulés de tragiques combats.

Au fil des jours, avec quelque temps de repos entre deux excursions, on s'approcha au plus près des pics célèbres de Belledonne, du parc des Écrins, de la Grave et même du trapèze singulier de la montagne de la Meije. En chemin, on croisait des alpinistes qui, munis de chaussures à crampons, formeraient beaucoup plus haut des cordées pour atteindre le mont Aiguille, le mont Blanc ou un autre site vertigineux. Grâce aux longues-vues, on avait parfois la chance d'apercevoir une marmotte dressée à l'entrée de son terrier ou, plus rarement, un chamois en équilibre sur un piton rocheux. Souvent, un busard en chasse planait très haut dans l'air limpide et frais avant de disparaître pour retrouver son nid dans une anfractuosité de la roche.

Après ces journées de marche au grand air, on ne s'attardait guère le soir après dîner : prendre du repos était indispensable pour pouvoir repartir bientôt, généralement le surlendemain.

Hanna était à présent très à l'aise avec Blanche et Gloria ; elle les secondait en cuisine avec le plus grand plaisir. Les bavardages allaient bon train et la bonne humeur régnait toujours entre les trois femmes. Le matin, elles gagnaient ensemble le marché pour s'approvisionner. L'altitude et les longues marches creusaient considérablement l'appétit de tous ; les cuisinières devaient donc concocter de copieux repas et préparer des pique-niques substantiels. Mais elles prenaient soin de se ménager du repos durant l'après-midi, généralement dans le parc ombragé où, sous les sapins, flottait une délicieuse odeur de résine.

Les meilleures choses ont une fin, hélas, et les trois semaines de vacances allaient s'achever bientôt. La famille au grand complet prit part à la dernière excursion. Jean et ses fils avaient choisi de rejoindre un lac d'altitude relativement facile d'accès. Sa forme circulaire formait un rond presque parfait ; dans ses eaux d'un bleu turquoise, couleur due à la fonte des glaciers, se reflétait le ciel d'un bleu vif dépourvu du moindre nuage. Les montagnes majestueuses auréolées du blanc pur de leurs neiges éternelles se miraient dans le lac et leur image inversée était aussi nette et précise que la réalité. Ce fut, pour tous, une journée inoubliable. Le lendemain, il fallut s'occuper des bagages et, le jour suivant, les Auvergnats durent prendre la route du retour.

On se consolait mutuellement de la séparation imminente en évoquant le séjour prochain des Grenoblois à Saint-Géraud : deux semaines plus tard à peine, ceux-ci en effet gagneraient l'Auvergne à leur tour.

XXI

Rencontre

Line commençait sa seconde année de licence d'anglais tandis qu'Élisabeth continuait assidûment ses études de pharmacie. Sa relation avec le cousin de son amie ne se démentait pas ; d'un commun accord, les jeunes gens avaient décidé d'en avertir leur famille respective un peu avant Noël. Christopher se faisait fort d'amener ses parents à inviter chez eux la jeune fille durant la période des fêtes et même, si possible, la famille Delsort au grand complet.

Élisabeth et Line quitteraient bientôt les Dumont. Antoine et son épouse aspiraient à la retraite ; ils venaient donc de vendre leur bar et le logement qu'ils possédaient à l'étage au-dessus. En mars, ils abandonneraient définitivement Clermont pour aller vivre près de leur fille et de leurs trois petits-enfants.

Avant même que les deux jeunes filles se mettent en quête d'une chambre d'étudiante, Jérôme avait proposé de les loger et Hanna s'était jointe à lui de bon cœur. Le couple habitait un nouvel appartement, bien plus spacieux que le petit logement de célibataire de l'oncle de Line. Une chambre était à la disposition des deux amies qui répugnaient à se quitter après de longues années de cohabitation. Elles acceptèrent donc avec joie cet arrangement.

Hanna travaillait à mi-temps au cabinet d'avocats de Victor et de Jérôme. Après quelques mois durant lesquels Mme Meilhaud l'avait initiée, elle remplaçait à présent cette dernière au secrétariat. Un ou deux stagiaires assumaient la demi-journée où l'épouse de Jérôme devait effectuer les travaux ménagers indispensables : courses, préparation des repas, entretien du linge…

La jeune femme était heureuse ainsi. Lorsque, le matin, elle se retrouvait seule, ses diverses occupations ne lui laissaient pas le temps de s'ennuyer. Depuis longtemps, les commerçants de son quartier semblaient l'avoir acceptée ; toujours aimable, elle conservait encore un léger accent. Jérôme affirmait que les Clermontois côtoyés la prenaient sans nul doute pour une des Alsaciennes venues se réfugier en Auvergne en 1939. Elle n'était pas repartie vers sa province, voilà tout.

Les Dumont partis, Line et Élisabeth s'étaient organisées dans leurs nouveaux pénates. Depuis l'avenue de Chamalières où elles vivaient désormais, elles utilisaient le tram pour gagner leur faculté respective et en revenir. Ensemble la plupart du temps, elles prenaient leurs repas au restaurant universitaire avant de rentrer chez l'oncle de Line. En revanche, Hanna et lui avaient insisté pour qu'elles déjeunent et dînent avec eux le dimanche. Au début, un peu gênée, Élisabeth avait expliqué qu'elle veillait ce jour-là sur son frère Louis, lycéen dont elle était la correspondante ; il lui avait été répondu que celui-ci serait également accueilli sans problème aucun. Les Delsort, reconnaissants, insistaient toujours pour ajouter une petite somme à la pension mensuelle versée pour leur fille. Ainsi, tout était bien.

Les deux amies étaient installées chez Jérôme et Hanna depuis un mois environ. Mars tirait à sa fin mais le printemps semblait répugner à investir la région. Un peu de neige recouvrait toujours le sommet arrondi du puy de Dôme qui domine la ville du haut de ses mille quatre cent soixante-cinq mètres. Les branches des arbres nus tremblaient sous l'assaut d'un petit vent aigre ; insidieusement il s'engouffrait dans les rues et les nombreux passants hâtaient le pas en relevant frileusement le col de leur manteau. Ce jour-là, les cours de Line étaient terminés aussi, avant d'aller étudier à la bibliothèque elle entraîna une condisciple dans un bar pour prendre un chocolat chaud.

Les jeunes filles prirent place le plus loin possible de la porte qui, dès qu'elle s'ouvrait sur un nouveau client, laissait se faufiler un courant d'air glacial. Line allait s'asseoir quand elle vit un jeune homme lui faire signe. Denis Astier, inscrit comme elle en seconde année de licence d'anglais, lui faisait une cour de moins en moins discrète ; elle faillit l'ignorer mais, comme il se rapprochait, elle se ravisa pour venir le saluer.

— Venez donc à notre table, fit le jeune homme en désignant ses deux compagnons, c'est moi qui régale.

Line échangea un coup d'œil avec Cécile, sa camarade, qui, elle non plus, n'appréciait guère ce garçon ; il se mettait sans cesse en avant, interpellait volontiers les jeunes filles avec un sans-gêne désagréable, bref il les agaçait prodigieusement l'une et l'autre. Pourtant, de crainte de subir en public une réflexion désobligeante, Line fit un signe à Cécile et, à contrecœur, elles prirent place auprès des trois jeunes gens.

— Oh, mais je dois faire les présentations ! lança Denis un peu trop fort. Voici Paul et Charles, dit Charlie. Et ces belles demoiselles qui étudient avec moi, ce sont Line et Cécile.

On échangea une poignée de main tandis que le barman venait prendre les commandes.

— Deux chocolats ! fit Denis, moqueur. Mais, avec ce froid, il faut faire comme moi, prendre un cognac, voyons !

Line jeta un coup d'œil sur le contenu de son verre : seul Denis buvait de l'alcool, ses compagnons avaient choisi un café crème. Cependant, l'importun n'insista pas mais il reprit aussitôt la parole :

— Je vous mets au défi de deviner ce qu'étudient ces deux-là ! dit-il, désinvolte, avec un geste du menton pour désigner Paul et Charlie.

Et comme les jeunes filles restaient muettes, il reprit en souriant :

— Comment tailler la pierre, voilà leur occupation ! Mais attention, ils ont choisi l'élite de leur future profession : le compagnonnage. Ce qui veut dire qu'ils effectuent un tour de France pour apprendre leur métier. Paul, je ne le connaissais pas jusqu'à aujourd'hui, Charlie en revanche vient du même village que moi, en Haute-Loire. Nous nous sommes rencontrés tout à fait par hasard, je les ai invités à prendre un pot, et voilà !

Par politesse, Cécile, puis son amie posèrent une ou deux questions aux futurs tailleurs de pierre. Line était subjuguée par le dénommé Charlie. Brun, les yeux noisette très brillants, il lui rappelait beaucoup Bertrand, le jeune maquisard mort pour son idéal. Elle pensait de plus en plus rarement à lui, la plaie était guérie, croyait-elle, et voilà que ce garçon ramenait son image avec une acuité presque douloureuse. Malgré les années, presque quatre à présent, le souvenir de Bertrand était là, en elle, intact, indélébile.

Quand on se leva pour quitter le bar, Denis demanda tout à coup :

— Et si nous allions au cinéma samedi soir, ce serait bien, non ? Au *Paris*, on passe un film qui, paraît-il, emporte tous les suffrages.

Line et Cécile échangèrent un coup d'œil, prêtes à refuser. Et puis Charlie dévisagea Line d'une manière si intense que, spontanément, elle acquiesça :

— Pourquoi pas ? Tu es d'accord, Cécile ?

En même temps, elle se demandait pourquoi elle désirait revoir le jeune Charlie, ou, plutôt, elle le savait trop bien. Sa ressemblance avec Bertrand la captivait totalement. C'était une évidence, et puis une séance de cinéma avec trois camarades n'engageait à rien. Fine mouche, Cécile avait deviné l'attirance de son amie pour le beau jeune homme brun, aussi, désireuse de lui faire plaisir, elle accepta.

Dès que les jeunes filles se retrouvèrent seules, Cécile prit le bras de Line en disant :

— Si je ne me trompe pas, je viens d'assister à un coup de foudre ! Crois-tu qu'il soit réciproque ?

— Pour le moment, je n'ai aucun moyen de le savoir...

— Et c'est la raison pour laquelle tu as accepté d'aller au cinéma samedi soir, n'est-ce pas ? Je crains que tu ne sois très déçue, Charlie et toi ne serez pas seuls un instant et...

— Peu importe, je dois le revoir, je le sais, j'en suis sûre !

Cécile n'insista pas et les jeunes filles gagnèrent en hâte la bibliothèque où elles devaient faire des recherches pour un exposé.

*
* *

Au cinéma, Line avait pris soin de se placer près de Charlie qui l'avait accueillie avec un grand sourire. À l'entracte, ils purent bavarder un moment. Denis était sorti de la salle en compagnie de Paul, Cécile, à la droite de Line, se faisait discrète bien que la conversation des jeunes gens soit parfaitement anodine. Charlie confia qu'il resterait trois mois à Clermont où il logeait dans une maison accueillant une quinzaine de jeunes qui, tout comme lui, aspiraient à devenir compagnons tailleurs de pierre.

— Chaque matin, on nous conduit à Volvic, à une demi-heure de la ville, pour travailler dans les carrières de lave.

— La pierre noire de la cathédrale, remarqua Line.

— Oui, et de bien d'autres monuments : églises, châteaux, bâtiments publics comme la préfecture, établissement thermal et tant d'autres en ville et dans la région.

— Mais vous avez des congés, je suppose, alors vous rentrez chez vous en Haute-Loire ?

— Non, avait répondu Charlie avec un petit sourire. Quand nous quittons notre famille, c'est pour trois ans. Nous accomplissons un tour de France, avec une incursion en Suisse le plus souvent, et devons changer de région chaque trimestre. Il nous faut posséder tous les savoir-faire de notre futur métier.

— Et cette vie vous convient ?

— Tout à fait, affirma le jeune homme. Après cette formation, je voudrais bien en entreprendre une autre pour devenir sculpteur. Mais j'ai un peu de retard, j'ai voulu passer un bac technique alors que j'aurais pu entrer dans cette filière dès l'âge de seize ans. Il n'est pas facile de se faire accepter, il faut remplir de nombreuses conditions : motivation, gages d'honnêteté, de moralité, et bien d'autres. Mais pardon, je ne parle que de moi... Si j'ai bien compris, votre amie et vous préparez une licence d'anglais, n'est-ce pas ?

Line eut tout juste le temps d'acquiescer, la salle s'éteignait et la projection continuait. Avant de reporter son attention sur l'écran, elle se dit que son intuition avait été bonne : Charlie était quelqu'un de très attachant et elle aurait bien aimé le connaître davantage.

Avant de se séparer, les jeunes gens prirent rendez-vous pour le jeudi suivant. Paul et Charlie surtout avaient proposé à leurs nouveaux camarades de venir visiter la carrière de lave de Volvic ; pour les voir à l'œuvre, il n'était pas question de s'y rendre un dimanche, jour de repos. Les trois étudiants n'avaient pas cours le jeudi après-midi, aussi Denis avait-il proposé de conduire les jeunes filles ; il faisait partie des jeunes privilégiés possédant une automobile.

Naïvement sans doute, Line se réjouissait de revoir bientôt Charlie. Qu'attendait-elle au juste ? Un rendez-vous qui lui permettrait de se retrouver enfin seule avec lui ? Peut-être… Ce dont elle était certaine, c'est qu'elle plaisait au jeune homme. Il lui adressait des regards admiratifs, des sourires explicites et elle lisait dans ses yeux une amitié sincère. Mais était-ce la réalité, ou bien voyait-elle ce qu'elle voulait tellement voir en lui ?

XXII

Les tailleurs de pierre

Line n'avait pas tardé à se confier à Élisabeth ; cette dernière ne lui avait-elle pas dévoilé dès le début l'idylle naissante entre elle et Christopher ? Avec sa franchise habituelle, Line avait toujours eu du mal à garder un secret personnel. Par ailleurs, depuis toujours, elle avait toute confiance en sa chère « Babeth ».

— Pardonne-moi, conseilla doucement cette dernière après avoir écouté son amie, si tes relations avec Charlie doivent perdurer, je crois que tu ferais bien de ne pas en parler à ton père…

— Je vois très bien ce que tu veux dire, mais rassure-toi, je m'en garderai bien. Une relation avec un futur tailleur de pierre, voilà qui n'est pas du tout convenable pour la fille d'un juge de paix !

Line éclata de rire avant de poursuivre :

— Mais il est fort possible que je me fourvoie complètement. Je prête à Charlie des sentiments qu'il n'éprouve peut-être pas à mon égard, du moins pas encore. J'en saurai davantage jeudi prochain et j'espère bien qu'il ne me décevra pas.

— S'il te plaît, ne t'emballe pas trop vite, tu ne le connais pas vraiment et tu risques une cruelle déconvenue.

— Voilà bien les paroles d'une fille raisonnable ! répliqua Line.

Puis elle se rapprocha d'Élisabeth pour l'embrasser avec affection.

— La voix de ma conscience a parlé, plaisanta-t-elle pour finir. Rassure-toi, je vais tempérer mes sentiments pour Charlie jusqu'à ce que je sois tout à fait certaine des siens. Du moins, je vais essayer…

Le jeudi suivant, Line, un peu fébrile, gagna le lieu de rendez-vous avec ses camarades. On prit aussitôt la direction de Volvic. Depuis trois jours, le temps devenait un peu plus clément. Le soleil, enfin, faisait de timides apparitions et, après un long hiver maussade extrêmement froid, sa tiédeur passagère était la bienvenue.

Avant même de descendre de voiture, les jeunes gens pouvaient percevoir les bruits divers venus des carrières en exploitation. Camions et autres véhicules étaient garés assez loin pour se tenir à l'abri des explosions lorsque les ouvriers faisaient sauter un pan de roche. Denis laissa sa voiture à distance ; Paul et Charlie, qui guettaient les visiteurs, s'adressèrent à un surveillant pour lui demander l'autorisation de s'absenter quelques minutes. Enfin ils s'approchèrent pour venir saluer les arrivants.

Les vêtements de travail des deux garçons étaient gris de poussière, ils portaient un casque métallique, de grosses chaussures de chantier et des gants protégeaient leurs mains. Les bonjours échangés, Charlie remercia tout d'abord Denis d'avoir bien voulu conduire le petit groupe jusque-là. Il se tourna ensuite vers les deux jeunes filles :

— Je suis très heureux de vous revoir. Hélas, Paul et moi devons regagner le chantier sans plus attendre. J'espère que vous voudrez bien patienter jusqu'à 16 heures, nous aurons alors une demi-heure de pause ce qui nous permettra de bavarder tranquillement.

Line et Cécile approuvèrent tandis que Denis faisait la moue.

— Bien, puisque nous sommes là nous allons attendre... dit-il, la mine contrariée.

« Pourquoi donc a-t-il accepté de venir jusqu'ici ? » se demandait Line avec agacement. Il devait bien se douter que Paul et Charlie n'allaient pas tenir salon ! Faute de mieux, les jeunes gens reportèrent alors toute leur attention aux travaux effectués sur le chantier. Comme ils l'apprendraient un peu plus tard de la bouche de Charlie, les ouvriers spécialisés avaient, le matin même, fait sauter d'énormes blocs de pierre gris foncé ; il convenait à présent de les débiter aux dimensions retenues suivant l'usage qu'il en serait fait. Les apprentis compagnons, au nombre de cinq, s'initiaient à ce travail sous la direction d'un ouvrier chevronné.

On observait attentivement chaque geste du carrier ; à l'aide d'un marteau spécial, il creusait tout d'abord dans un bloc de lave des petites tranchées de quinze à vingt centimètres de large sur plusieurs centimètres de profondeur afin d'obtenir la forme désirée. Ensuite, il fallait creuser dans le fond une autre tranchée horizontale dans laquelle on enfonce des coins de bois dur pour faire éclater la base du bloc. Une fois détaché, ce dernier, retenu par une solide corde, est descendu en glissant sur des rondins de bois à l'endroit où il va être travaillé.

À partir de là, pour respecter la commande, il faut calculer les dimensions selon que cette pièce de lave est destinée à devenir une marche d'escalier, un linteau de cheminée, une pierre tombale, une arcade, un morceau de colonne, le socle d'un monument…

Peu à peu, les apprentis apprendraient à manier les divers outils indispensables : ciseau, marteaux de différentes tailles, pied-de-biche, gouge, pic, masse, taillant, broche et bien d'autres encore. Enfin, sur place, il leur faudrait effectuer la pose du bloc taillé et, souvent, graver dates ou inscriptions diverses. Il est indispensable d'avoir de bonnes notions de dessin et, selon la dureté de la pierre, de savoir utiliser de nouveaux outils : percuteurs dits « massettes » droits, en trapèze ou en troncs de cône, ciseau à pierre, maillet, gradine… Avant la gravure, pour affirmer un tracé définitif et guider le ciseau afin d'amorcer les arêtes, on a pris soin de rayer la pierre à l'aide des pointes à tracer. Le geste doit être court et vif, d'une extrême précision ; le ciseau est frappé à l'aide du percuteur, la longueur du manche de l'outil varie en fonction du résultat désiré. Pour une gravure à la feuille d'or, après le crayonné qui exige plusieurs techniques, on utilise des pinceaux de différentes tailles.

Toutes ces explications, Paul et Charlie se faisaient un plaisir de les livrer aux deux jeunes filles et à Denis. Le groupe s'était assis au soleil ; tout en écoutant les futurs compagnons, on dégustait le goûter que Line et Cécile avaient eu la bonne idée d'emporter : quelques gâteaux, des oranges, de la limonade... Bientôt, Line désespéra de se trouver seule, ne serait-ce que quelques minutes, avec Charlie. Cependant, lorsque venait le tour de Paul de parler, elle se rendait compte que le jeune homme la couvait des yeux et cela lui mettait un peu de baume au cœur.

Quand vint l'heure de la séparation, il fut décidé de se retrouver pour une séance de cinéma dix jours plus tard, un dimanche après-midi. Quand Charlie serra la main de Line pour lui dire au revoir, il glissa un billet entre ses doigts ; ses yeux brillaient plus que jamais et son sourire inondait de joie la jeune fille.

— Alors, pas trop déçue ? demanda Cécile, consciente de l'attente vaine de son amie.

— Un peu, répondit simplement Line, mais je n'y peux rien, n'est-ce pas ?

Denis venait de déposer les jeunes filles rue Blatin, près de la place de Jaude, et elles se séparèrent en se souhaitant le bonsoir. Line grillait de se retrouver seule pour, enfin, lire le billet de Charlie. Elle ne put attendre d'être rentrée. Arrêtée au départ de l'avenue pour attendre le tramway, les doigts tremblants elle déploya la petite feuille de papier maintes et maintes fois repliée.

Après-demain samedi, à 20 h 15, devant le cinéma Novelty. *Je vous en supplie, venez. La séance commence à 20 h 45, je vous attendrai jusqu'à 21 heures. Je vous aime de toute mon âme, par pitié ne me repoussez pas. Bien à vous. Charlie.*

Spontanément, Line posa ses lèvres sur cette courte missive qui répondait si bien à son attente.

Elle faillit manquer son tramway, grimpa en trombe, resta debout en se retenant à une barre d'appui. Elle avait envie de chanter, de crier sa joie à la terre entière. « Il m'aime, il m'aime ! » se répétait-elle, éblouie.

*

* *

Line connaissait bien le cinéma *Novelty* situé rue Fontgiève, non loin du bar qu'avaient tenu Antoine et Thérèse Dumont de longues années durant. Ancien théâtre de Clermont, l'établissement servait aussi de music-hall et des chanteurs y donnaient souvent des concerts. Impatiente de retrouver Charlie, la jeune fille était très en avance à leur rendez-vous. Elle arpentait fébrilement le trottoir devant le cinéma qui n'avait pas encore ouvert ses portes au public. Enfin, elle aperçut celui qu'elle espérait.

— Vous êtes venue, merci ! dit le jeune homme après avoir traversé la rue à grands pas.

Ils se dévisagèrent un long moment sans parler, le regard plein de tendresse éblouie. Enfin, Charlie demanda avec un sourire enjôleur :

— Nous avons une demi-heure devant nous, voulez-vous prendre un verre avec moi ? Au moins nous serons au chaud.

Main dans la main, ils entrèrent dans le bar le plus proche ; presque toutes les tables étaient occupées : comme eux, des spectateurs attendaient là l'heure de l'ouverture du *Novelty*. Enfin installés, les amoureux se regardèrent en souriant.

— J'avais si peur que vous me repoussiez… soupira Charlie.

— Pourquoi l'aurais-je fait ?

— Oh, vous êtes étudiante et moi un simple tailleur de pierre ! Je n'ignore pas que la plupart des intellectuels méprisent fort les métiers manuels et les ouvriers en général.

— Eh bien, je ne fais pas partie de ceux-là ! La valeur de quelqu'un se reconnaît à ses qualités d'âme, non ? C'est ce que ma mère m'a inculqué depuis ma toute petite enfance. Je n'ai pas changé d'opinion et n'en changerai jamais.

Charlie la remercia d'un sourire en serrant très fort sa main dans ses doigts tièdes. Un peu plus tard, durant la projection du film, il ne lâcha guère la main que Line lui abandonnait volontiers. À l'entracte, ils échangèrent quelques commentaires à propos de l'histoire dont chacun tentait d'anticiper le dénouement. Line compatissait à la malchance des deux héros du film, des amants séparés ; elle s'identifiait à la jeune fille, consciente que Charlie quitterait bientôt Clermont : alors, hélas, ce serait sans doute la fin de leur belle histoire d'amour naissante.

Après la séance de cinéma, Charlie raccompagna Line au domicile de son oncle. Cependant, tous les dix pas, les jeunes gens s'arrêtaient pour s'embrasser passionnément dans l'avenue déserte à cette heure tardive. Le premier baiser de Charlie troubla d'autant plus la jeune fille que, durant quelques secondes, elle crut se retrouver dans les bras de Bertrand. Les lèvres tièdes de son compagnon, sa douceur, la ferveur avec laquelle il prenait sa bouche, tout la ramenait à l'été de ses quinze ans, à ce premier amour malheureux. Pourtant, très vite, elle eut conscience que c'était bien Charlie qui l'embrassait et elle oublia tout à fait son adolescence pour ne plus penser qu'à lui.

Au fil des semaines suivantes, les amoureux se rencontrèrent le plus souvent possible. D'un commun accord, ils avaient décidé de ne dévoiler leur idylle à personne. Line faisait certes une exception pour Élisabeth mais, comme cette dernière n'avait pas intégré son petit groupe de camarades, elle ne risquait en aucune manière de leur dévoiler son merveilleux secret.

XXIII

Séparation

Aussi bien Line que Charlie se sentaient extrêmement frustrés de n'avoir aucun endroit où se retrouver seuls. Les lieux publics ne leur permettaient pas, hélas, de s'abandonner dans les bras l'un de l'autre. Line refusait de conduire son amoureux chez son oncle et sa tante, même en leur absence. De son côté, le jeune homme lui avait exposé ses conditions de vie en communauté.

Dans chacune des villes étapes où est implantée une section locale des compagnons existe une maison d'hébergement appelée « cayenne », dirigée par un président. Là, une dame hôtesse, la « mère », prend soin des jeunes apprentis : logement, nourriture, entretien du linge… Il s'agit donc d'une sorte d'internat pour ces garçons qui ne rentrent jamais dans leur famille. Et, bien évidemment, aucun étranger à l'établissement n'y est accepté.

Après avoir longtemps hésité, Line s'était ouverte de cette situation à Cécile, en lui recommandant de ne pas dévoiler à Denis Astier sa liaison avec Charlie. Or, tout récemment, Cécile avait repoussé les avances de ce dernier ; aussi, après quelques sorties communes, le groupe s'était disloqué. À présent, chacun sortait de son côté avec les amis de son choix. Cécile louait une chambre en ville, dans le quartier des Salins, et elle y vivait seule. Accepterait-elle, de temps à autre lorsqu'elle se rendait le soir à la bibliothèque, de prêter ce logement une heure ou deux à Line qui pourrait y retrouver Charlie ?

Cécile avait bon cœur, elle n'osa pas refuser d'autant que c'était un arrangement pour quelques semaines, pas plus : Charlie, en effet, quitterait définitivement la ville durant la seconde quinzaine de juin.

— Donc tu n'iras plus à la bibliothèque dorénavant ?

— Si, bien sûr, Charlie et moi t'emprunterons ta chambre deux fois par semaine seulement.

— Voilà qui me rassure. Il ne faudrait pas que tu oublies les révisions pour les examens de fin d'année, ils ne sont plus si loin à présent.

— Aucun danger, je n'oublierai pas, je n'ai nullement l'intention de redoubler. Je travaillerai plus tard le soir, voilà tout !

Dès leur première rencontre à l'abri des regards, Line et Charlie devinrent tout naturellement des amants passionnés. Au moment de franchir le pas, la jeune fille ne s'était posé aucune question avant de s'abandonner tout entière à celui qu'elle avait choisi. Tout à fait consciente que Charlie s'éloignerait bientôt, elle avait une confiance aveugle en l'avenir. Elle l'attendrait aussi longtemps que nécessaire. Quand ils se retrouveraient, l'un et l'autre seraient largement majeurs, libres de se marier, de fonder une famille ; ils auraient alors un métier et ne dépendraient plus de personne. Line savait déjà que son père s'opposerait à ce projet mais elle était bien décidée à n'en tenir aucun compte. Fugitivement s'imposait parfois la pensée de sa mère. Certes, elle n'ignorait pas qu'elle lui causerait bien involontairement une grande peine, pourtant, s'il fallait choisir, elle choisirait l'amour de Charlie.

Avant de se quitter, les jeunes gens faisaient donc des projets d'avenir. Charlie n'avait pas caché à sa compagne qu'il leur faudrait une infinie patience avant de pouvoir les mener à bien. Il deviendrait d'abord « sociétaire » puis, après la réalisation d'un premier travail personnel de qualité, « aspirant ». Enfin seulement, quand il aurait réalisé une œuvre d'un très haut niveau technique, son chef-d'œuvre, il serait compagnon. Alors il ne dépendrait plus de la confrérie, pourrait s'embaucher chez un patron et vivre à sa guise sans rendre de comptes à personne.

— Crois-tu, demandait-il avec un peu d'anxiété, que tu auras assez de patience pour…

Blottie contre lui, Line lui fermait la bouche d'un baiser avant de répondre, sûre d'elle :

— S'il le faut, je t'attendrai ma vie entière. Tout de même, tâche de revenir avant que je sois devenue une vieille femme repoussante !

— Repoussante, toi ? Jamais, jamais tu m'entends ! Tu seras toujours la plus belle, toujours, et je t'aimerai jusqu'à la fin des temps.

*

* *

Le 20 juin, veille du départ de Charlie, Line était inconsolable. Dans la petite chambre prêtée par Cécile, elle ne pouvait retenir ses larmes. Elle s'était juré de faire taire son chagrin pour ne pas peiner celui qui avait su s'emparer de son cœur mais c'était impossible. Les yeux humides, le jeune homme l'étreignait fougueusement ; il aurait tellement voulu trouver des mots de consolation…

Enfin, après des serments de fidélité et d'amour éternel, il fallut se quitter, la mort dans l'âme.

— Tu m'écriras le plus souvent possible, tu me le jures ? supplia Line qui ne pouvait se résoudre à s'arracher aux bras de son ami.

— Oui, je te le promets, et toi tu me répondras aussitôt, n'est-ce pas ?

— N'en doute pas, je le ferai. Je t'aime si fort, j'ai si mal de te voir partir…

Dès lors, c'est à leurs lettres qu'ils confièrent leur amour. Line se trouvait en pleine période d'examens et elle devait faire des efforts inouïs pour se concentrer. Enfin, elle put annoncer à Charlie qu'elle était reçue ; en octobre, elle commencerait sa troisième année de licence, puis elle devrait passer une année en Angleterre pour le stage obligatoire. Hélas, au bout de ce temps qui lui paraissait infiniment long, Charlie n'aurait pas encore accompli son tour de France. De plus, il avait confié à celle dont il désirait partager la vie qu'il lui faudrait ensuite une dernière année d'études pour réaliser son rêve : devenir sculpteur.

« Tout ce temps loin de lui, mon Dieu, y songer me donne le vertige ! se disait Line, désespérée. Aurai-je assez de courage ? Oui, il le faudra, coûte que coûte, j'ai promis à Charlie de l'attendre et je l'attendrai, quoi qu'il arrive. »

immense ville et aux alentours, voilà qui allait créer une diversion bénéfique. Certes, le temps passant, Line s'était peu à peu habituée à la séparation, se contentant d'écrire et de recevoir des lettres enflammées ; pourtant, elle se réjouissait de changer pour un temps d'horizon.

Par ailleurs, elle avait récemment éprouvé une très grande peine : sa chienne, sa chère Flicka, l'avait quittée début juillet. Appelé en hâte, le vétérinaire n'avait hélas pas pu sauver celle que Line aimait comme une sœur ; la pauvre chienne mourait de vieillesse, à demi paralysée.

— Tu sais, ma chérie, affirmait Blanche pour consoler un peu sa fille, notre Flicka t'avait à ses côtés au moment du grand départ, ce qui a été pour elle un grand réconfort. Certes, elle était très attachée à moi, à Émilienne aussi, mais quand tu étais absente elle se montrait toujours moins exubérante et, dès qu'elle sentait ton arrivée prochaine, on la voyait revivre.

Jusqu'à son dernier souffle, la tête sur les genoux de Line, la chienne n'avait pas quitté des yeux la jeune fille, lui léchant doucement la main. Et puis elle avait fermé les yeux pour toujours et Line l'avait pleurée longtemps. Contre l'avis de son père – « Ce n'était qu'une bête, tu exagères ! » fit-il remarquer avec un haussement d'épaules méprisant –, Line avait demandé à sa mère que Flicka soit enterrée au fond du jardin.

— Ainsi, avait-elle dit sans songer à essuyer les larmes qui coulaient encore sur ses joues, elle ne me quittera pas tout à fait…

Ensuite, aidée de Blanche, elle avait planté une petite bordure de buis autour de la tombe de son amie. La pensée que celle-ci ne viendrait plus lui faire la fête à chacun de ses retours amplifiait encore son chagrin.

— Si je n'étais pas si souvent absente, avait-elle confié à sa mère, je prendrais un autre chien. Mais ce ne serait pas raisonnable puisque je vivrai de moins en moins à Saint-Géraud à l'avenir.

Le voyage de Line s'achevait. Quand elle descendit du train, elle aperçut Jenny qui l'attendait sur le quai de la gare. Les deux femmes s'embrassèrent et la mère de Gloria dit avec chaleur :

— Bienvenue à Londres, ma petite fille, nous allons très bien nous entendre, tu verras. As-tu remarqué : le soleil, si rare chez nous, est venu t'accueillir ! Allons, suis-moi, le taxi nous attend.

XXIV

Séjour londonien

Quelques jours plus tard, Line avait pris ses marques dans l'immense ville traversée par la Tamise. Déjà, elle avait plusieurs camarades, garçons et filles, parmi les étudiants qu'elle côtoyait chaque jour. Elle aurait eu tendance à ne fréquenter que des Français dans sa situation ; pourtant, elle s'obligeait à discourir le plus souvent possible avec de jeunes Anglais. Elle voyait là le meilleur moyen de se perfectionner dans leur langue et Jenny l'approuvait pleinement.

Avec sa logeuse d'abord, puis en compagnie de quatre Français, durant le week-end Line visitait Londres. Inscrits dans la même classe, Franck et Romain, des jumeaux originaires de Savoie, ainsi que Liliane, une Lyonnaise, et Danièle, venue de Poitiers, logeaient dans un foyer étudiant. Sans difficulté aucune, la jeune Auvergnate avait intégré leur petit groupe. Très vite, cette dernière avait compris que Franck et Liliane entretenaient un flirt naissant qu'ils croyaient discret mais qui transparaissait aux yeux de tous.

« Si seulement Charlie faisait les mêmes études que moi, songeait parfois Line avec un pincement au cœur, nous pourrions être ici tous les deux, à leur place... »

Aussitôt, elle se faisait des reproches :

« Les choses sont ce qu'elles sont, tu n'y peux rien, il y a des situations bien pires... Allons, reprends-toi, cesse de te plaindre et de gémir sur ton sort ! »

Au fil des semaines, en compagnie de ses quatre condisciples, la jeune fille visita tout d'abord les sites londoniens incontournables. On commença par Buckingham Palace, résidence de la monarchie anglaise depuis le XVIIIe siècle. Une petite foule de touristes se massait devant les grilles du célèbre palais ; bombardé à neuf reprises durant la Seconde Guerre mondiale, l'endroit conservait encore, trois ans plus tard, de nombreuses cicatrices de ces assauts ennemis. On assista à la pittoresque relève de la garde de Sa Majesté avant de faire le tour de l'imposant bâtiment.

Un autre jour, la déception des jeunes gens fut grande : désireux de visiter Big Ben, ils se trouvèrent au milieu d'une foule impatiente et, après une très longue attente, apprirent qu'il fallait s'inscrire et patienter plusieurs semaines pour avoir accès à la tour. Bâtie sous le règne de la reine Victoria sur le bord de la Tamise, celle-ci s'élève à quatre-vingt-quinze mètres de hauteur et s'enorgueillit d'une horloge monumentale.

— Puisque nous sommes ici pour plusieurs mois, remarqua Franck, inscrivons-nous donc pour une prochaine visite de l'intérieur du monument.

Ainsi fut fait et, début décembre, le groupe de camarades revint sur le site, les précieux billets d'entrée en poche.

De loin, on avait maintes fois admiré Tower Bridge, le pont à bascule de deux cent soixante-quatre mètres de large et ses deux tours élevées de chaque côté du fleuve à l'intense navigation. Piétons, bus et voitures en grand nombre empruntent régulièrement le pont ; lorsque se présente un navire d'une hauteur imposante, les deux moitiés du tablier se relèvent pour lui laisser le passage ; le spectacle est impressionnant. Quand les jeunes gens se promenèrent pour la première fois sur le pont, ils admirèrent longuement le paysage : à leurs pieds, la multitude de quartiers de la métropole sur les deux rives, les bateaux et les péniches à l'amarrage sur le fleuve.

C'est avec Jenny que Line visita la cathédrale Saint-Paul, au cœur du quartier des affaires de la City. Deux siècles auparavant, l'ancien édifice religieux anéanti par un violent incendie fut rebâti et surmonté d'un dôme. Les deux femmes s'attardèrent longtemps dans la crypte, particulièrement étendue et riche de statues et monuments funéraires.

Plus tard, Line visiterait quelques quartiers typiques : Whitechapel, sa célèbre galerie d'art et ses ruelles où rôde encore l'ombre de Jack l'Éventreur, tueur du XIXe siècle, Covent Garden avec ses halles, ses magasins d'antiquités, ses librairies, ses nombreux bars et restaurants, Piccadilly, avenue cossue qui débouche sur Hyde Park. En compagnie d'amis français ou anglais, la jeune fille aimait, par beau temps, arpenter le parc de deux kilomètres de long sur un de large. Chaque fois, on y faisait de nouvelles découvertes sous les arbres immenses, on admirait les cavaliers et leurs chevaux galopant dans les allées ou bien on faisait une agréable promenade en bateau sur la Serpentine qui trace son chemin sinueux parmi les pelouses et les arbustes feuillus.

Un jour, le hasard conduisit Line dans ce lieu apaisant seule avec Romain. Comme elle le redoutait un peu, le jeune homme tenta de flirter avec elle. D'abord elle ne fit qu'en rire mais, comme il devenait de plus en plus pressant, elle le regarda droit dans les yeux pour dire très sérieusement :

— Inutile de perdre ton temps avec moi, je regrette mais je suis fiancée.

Le jeune homme ouvrit des yeux ronds et Line faillit éclater de rire devant sa mine déconfite.

— Fiancée, lança-t-il soudain, facile à dire, tu ne portes pas de bague que je sache ! Avoue plutôt que tu veux te débarrasser de moi !

— Je te jure que je dis la vérité. On peut rester fidèle sans avoir encore la bague au doigt, non ?

— Et qui est l'heureux élu, je peux savoir ? Un de nos compatriotes, un Anglais ?

— Tu ne le connais pas, il n'est pas à Londres et n'y viendra jamais. Veux-tu un conseil ? Tente ta chance auprès de Danièle, il me semble qu'elle recherche souvent ta compagnie…

— Eh bien tu te trompes, j'ai tenté ma chance, comme tu dis, et j'en ai été pour mes frais.

— Oh, ce n'est pas grave, nous sommes nombreuses dans le cours. Essaie de faire la conquête d'une Anglaise, certaines sont vraiment charmantes.

— Bah, fit Romain avec une petite moue désabusée, je verrai un peu plus tard. Pour le moment, je crois que je devrais travailler davantage mes cours.

— Très bonne idée. Rentrons maintenant, le devoir nous appelle !

Mais Romain n'avait pas envie de plaisanter. La mine sombre, il quitta aussitôt Line pour rejoindre son foyer ; de son côté, elle sauta dans un bus à deux étages stationné à l'une des sorties du parc et rentra chez Jenny pour se mettre à l'étude jusqu'à l'heure du dîner.

*

* *

Le 19 décembre, par un froid glacial, Line arrivait enfin à Saint-Géraud pour les fêtes de fin d'année. Elle se réjouissait de ces deux semaines en compagnie de sa chère maman. Si cette dernière n'en laissait jamais rien paraître dans les lettres qu'elle lui adressait régulièrement, Line savait fort bien que l'éloignement lui pesait.

Émilienne, de si bonne compagnie, la visitait souvent mais elle avait cessé de travailler chez les Berthaud : un an après le retour de son mari du camp où il avait été retenu prisonnier, leur était née une petite fille. Pauline avait deux ans et demi, elle était charmante et Blanche aimait la recevoir pour jouer avec elle et surtout la gâter. Baptiste, son grand frère de neuf ans, comme toute la famille d'ailleurs, lui passait tous ses caprices malgré les protestations de leur mère. Blanche employait à présent une femme de ménage uniquement le matin.

Pour se distraire, elle faisait elle-même toutes ses courses et passait très souvent l'après-midi auprès de Lucie Delsort. Si le mauvais temps empêchait les deux amies de se promener dans la campagne, elles se retrouvaient chez l'une ou chez l'autre pour se faire des confidences ; le sujet de leurs conversations restait essentiellement leurs enfants.

Sitôt arrivée, Line dut répondre aux multiples questions de sa mère sur sa vie londonienne.

— Je te sens si loin, ma chérie, je te vois si peu dorénavant…

— Oh, je ne venais guère plus souvent ici durant toutes les années passées à Clermont !

— C'est vrai, pourtant tu étais plus proche, du moins je le ressentais ainsi…

Line vint nouer ses bras autour du cou de sa mère et déposa un baiser sonore sur sa joue.

— Tu vois, ma petite maman, je suis revenue. Allons, fais-moi un sourire. Là, c'est bien ! Dis-moi, Jérôme et Hanna viendront passer Noël avec nous, j'espère ?

— Oui, ton père n'a pas protesté quand je lui en ai parlé, ils viendront.

— Qui ne dit rien consent, plaisanta Line.

À son arrivée, elle avait embrassé son père et, comme d'habitude, il ne lui avait absolument rien demandé : aucun signe d'intérêt pour ses études, sa vie en Angleterre. Mais, habituée depuis toujours à cette indifférence, Line n'en avait fait aucun cas.

Plus jeune, elle en avait pourtant beaucoup souffert. Un jour, elle avait sept ans, au bord des larmes elle avait demandé à sa mère :

— Tu le sais, toi, maman, pourquoi papa ne m'aime pas ?

— Que dis-tu là, ma chérie ? Ton papa t'aime, voyons !

— Non, je le sais très bien qu'il ne m'aime pas. M. Delsort, par exemple, embrasse souvent Babeth, il lui fait des câlins. Et, quand Émilienne m'emmène chez ses parents, M. Valais me donne toujours deux grosses bises qui claquent sur mes joues. C'est amusant parce que sa barbe pique !

— Eh bien, avait répondu Blanche, passablement gênée, certaines personnes n'aiment pas montrer leurs sentiments, donner des baisers. Ton père fait partie de ces gens-là mais il t'aime, j'en suis sûre !

Ensuite, elle avait longuement étreint et câliné sa fille, désolée de la voir souffrir autant du manque d'amour manifeste de Jocelyn. Le cœur serré, elle se souvenait de sa totale indifférence lors de la naissance de leur fille qui, elle, l'avait comblée de joie. D'abord, elle s'était dit :

« Line est trop petite, il s'intéressera à elle quand elle aura un peu grandi, qu'elle lui sourira, balbutiera quelques mots maladroits… »

Hélas, son mari n'avait pas changé d'attitude, s'adressant à sa fille presque uniquement pour lui faire des reproches. Au fil du temps, mère et fille s'y étaient habituées, cependant, au fond d'elle-même, Blanche savait combien l'amour de son père pouvait manquer à Line.

Quand, la veille de Noël, Jérôme et Hanna arrivèrent à Saint-Géraud, ils s'empressèrent d'annoncer à tous une grande nouvelle : ils deviendraient parents au mois de juin de l'année suivante. Blanche et Line les félicitèrent avec chaleur avant de les embrasser affectueusement. Jocelyn se contenta de demander à son frère :

— Tu ne penses pas que tu es un peu âgé pour devenir père ?

— Certainement pas, rétorqua Jérôme en riant, tu sembles oublier que notre père avait quarante-neuf ans de plus que moi, j'en suis bien loin !

Jocelyn n'avait pas répliqué. À la demande de son épouse, faisant contre fortune bon cœur il avait débouché une bouteille de champagne pour fêter l'événement.

Quelques jours plus tard, Hanna et Jérôme rentrés à Clermont, il lança ironiquement au cours d'un repas :

— À mon avis, l'été prochain il ne sera pas question de vacances à Grenoble. On ne fait pas un trajet si long en voiture avec un bébé d'environ deux mois.

— C'est fort possible, répliqua vivement Line. Dans ce cas, maman et moi prendrons le train pour aller chez l'oncle Jean. En attendant que je conduise à mon tour…

— Ce n'est pas demain la veille, répondit Jocelyn, narquois. Tu n'es pas majeure, il s'en faut !

— Je n'en suis plus très loin et, aussitôt, j'achèterai une voiture !

— Ah oui ? Et avec quel argent ? Ne compte surtout pas que je paierai !

— Oh, mais je n'y songe pas un instant, rassure-toi ! J'emprunterai l'argent nécessaire, affirma Line avec défi. Et je rembourserai quand je travaillerai, voilà tout !

XXV

Désillusion

C'ÉTAIT UN JOUR GRIS ET FROID de la fin février. À 16 h 30, la nuit tombait déjà sur Londres. Le brouillard ne s'était pas levé de la journée entière ; seules les lueurs jaunes des phares et les feux rouges des cars et des voitures trouaient le gris uniforme des rues grouillantes de véhicules bruyants.

Après les cours, Line ne s'était pas attardée. Dans le bus bondé où, debout, elle patientait tant bien que mal, elle songeait au réconfort de la tasse de thé brûlant que lui offrirait Jenny dès son arrivée. Tandis qu'elle s'installait dans le petit salon tiède, sa logeuse lui tendit trois lettres : l'une venait de Sibylle, une autre de Blanche, la troisième de Charlie.

Un peu plus tard, installée au petit bureau de sa chambre, la jeune fille s'empressa de lire son courrier avant de commencer à réviser ses cours. Elle prit d'abord connaissance de la lettre de sa mère, puis de celle de Sibylle. Enfin, le cœur battant comme toujours, elle décacheta l'enveloppe sur laquelle l'écriture de Charlie avait tracé son nom. « Le meilleur pour la fin... » se disait-elle, anticipant le plaisir de s'imprégner des mots d'amour de celui qu'elle aimait de toute son âme. Avec un réel étonnement, elle constata aussitôt que cette lettre était très brève. D'habitude, Charlie s'épanchait longuement. Était-il en retard ? Craignait-il de manquer le départ du courrier ? En se posant ces questions, Line cherchait à se rassurer mais, étrangement, dans son esprit venait de retentir une petite sonnette d'alarme.

Ma chère Line,

J'ai longtemps hésité à te dire la vérité, mais je sais que je te la dois. Je vais te faire beaucoup de mal, pardonne-moi si tu le peux. Voilà, je te parle sans détour : j'ai fait récemment la connaissance d'une jeune fille et nous sommes tombés éperdument amoureux, elle et moi. Tu vas me traiter de parjure et tu auras raison, mais je n'y peux rien. J'ai lutté, je te le jure, mais je dois me rendre à l'évidence, c'est elle que j'aime vraiment, c'est avec elle que je veux vivre.

J'aimerais cependant que nous restions amis, si tu veux bien.

Charlie.

Le premier réflexe de Line fut de déchirer la feuille de papier qui tremblait entre ses doigts ; la rage l'habitait, elle se mit à proférer à voix haute des insultes envers celui qui lui avait juré un amour éternel et qui la quittait sans états d'âme. Pour le moment, sa colère était telle qu'elle ne souffrait pas, pas encore.

— Un traître, un parjure, un imposteur, un fourbe, voilà ce qu'il est ! Je le déteste ! Si je le peux, je lui ferai tout le mal possible, et à cette fille aussi qui me l'a volé. Qu'ils soient malheureux comme les pierres leur vie durant !

Peu à peu cependant, sa fureur retomba et elle s'écroula en larmes sur son lit. Elle pleurait sur son bel amour bafoué, sur ses projets d'avenir aux côtés de Charlie. Ce prénom tellement chéri lui faisait maintenant horreur. « Et dire, songeait-elle entre deux sanglots, dire qu'il ose me demander de rester son amie ! Quel mufle ! Si seulement je m'étais doutée… Mais non, dès notre première rencontre j'ai eu confiance en lui, je l'ai aimé, j'ai cru qu'il m'aimait aussi, vraiment, pour toujours. Et maintenant, alors que je l'attends depuis des mois, que j'étais prête à l'attendre encore, il m'annonce qu'il en aime une autre. Qu'il soit maudit ! »

À l'heure du dîner, Jenny, qui la croyait plongée en plein travail, frappa à sa porte en annonçant :

— Le dîner est servi, ma petite Line, viens donc te réconforter !

N'obtenant pas de réponse, elle poussa doucement la porte pour découvrir sa protégée lovée sur son lit et secouée de sanglots.

— Que se passe-t-il, ma chérie, tu as reçu de mauvaises nouvelles ?

Jenny caressait doucement les cheveux de Line qui la regarda enfin, les yeux rouges et le visage tuméfié d'avoir autant pleuré.

— Il m'a trahie ! Je l'aimais pour toujours et lui, voilà qu'il dit en aimer une autre ! Jamais, plus jamais je ne ferai confiance à quiconque !

Un premier chagrin d'amour, se dit la mère de Gloria. Elle ne posa aucune question, réussit, beaucoup plus tard, à entraîner Line à la salle à manger, à la convaincre de se nourrir un peu.

Quand elles se quittèrent pour aller dormir, Jenny prit les mains de la jeune fille dans les siennes et la réconforta, en la regardant droit dans les yeux :

— Ce garçon ne mérite pas que tu le pleures, il vient de le prouver. Oublie-le, crois-moi. Un jour, tu rencontreras celui qui saura te rendre heureuse, je te le promets. Durant quelque temps, tu auras mal, je le sais, et puis tu l'oublieras comme il t'a oubliée. À présent va dormir, ma chérie, je veille sur toi.

*
* *

Son dernier diplôme en poche, depuis deux semaines Line avait définitivement quitté Londres et faisait escale à Paris. Sa cruelle désillusion surmontée à grand-peine, elle s'était jetée à corps perdu dans le travail ; en même temps, après avoir longuement réfléchi à la profession qui l'attirait le plus, elle avait pris la décision de devenir traductrice. Tout comme Jenny et Blanche à qui, dans ses nombreux courriers, elle avait tout confié de ses relations malheureuses avec le dénommé Charlie, ses professeurs l'avaient encouragée à suivre cette voie.

Unanimement, on lui conseillait de s'adresser à une grande maison d'édition, de préférence dans la capitale française ; c'est là en effet qu'existaient le plus de chances de trouver un département de traduction de romans, essais et autres documents. Sibylle lui affirmait que l'on trouvait aussi à Grenoble des éditeurs de renom ; Line était tentée : dans cette ville résidait une grande partie de sa famille, Élisabeth y vivait avec Christopher. Elle hésitait dans ses choix quand Sabine, une condisciple qui regagnait Paris après avoir étudié à Londres, lui proposa de la loger le temps nécessaire à sa recherche d'emploi.

Le sort en était jeté : c'est à Paris que, dans un premier temps, elle allait se présenter chez quelques éditeurs pour tenter d'obtenir un poste de traductrice anglais-français. Elle prit soin de téléphoner à sa mère afin de l'avertir qu'avant de regagner Saint-Géraud elle passerait quelques jours dans la capitale. Aussitôt, Blanche s'inquiéta :

— Mais où vas-tu loger, ma chérie ?

— N'aie aucun souci, maman, une amie rentrée de Londres en même temps que moi m'hébergera sans problème. Je te rappellerai très vite pour te tenir au courant. Je t'embrasse très fort, à bientôt.

Après plusieurs démarches infructueuses, Line eut enfin la chance de se voir proposer le poste tant désiré. Son dossier scolaire semblait convenir à la personne – une aimable dame d'une cinquantaine d'années – qui l'avait reçue après plus d'une demi-heure d'attente.

— Écrivez-nous pour poser votre candidature, vous aurez une réponse rapide, disons dans une quinzaine de jours. Naturellement, vous possédez une machine à écrire ? Vous vous doutez bien que nous n'acceptons pas de manuscrit, votre traduction, en trois exemplaires pour les correcteurs, doit absolument être dactylographiée. En cas de réponse favorable, il vous faudra attendre la fin septembre pour prendre votre poste. En effet, notre maison d'édition ferme au mois d'août et, l'été durant, nous ne réalisons aucune embauche. C'est au moment de la rentrée littéraire que le besoin de personnel est le plus important.

Prise de court, Line approuva d'un signe de tête, remercia et quitta le bureau où elle avait été reçue. En se dirigeant vers une station de métro pour rentrer chez Sabine, elle tournait et retournait dans sa tête l'imprévu auquel elle se trouvait confrontée : acheter au plus tôt une machine à écrire – il était hors de question d'emprunter celle de son père – et apprendre en toute hâte la dactylographie. Avec quel argent réaliserait-elle cet achat ? Elle n'en avait pas la moindre idée… Sa mère, toujours elle, pourrait-elle lui avancer la somme nécessaire ? Line l'espérait de tout son cœur.

L'après-midi même, elle rappela Blanche pour lui annoncer qu'elle avait bon espoir d'être embauchée en septembre dans une maison d'édition parisienne très renommée. Elle préféra ne pas lui parler, pour l'instant, de la machine à écrire mais annonça qu'au retour elle passerait une journée à Clermont pour faire la connaissance du fils de Jérôme.

Attendu les premiers jours de juin, le petit Patrick était né le 24 mai, il avait donc à présent un mois et une semaine. Line trouva Hanna et Jérôme comblés par l'arrivée de leur petit garçon, un bébé joufflu, très sage qui, déjà, dormait la nuit entière, ménageant ainsi le repos de ses parents.

Le couple posa beaucoup de questions à la jeune fille sur la fin de son séjour londonien, avant de se réjouir avec elle de l'emploi qui l'attendait presque sûrement à Paris.

— Pourvu que la réponse soit favorable, remarqua Line, sinon je vais être très déçue… Mais n'anticipons pas. Pour le moment, je dois régler un autre problème : il me faut très vite une machine à écrire, je dois apprendre la dactylo en un temps record. Croyez-vous que j'y arriverai seule, avec une bonne méthode bien entendu ?

— Tu y parviendras sans problème, affirma Jérôme, à condition bien sûr d'y consacrer ton été.

— Mais, ajouta Hanna, moi je peux fort bien te prêter ma machine, je veux profiter de mon petit Patrick le plus possible. En accord avec Jérôme, je ne reprendrai pas mon travail avant le mois de novembre. Après, bien sûr, je devrai confier notre fils à une nounou l'après-midi durant. Mieux encore : tu peux emporter la machine aujourd'hui même.

— Merci de tout cœur, Hanna, mais j'ai déjà beaucoup de bagages et…

— Aucun problème, dit Jérôme, je vais m'inviter ce samedi à Saint-Géraud avec femme et enfant et je t'apporterai la fameuse machine.

— Merci, merci, oncle Jérôme ! s'exclama Line en lui sautant au cou. C'est maman qui va être contente de vous avoir et de pouponner un peu !

— Ton père, sans aucun doute, le sera un peu moins, plaisanta Jérôme.

— Qu'importe ! Si on écoutait ce rabat-joie, il nous empêcherait de respirer ! Ton idée est merveilleuse. Allez, je me sauve, je dois prendre mon car pour regagner mes pénates. À bientôt donc, merci encore !

XXVI

Premiers pas dans la vie active

En ce mois de novembre gris et froid, oubliant pluie et brouillard Line jubilait. Pour la première fois, elle contemplait son nom sur le roman que, depuis peu, elle avait traduit à partir de la langue anglaise. Elle lisait et relisait sans cesse ces mots qui la comblaient de joie et, il faut bien le dire, d'un peu d'orgueil aussi :

Ellen WILKINSON

LA MAISON BLEUE SUR LA DUNE
roman

Traduit de l'anglais
par Adeline Berthaud

Comme elle l'avait décidé, Line, munie de la méthode d'apprentissage appropriée, avait d'abord consacré le mois de juillet à une étude acharnée de la dactylographie. Au reçu de l'acceptation de sa candidature, elle avait redoublé d'efforts. Le mois d'août venu, elle se levait très tôt, consacrant la matinée entière à son travail ; l'après-midi, elle s'accordait une longue pause pour profiter de la présence de toute sa famille.

Si Christopher et Élisabeth logeaient chez les Delsort, Blanche n'hébergeait pas moins de sept personnes, plus le petit Patrick ; toujours aussi sage, adulé de tous, il passait de main en main sans jamais se départir d'un sourire enjôleur qui ralliait tous les suffrages.

Comme elles l'avaient fait depuis toujours, Line et Sibylle partageaient la même chambre. À la rentrée d'octobre, cette dernière prendrait son premier poste de professeur d'anglais dans un collège grenoblois. Au fil des soirées en tête à tête, elle faisait des confidences à sa cousine : le jeune étudiant rencontré l'année précédente sur les bancs de la faculté s'était enfin déclaré et, depuis, des fiançailles encore secrètes liaient les jeunes gens.

— Et ton beau tailleur de pierre ? Il y a bien longtemps que tu ne m'as plus parlé de lui. Où est-il à présent ? Son tour de France est-il enfin près de s'achever ?

— Je l'ignore et ne veux pas le savoir. Nous avons rompu depuis quelques mois, ou plus exactement, c'est lui qui m'a lâchement abandonnée…

Line raconta alors à Sibylle, consternée, l'envoi d'une lettre de rupture qui lui laissait toujours un goût amer.

— J'espère que cela me servira de leçon. Qu'ai-je besoin de tomber si facilement amoureuse quand un garçon me fait les yeux doux ? À présent, je suis bien décidée à rester sur mes gardes. Tu connais le dicton : « chat échaudé craint l'eau froide ». Je vais me méfier des hommes comme de la peste, crois-moi !

— On dit ça... Moi, je pense qu'à Paris les occasions ne te manqueront pas de retomber très vite amoureuse. Tu es une fille magnifique, même si tu ne t'en doutes pas, et les jeunes gens t'admirent sans réserve.

— Eh bien moi, je vais m'efforcer de ne pas les voir. Ce sera mon travail, uniquement, qui m'accaparera tout entière, juré !

Sibylle eut une petite moue sceptique. Sans le dire, elle pensait :

« Il ne faut jamais dire fontaine, je ne boirai pas de ton eau... » Line avait à peine vingt et un ans, elle oublierait sans doute aucun le déloyal Charlie. Enfin, l'avenir seul le dirait.

Line avait pris son poste dans la maison d'édition parisienne le 16 septembre. Durant les dernières semaines, elle avait perfectionné sa frappe, s'entraînant surtout à gagner en rapidité ; elle s'était aussi exercée à utiliser correctement le papier carbone pour obtenir trois exemplaires du texte traduit, à éviter au maximum les fautes de frappe pour ne pas gommer. À présent, elle avait confiance en elle et attendait impatiemment le premier travail qui allait lui être confié. Partie de son Auvergne une semaine plus tôt, elle avait d'abord trouvé une chambre dans un petit hôtel proche de la gare de Lyon. Aussitôt, elle s'était mise en quête d'un appartement. La chance lui avait souri : quatre jours plus tard, elle s'installait dans un meublé rue des Goncourt. Sa mère lui avait donné suffisamment d'argent pour régler la caution et vivre deux à trois mois dans la capitale où la nourriture était beaucoup plus onéreuse qu'à la campagne. Il fallait aussi envisager d'autres dépenses, tout particulièrement le budget consacré aux transports. Enfin, sur les conseils de Jérôme, elle avait loué une machine à écrire, en attendant de pouvoir s'en offrir une neuve.

De son mieux, elle avait aménagé son deux-pièces, acheté deux plantes vertes pour égayer l'endroit, acquis quelques provisions dans les boutiques proches. L'éloignement de son lieu de travail ne lui permettrait pas de rentrer déjeuner là à midi ; elle devrait alors se contenter d'un sandwich, à moins de trouver une petite pension proche de son travail. Voilà qui ne l'inquiétait guère, son principal souci demeurait l'accueil que lui réserverait le personnel de sa maison d'édition.

Le premier jour, Line, très en avance, franchit enfin le porche de l'immeuble où elle allait passer le plus clair de ses journées. Pendant le trajet en métro qui lui avait paru interminable, son cœur battait beaucoup trop vite, ses mains étaient moites et elle s'exhortait du mieux possible à se calmer. Par instants, elle observait avec discrétion les voyageurs très nombreux, debout pour la plupart, indifférents à leur entourage.

« L'habitude, pensa Line. Bientôt, je serai comme eux. Je vais devenir une vraie Parisienne… »

Cette pensée la fit sourire et la rasséréna un peu. Enfin, elle quitta la rame, remonta à l'air libre, partit à grands pas vers son lieu de travail. Les bureaux et les couloirs ouverts de l'endroit lui firent l'effet d'une ruche : un ou plusieurs dossiers sous le bras, des hommes et des femmes se croisaient, se saluaient hâtivement, entraient ou sortaient d'un bureau ; personne ne prêtait attention à elle. Enfin, elle reconnut le secrétariat où elle avait été reçue lors de sa première visite. Elle frappa, attendit que la secrétaire raccroche le téléphone pour se présenter.

— Veuillez me suivre, je vais vous conduire au bureau de Mme Morand.

Celle-ci accueillit la jeune fille avec un grand sourire qui lui réchauffa le cœur.

— Bienvenue, dit-elle après avoir répondu au salut de Linc. Alors, prête à aborder le monde du travail ?

— Tout à fait prête, oui, madame.

— Voilà qui est bien. Venez, je vais vous présenter aux collègues dont vous partagerez le bureau.

Line s'installa à une petite table dans une pièce où, à son entrée, trois jeunes femmes levèrent la tête de leur travail. Deux étaient occupées à dactylographier un texte, la troisième annotait les nombreuses pages d'un dossier étalé devant elle. Sur les rayonnages couvrant trois murs de la pièce s'empilaient en grand nombre romans et manuscrits.

— Je vous présente Adeline Berthaud, notre nouvelle traductrice anglais-français. Marielle, vous voudrez bien l'aider à prendre ses marques chez nous et lui confier un premier manuscrit. Bonne journée à toutes. Adeline, je vous verrai en fin d'après-midi pour faire le point sur cette première journée.

Mme Morand repartie, la dénommée Marielle déposa un dossier vert sur le bureau d'Adeline en disant :

— Tenez, un premier roman à traduire de l'anglais. Voici Christiane, spécialiste de la langue allemande, et Teresa qui, comme son nom l'indique, est d'origine espagnole. Vous êtes débutante, sans doute ? N'hésitez surtout pas à me demander si vous avez le moindre problème.

Les trois jeunes femmes avaient eu pour Line un sourire réconfortant et, sans tarder, elle avait lu les premières pages du roman et commencé aussitôt la traduction. Sur le coin de son bureau, un dictionnaire français-anglais était à sa disposition. Prudente, elle écrivit d'abord un brouillon : cela lui éviterait certainement quelques ratures malvenues. Son texte relu avec la plus grande attention, elle entreprendrait alors de le dactylographier.

*
* *

À la pause du déjeuner, Marielle salua ses collègues et partit en toute hâte. Line apprendrait bientôt que la jeune femme, âgée de trente ans, rentrait toujours chez elle à cette heure-là. Sa mère venait chaque matin à son domicile pour la relayer auprès de ses jumelles de trois ans, alors que son mari, employé de banque, ne rentrait qu'en fin de journée.

— Tu vas déjeuner chez toi ? demanda Christiane à la nouvelle traductrice.

— Oh non, répondit Line, j'habite rue des Goncourt, le trajet aller et retour est beaucoup trop long. Je pense que je vais acheter un sandwich…

— Si tu veux, tu peux nous accompagner, Teresa et moi, à deux pas d'ici nous avons une pension hebdomadaire à un prix très raisonnable, à condition bien sûr de se contenter du plat du jour.

Tout heureuse de ne pas rester seule, Line suivit les jeunes filles. Christiane la présenta à la patronne du restaurant ; installée derrière le bar, celle-ci tenait la caisse et servait les consommations. Puis elle suivit ses collègues à l'étage.

— Les tables du rez-de-chaussée sont pour le passage, expliqua Teresa, les pensionnaires s'installent tous là-haut. On y est tranquille, tu verras.

Pour une somme modique, on fit honneur au plat du jour, une côtelette de veau accompagnée de haricots verts et de pommes sautées ; le dessert se composait d'une part de clafoutis aux prunes. Les jeunes filles buvaient de l'eau en carafe et, le samedi excepté, se passaient du café rituel. Line les imita, heureuse de ne pas trop grever son budget. Christiane, apparemment très bavarde, ne cessait de donner à Line des conseils censés l'aider à s'intégrer dans la maison d'édition dont elle était à présent l'une des collaboratrices. Plus réservée, Teresa intervenait peu dans la conversation.

— Si je vois que je suis en retard pour ma traduction, parce que je suppose que nous avons un délai à respecter, demanda soudain Line, serai-je autorisée à emporter le manuscrit pour y travailler chez moi ?

— Tout à fait. Ce que Mme Morand te demande, c'est de rendre ton travail à temps. Mais elle va t'expliquer tout cela ce soir, n'en doute pas. Nous avons beaucoup de chance d'avoir affaire à elle, crois-moi. Dans d'autres secteurs de l'entreprise, les sous-chefs sont parfois d'une intransigeance à décourager le plus motivé des employés !

Au mot de « sous-chefs », Teresa avait éclaté de rire.

— Et Marielle ?

— Oh, c'est une très bonne collègue qui va toujours t'aider au lieu de te chercher des noises.

Au soir de cette première journée qu'elle avait tellement redoutée, Line, tout heureuse, entra dans un bureau de poste afin de téléphoner à sa mère pour un bref compte rendu ; elle la savait presque aussi anxieuse qu'elle-même et voulait la rassurer au plus tôt.

— Je suis si contente pour toi, ma chérie. Écris-moi dans quelques jours pour me donner davantage de détails sur ta nouvelle vie. Je sais que tu es courageuse et je t'embrasse des milliers de fois.

Durant leur entrevue, Mme Morand avait été très compréhensive et encourageante, et Line s'en réjouissait. Ce soir-là, elle se coucha sereine et, pour la première fois, n'évoqua pas sa rancœur envers Charlie avant de s'endormir paisiblement.

XXVII

Damien

JUIN DÉBUTAIT SOUS UN BEAU SOLEIL et, au-dessus de Clermont, la chaîne des monts Dôme se découpait sur un ciel d'un bleu très pur sans le moindre nuage. Line arrivait par le train de Paris ; elle avait posé une semaine de vacances sur ses congés annuels et rejoignait sa mère chez Jérôme et Hanna. Venue la veille de Saint-Géraud, Blanche attendait impatiemment sa fille qu'elle n'avait pas revue depuis le Noël précédent. Le lendemain, on prendrait la route de Grenoble pour un événement familial que nul ne voulait manquer : le mariage de Sibylle.

Blanche s'installa aux côtés de Jérôme, Hanna, Line et le petit Patrick à l'arrière de la voiture. Le trajet prit beaucoup de temps ; en effet, après avoir dormi une bonne heure sur les genoux de sa mère, le bébé âgé de treize mois s'impatientait. On faisait donc des arrêts relativement fréquents afin de le promener un moment sur le bord de la route, puis on repartait. À midi, après le pique-nique à l'ombre d'un énorme frêne, ce fut l'heure bienvenue de la sieste ; bercé par le mouvement de la voiture, le petit dormit près de deux heures, la tête sur les genoux d'Hanna, ses petites jambes étendues sur ceux de Line.

La jeune fille avait accepté avec joie d'être la demoiselle d'honneur de Sibylle.

— Je sais que tu travailles, avait dit la future mariée, mais tu es ma seule cousine, ma presque sœur et je ne veux personne d'autre que toi à mes côtés en ce jour exceptionnel. Ton père, à qui j'ai téléphoné récemment, a bien sûr refusé de venir jusqu'à Grenoble sous le prétexte que le trajet en voiture le fatiguerait beaucoup trop. Remarque, sa réponse ne m'a pas surprise, je m'attendais à un refus, je le connais trop bien. Je dois t'avouer que papa était furieux : « Jocelyn, pour une fois, pourrait tout de même faire un effort, Sibylle est à la fois sa nièce et sa filleule ! » a-t-il lancé. Maman l'a calmé de son mieux, affirmant que ton père nous avait habitués depuis toujours à un tel comportement et que, quoi que l'on fasse, on ne pouvait pas changer les gens.

Line avait donc fait les frais d'une jolie robe et des accessoires qui l'accompagnaient : chaussures d'été à talon haut, gants et sac à main assortis. Blanche s'était chargée d'acheter à Clermont le cadeau qu'elles offriraient en commun : un service de vaisselle complet.

— Heureusement que j'ai une grande voiture munie d'un coffre spacieux, avait plaisanté Jérôme. Avec tout ce que nous devons emporter pour notre fils, plus les toilettes de ces dames, plus les cadeaux de mariage, c'est un véritable déménagement !

Il avait dû cependant installer sur le toit la galerie à bagages pour réussir à tout caser. De son côté,

Line songeait qu'elle n'était pas près de pouvoir acheter une automobile, même d'occasion, comme elle l'avait rêvé encore étudiante. D'ailleurs, à Paris elle n'en avait pas l'utilité, les transports en commun lui suffisaient amplement, une voiture aurait été superflue.

*

* *

Par un beau dimanche de juillet, Line flânait au jardin du Luxembourg. Levée de bonne heure, elle avait fait sa lessive hebdomadaire ; ensuite, après avoir déjeuné, elle s'était acquittée du ménage de son petit deux-pièces. À présent, elle prenait l'air, munie d'un journal et d'un roman. En septembre, il y aurait deux ans déjà qu'elle occupait son poste de traductrice qui lui convenait à merveille. Elle se réjouissait néanmoins de voir bientôt arriver ses vacances : dans deux semaines et demie, elle regagnerait Saint-Géraud où elle retrouverait sa chère maman et, un peu plus tard, Jean, Jérôme et leur famille.

En octobre, Line aurait vingt-trois ans et, malgré de nombreuses sollicitations masculines, elle vivait toujours seule. Christiane, l'une de ses collègues, s'était mariée quelques mois plus tôt, Teresa était fiancée depuis peu à l'un des commerciaux de leur maison d'édition.

— Tu ne vas tout de même pas rester vieille fille ? plaisantaient souvent les deux jeunes femmes. Ce serait dommage, tu es magnifique !

— Et pourquoi pas ? Je suis libre et je tiens plus que tout à mon indépendance. Quand mes trente ans approcheront, je verrai, peut-être alors changerai-je d'avis...

— Un conseil, n'attends pas trop, pense que plus tu avanceras en âge, plus les prétendants se feront rares !

Line s'était assise sur un banc à l'ombre et s'apprêtait à ouvrir son roman lorsqu'elle remarqua, parmi les promeneurs, un beau jeune homme qui, son appareil photo en main, prenait des clichés des rosiers et des parterres de fleurs. De temps à autre, il s'arrêtait, proposait à une famille de photographier les enfants ; parfois, on acceptait, les petits prenaient la pose en souriant devant un massif fleuri et leur père recevait un ticket.

— Vous pourrez venir voir les clichés dès demain après-midi à cette adresse, cela ne vous engage à rien. Si vous ne vous êtes pas manifesté d'ici samedi prochain, la pellicule sera détruite. Bon après-midi, messieurs dames, à bientôt j'espère.

Et, sur un sourire, le jeune photographe s'éloignait de quelques pas.

Apercevant Line, il la salua, hésita un peu, s'approcha enfin.

— Bonjour mademoiselle, puis-je vous proposer un portrait ? Vous pourrez l'offrir à votre petit ami. La lumière est excellente et vous êtes le sujet idéal pour un professionnel.

Line refusa en souriant :

— Je n'ai pas de petit ami à qui offrir un portrait, dit-elle.

— Eh bien, vous en décorerez votre intérieur, ou bien vous en ferez cadeau à vos parents, vous trouverez à qui le donner, j'en suis certain.

Comme Line ne répondait pas mais le dévisageait avec amusement, il demanda :

— Je peux m'asseoir un instant près de vous ? Merci.

Son regard se dirigea vers le porte-documents posé près d'elle et qui les séparait. Blanche le lui avait offert lorsqu'elle était entrée en première année de licence et, depuis, elle l'utilisait toujours.

— Attendez, je devine : vous êtes professeur, c'est ça ?

— Non, traductrice, anglais-français exactement.

La jeune fille se reprocha aussitôt d'avoir répondu, elle aurait dû éconduire le photographe mais il était vraiment très sympathique. Après tout, une conversation ne l'engageait à rien.

— Pardon, je ne me suis pas présenté : Damien Letellier. Je travaille dans un studio de photographie, mais ça, vous l'aviez forcément deviné.

— Adeline Berthaud, mais tout le monde m'appelle Line, à tel point que mon véritable prénom m'a toujours paru étranger !

Un peu plus tard, Line savait que Damien avait vingt-cinq ans, que son rêve était de posséder un jour son propre studio. En attendant, il se félicitait d'avoir trouvé une très bonne place. Son travail était extrêmement varié : en intérieur photos de mode surtout, en extérieur du tout-venant comme ce jour-là, mariages, réunions familiales, cérémonies diverses. Souvent, il devait travailler tard pour couvrir un événement parisien en nocturne. Mais il le faisait toujours avec plaisir, depuis son plus jeune âge la photo, sous toutes ses formes, était sa passion.

— Mais je parle, je parle, et je ne sais rien de vous, pardon…

— Oh, il n'y a pas grand-chose à dire à mon sujet, mon métier mis à part. Je suis à Paris depuis presque deux ans après avoir terminé mes études à Londres, mais je viens d'un bourg auvergnat où vivent mes parents. Voilà, c'est tout.

Elle leva les yeux vers le jeune homme qui semblait boire ses paroles. Son visage respirait la franchise, ses cheveux bruns, un peu trop longs peut-être, faisaient ressortir un regard gris-vert où elle lisait une admiration sans bornes.

« Attention, danger ! » se dit-elle. Pour autant, elle n'avait nulle envie de trouver un prétexte pour partir. Elle réalisait soudain combien elle était seule dans la grande ville, anonyme parmi des milliers d'anonymes qui se croisaient, parfois se saluaient et… c'était tout.

— Et vos traductions, vous les faites à domicile ? reprit Damien.

— Non, je suis employée dans une grande maison d'édition.

Line se garda de donner ni le nom ni l'adresse de son employeur. Sa déconvenue après l'abandon de Charlie l'avait rendue extrêmement méfiante, elle refusait de souffrir encore à cause d'un inconstant à qui, hélas, elle s'était donnée sans réfléchir, persuadée qu'il était l'homme de sa vie.

— Vous venez de dire que vos parents vivent en Auvergne, reprit Damien, je peux savoir où, exactement ?

— Oui. Saint-Géraud-la-Forêt se situe au pied du massif du Sancy.

— Quelle étrange coïncidence ! Ma grand-mère habite le village de Sourniaux, vous connaissez ?

— De nom au moins. Si je ne me trompe pas, il se situe à dix kilomètres environ de Saint-Géraud. J'ai dû m'y rendre à deux ou trois reprises avec mes cousins lors de nos promenades estivales.

— Nous sommes donc des compatriotes exilés dans la capitale ! s'exclama comiquement le jeune photographe. À mon avis, cela s'arrose. Accepteriez-vous de venir prendre un rafraîchissement à la buvette située à l'entrée nord du jardin ?

Plein d'espoir, le regard de Damien était si convaincant que Line ne put refuser l'invitation. Cinq minutes plus tard, les jeunes gens installés à une petite table sous un énorme marronnier buvaient un sirop de menthe.

— À l'Auvergne et aux Auvergnats, dit Damien en levant son verre, et tout particulièrement à nous !

Souriante, Line l'imita avant de boire le contenu de son verre où flottaient quelques glaçons. Les jeunes gens bavardèrent encore un long moment, cependant Line restait sur ses gardes. Enfin, elle regarda sa montre avant de se lever en déclarant :

— Je suis désolée mais je dois rentrer à présent, j'ai beaucoup de courrier à écrire avant de dîner. Merci de votre invitation.

— Je peux vous raccompagner ? demanda Damien dont la mine montrait assez une grande déception.

— Jusqu'à la station de métro, oui, je veux bien, répondit Line, peu soucieuse qu'il connaisse son adresse.

En même temps, elle éprouvait un peu de regret qu'elle chassa au plus vite.

XXVIII

Naissance d'une amitié

Le jeudi suivant, Line rentrait chez elle. Elle avait hâte de dîner et de se mettre au lit : la chaleur étouffante qui régnait sur la ville rendait l'air de son bureau presque irrespirable. On entrouvrait bien les fenêtres mais alors le bruit de l'avenue ajouté au cliquetis des machines à écrire devenait vite insupportable. Vêtues très légèrement, les quatre jeunes femmes s'essuyaient continuellement les doigts : la transpiration les collait au papier de façon extrêmement désagréable.

— Vivement le mois d'août, s'exclamait parfois Christiane, que nous quittions enfin cette fournaise !

Et si ses collègues n'en disaient rien, elles étaient tout à fait de son avis. Parvenue rue des Goncourt, Line s'arrêta à l'étal d'une épicerie : pour le dîner, elle avait envie de fruits, uniquement. Elle choisissait quelques pêches quand une voix familière retentit derrière elle.

— Mademoiselle Line ! Quelle surprise !

Elle avait aussitôt reconnu la voix du jeune photographe rencontré au Luxembourg. Elle se retourna, bien décidée à s'insurger : cette rencontre n'était pas due au hasard, Damien l'avait suivie le dimanche précédent pour découvrir son adresse. Il souriait de manière tellement innocente qu'elle n'eut pas le cœur de se fâcher.

— Vous n'êtes pas très loyal... déclara-t-elle cependant.

Line aurait voulu prendre un air sévère mais elle souriait malgré elle.

— Oh, je suis pardonné ! Merci, merci !

Il tendait la main et Line ne la refusa pas.

— Vous comprenez bien que je ne pouvais pas perdre une *payse* à peine rencontrée... C'est bien ainsi que l'on dit chez nous ? Excusez-moi, s'il vous plaît. Oui, je vous ai suivie l'autre jour mais j'ai le mérite de ne pas vous avoir importunée depuis, n'est-ce pas ?

Prise de court, Line ne répondit rien, paya le commerçant et commença à s'éloigner sur le trottoir.

— Je ne veux en aucun cas m'imposer, dit le jeune photographe qui avançait un pas derrière elle. Je désire seulement que nous devenions amis, j'ai fort bien compris que vous ne souhaitez aucunement nouer une relation d'un autre genre et...

— Aucunement, en effet.

— Je saurai me montrer discret, promis. Peut-être pourrions-nous, dimanche prochain, nous promener dans un autre jardin de Paris ? Je ne serai pas d'astreinte comme l'autre jour, si je prends quelques clichés, ce sera juste pour mon plaisir.

Il fut donc convenu de se rejoindre aux Tuileries vers 14 heures. Après quoi, Damien prit aussitôt congé avant que Line n'atteigne son immeuble. En préparant une salade verte qu'elle dégusterait pour sa fraîcheur avant les pêches récemment achetées, Line restait perplexe. Finalement, elle prit une résolution : si Damien, malgré sa promesse, tentait de flirter avec elle, il faudrait aussitôt l'éconduire définitivement. Les jeunes gens se retrouvèrent près de l'arc du Carrousel. Ils flânèrent longtemps dans les allées, admirant les nombreuses statues, les immenses pelouses verdoyantes, les parterres fleuris bordés d'ifs taillés. Puis ils s'installèrent sur des chaises au bord d'un grand bassin rond ; Damien en profita pour prendre quelques photographies d'enfants jouant avec des petits bateaux à voile aux vives couleurs loués sur place.

Au printemps, sur les conseils de ses collègues, Line était venue admirer la floraison luxuriante, rose et mauve, des grands arbres de Judée. Si les fleurs printanières avaient disparu, de nombreuses espèces estivales garnissant les parterres réjouissaient encore le regard.

— Avez-vous visité le musée de l'Orangerie ? demanda Damien.

Et, sur la réponse négative de sa compagne, il ajouta :

— Je crois qu'il vaudra mieux réserver cette visite, et aussi celle du musée de la Galerie du jeu de paume, pour un jour de pluie. Là, il fait beaucoup trop beau pour s'enfermer, qu'en pensez-vous ?

Line acquiesça avant de proposer :

— Aujourd'hui, c'est mon tour de vous offrir un rafraîchissement, cherchons une buvette.

— Il n'est pas d'usage que, dans un couple, ce soit la demoiselle qui ouvre son porte-monnaie, voyons ! répliqua Damien avec un grand sourire.

— Il semble que vous ayez déjà oublié votre promesse, dit Line en fronçant les sourcils, nous ne sommes pas un couple, des amis seulement et, en tant qu'amie, je tiens absolument à payer ma part.

— Vous avez tout à fait raison, je m'incline !

Le dimanche suivant, Damien proposa une promenade en bateau sur la Seine. Un air un peu plus frais, agréable et bienvenu, chassait la touffeur des dernières semaines.

— Vendredi prochain, annonça soudain Line, je regagnerai l'Auvergne pour quatre semaines et demie.

Et, devant l'air désappointé de son compagnon, elle s'empressa d'ajouter :

— N'avez-vous pas de congés, vous aussi ?

— Si, bien sûr, mais je me suis engagé à accompagner une équipe de cinéastes pendant trois semaines pour réaliser un reportage dans les îles Canaries et je vais y consacrer mes vacances. J'ai grand besoin de faire des économies si je veux parvenir à créer un jour mon propre studio…

La mine un peu confuse du jeune homme toucha profondément Line qui, sans intention aucune, lui lança un regard attendri. Elle se rendit compte alors que ni l'un ni l'autre n'avaient jamais rien confié ou à peine au sujet de leurs familles respectives. Elle savait seulement que la grand-mère de Damien vivait non loin de Saint-Géraud mais ses parents ? Habitaient-ils Paris ? Leur fils logeait-il encore chez eux ? Brusquement, elle éprouvait l'envie de tout savoir à son propos… Elle se rassurait en se persuadant que son intérêt était seulement dicté par l'amitié.

« J'ai beaucoup d'estime pour ce garçon, disons comme pour l'un de mes cousins, rien d'autre ! »

En fin de soirée, les jeunes gens se quittèrent devant une station de métro. Damien avait soudain l'air triste d'un enfant à qui l'on retire un objet pour lui précieux. Il s'imprégnait de l'image de Line, debout face à lui. Que n'avait-il, à son insu, pris une photo de sa silhouette légère, de la mousse dorée de ses cheveux longs, de son regard bleu foncé où dansaient des reflets lumineux... Il aurait emporté avec lui ce portrait, ainsi, durant son voyage, la jeune fille aurait été encore un peu à ses côtés. À présent, il était trop tard.

Alors qu'ils échangeaient une poignée de main, il demanda :

— Me permettez-vous de reprendre contact après votre retour à Paris ? Je dois avouer que vous êtes ma seule amie et je ne veux pas vous perdre...

« Moi non plus », songea Line qui s'entendit répondre :

— Avec plaisir. Nous nous entendons bien, il me semble, et je dois dire que je me sens très seule parfois dans cette immense ville.

— Merci, se réjouit Damien avec un grand sourire chaleureux, à bientôt donc et bonnes vacances.

— Et pour vous, bon séjour aux Canaries, répondit Line en lui souriant elle aussi. À bientôt.

Elle descendit l'escalier qui s'enfonçait sous terre sans se retourner et elle ne vit pas que le jeune homme la suivait des yeux avec ferveur jusqu'à ce qu'elle disparaisse.

*
* *

Comme toujours, c'est avec un réel bonheur que Blanche retrouvait enfin sa fille. Avant l'arrivée du reste de la famille, elles bénéficiaient d'une longue semaine pour elles seules. À son habitude, le père de Line ne lui posa aucune question sur sa vie parisienne, son travail, ses collègues... Les repas étaient donc meublés par la conversation des deux femmes ; au fil du temps, elles s'étaient si bien accoutumées au silence buté de Jocelyn que ni l'une ni l'autre n'en faisaient plus cas ; cependant, pour éviter une réflexion acerbe, elles évitaient soigneusement d'aborder certains sujets, préférant de loin en discuter lorsqu'elles seraient seules.

Jérôme, Hanna et leur fils arrivèrent à Saint-Géraud trois jours avant les Grenoblois. Le petit Patrick avait un peu plus de deux ans et il commençait à parler, écorchant la plupart des mots de façon comique ; innocemment, il s'adressait à son oncle qui, invariablement, le repoussait en s'exclamant d'une voix bourrue :

— N'y a-t-il pas quelqu'un qui voudrait bien s'occuper de cet enfant ? Je ne comprends rien à son charabia !

Très vite, Patrick cessa de le solliciter, il avait fort bien compris que, pour Jocelyn, il était un indésirable. Évidemment, les adultes se gardaient de faire la moindre réflexion ; l'un ou l'autre éloignait le garçonnet, Jocelyn se réfugiait dans son bureau et tout rentrait dans l'ordre.

Jean et sa famille s'installèrent donc un peu plus tard. Pour la première fois, Line ne partageait pas la chambre de Sibylle qui, tout naturellement, logeait avec Maxime, son mari. Cependant, les deux cousines s'arrangeaient pour se retrouver seules de longs moments au cours de la journée. Line se réjouissait du bonheur visible de Sibylle.

— Alors, demandait-elle pour la taquiner, pas trop dur de partager le quotidien d'un professeur de maths ?

— Eh bien non ! Mais je ne suis pas son élève, il a intérêt à s'en souvenir à tout instant !

Là-dessus, les deux cousines éclataient de rire et, bras dessus bras dessous, elles arpentaient un long moment le jardin avant d'aller rejoindre leurs mères en cuisine.

Par un beau matin où le soleil inondait les montagnes dans le lointain bleuté, on partit en famille passer la journée dans la forêt proche qui avait donné son nom au bourg de Saint-Géraud. On emporta le pique-nique avec l'intention de marcher jusqu'à un site célèbre au plus profond des bois : une immense pierre moussue creusée d'une rigole transversale ; au temps des Celtes, elle aurait été utilisée pour des sacrifices rituels et cette rigole était destinée à recueillir le sang de l'animal immolé en offrande aux dieux. Des signes mystérieux à demi effacés étaient gravés sur l'un des côtés de l'énorme bloc rocheux.

Perché sur les épaules de son père, le petit Patrick se sentait le roi du monde et ne cessait de rire à propos de tout et de rien. Avant de s'enfoncer dans le sous-bois, on traversa un carrefour de routes secondaires ; l'un des panneaux indiquait : *Sourniaux, 11 kilomètres.* Aussitôt, Line pensa à Damien ; sa grand-mère, avait-il indiqué, habitait ce village. Une curiosité soudaine s'empara de la jeune fille, elle songea qu'elle aimerait connaître cette personne. Hélas, elle ignorait son nom, et puis qu'aurait-elle pu lui dire ? Rien, ou presque. Déterminée à ne plus songer à Damien, au moins jusqu'à son retour à Paris, elle s'engagea dans l'étroit sentier tapissé de feuilles mortes qui sinuait entre d'énormes hêtres au tronc crevassé.

XXIX

Aveu

Septembre commençait. Sur les trottoirs de la capitale, un petit vent tiède poursuivait des feuilles desséchées par l'intense chaleur des deux derniers mois. Line se dirigeait vers son logement avec un peu de mélancolie : elle ne retrouverait pas Saint-Géraud avant Noël et, même si sa mère le lui cachait, elle savait combien lui pesait l'éloignement de sa fille. Avec l'âge, Line était devenue son amie, sa confidente. Auprès de Jocelyn, la vie de Blanche était tellement morose... Jérôme évitait de séjourner trop souvent chez son frère, il souffrait de l'attitude de celui-ci envers son épouse et son petit garçon. Pour Blanche cependant, il faisait l'effort de se rendre à Saint-Géraud avec les siens une ou deux fois par mois.

Une fois entrée dans son immeuble, Line leva sa boîte aux lettres avant de grimper jusqu'à son appartement. Une épaisse enveloppe de papier kraft au timbre exotique l'emplit de joie : Damien, ce ne pouvait être personne d'autre, lui envoyait plusieurs clichés pris aux îles Canaries. Avant même de défaire ses bagages, la jeune fille ouvrit ce courrier inattendu et contempla longuement, une à une, les magnifiques photographies qu'il contenait.

Après un paysage volcanique de l'île de la Palma sur lequel des montagnes noires déchiquetées dominaient l'océan vert émeraude, elle découvrit une ville blanche aux toits roses, une plage bordée de palmiers devant une eau turquoise parsemée d'énormes rochers brun et orange vif aux formes étranges, une longue caravane de dromadaires dans une plaine de sable désertique, une forêt tropicale d'abondante verdure et de lauriers-roses. Une petite carte accompagnait cet envoi et Line découvrit alors l'écriture du jeune photographe.

Pour vous, quelques souvenirs de mon merveilleux périple aux Canaries. À très bientôt. Votre ami fidèle. Damien Letellier.

Extrêmement touchée par cette attention, Line entreprit de ranger le contenu de son sac de voyage et de sa valise en chantonnant à mi-voix. Ensuite, comme elle était démunie de produits frais, elle gagna l'épicerie la plus proche pour effectuer quelques achats. De retour chez elle, ses provisions à l'abri, elle entreprit d'épingler les clichés envoyés par Damien sur le mur de sa chambre, face à son lit. Heureuse du résultat, les photographies égayaient la petite pièce, elle dîna avec appétit, prête à reprendre son travail de traductrice le lendemain. Avoir un ami tel que Damien lui mettait du baume au cœur et elle ne doutait pas un instant qu'il se manifesterait bientôt.

*

* *

Ce dimanche-là, il pleuvait sur Paris, une petite pluie glacée, fine et tenace qui incitait à se réfugier à l'intérieur. Devant les cinémas stationnait une longue file d'attente et il en était de même aux portes des divers musées. Line et Damien venaient d'entrer à l'Orangerie et, à la demande de sa compagne, le jeune photographe commentait les diverses toiles des *Nymphéas* qui semblaient n'avoir aucun secret pour lui.

Exposées dans deux salles ovales, huit compositions de Claude Monet mises en valeur par la lumière naturelle depuis le toit réjouissaient le regard des visiteurs. Damien expliqua que le peintre avait offert ses toiles à la France au lendemain de l'armistice de 1918 ; on les avait installées là en 1927, peu après sa mort. Line buvait les paroles de son compagnon qui décrivait magnifiquement les couleurs, la lumière, les reflets, l'impression apaisante ressentie devant ces chefs-d'œuvre.

« C'est bien un artiste qui parle », se disait Line avec admiration.

Les yeux de Damien brillaient, la passion contenue dans sa voix montrait assez combien les toiles colorées le transportaient.

Plus loin étaient exposées d'autres œuvres de peintres de la fin du XIXe siècle aux années 30 : Modigliani, Picasso, Matisse, le Douanier Rousseau et bien d'autres. Damien connaissait tout de ces toiles : le modèle choisi, les circonstances où elles avaient été peintes, l'état d'esprit de l'artiste à ce moment-là… Il était intarissable et Line, subjuguée, un peu honteuse de son ignorance en la matière, lui prêtait une oreille attentive avec bonheur.

Avant de se séparer, les jeunes gens entrèrent dans un bar pour prendre un café. Line ne tarit pas d'éloges à propos de l'érudition de son ami qui s'exclama en riant :

— Ne m'encensez pas ainsi, je n'ai aucun mérite ! Depuis mes douze ans, les musées parisiens n'ont pas, ou presque, de secrets pour moi. Dès que je le peux, j'y retourne pour admirer les expositions temporaires, il y a toujours quelque chose de nouveau à découvrir. Si vous êtes vraiment intéressée, nous pourrons voir le Jeu de paume prochainement. Beaucoup d'œuvres spoliées par les nazis et enfin récupérées y sont exposées depuis quelque temps. Si nous allons au Louvre, il nous faudra plusieurs visites pour tout voir. Finalement, je crains que l'hiver ne soit pas assez long pour toutes vos découvertes, mais peut-être vous lasserez-vous à la longue…

— Avec un guide tel que vous, aucun danger ! Vous habitez donc Paris depuis votre enfance ?

Le visage de Damien s'assombrit et il hésita un peu avant de répondre :

— Oui et non, c'est un peu compliqué… Mais je n'ai rien à cacher, surtout pas à une amie. Après leur mariage, mes parents s'étaient installés dans la capitale, mon père travaillait dans une imprimerie, ma mère dans une maison de couture. Un jour, j'avais trois mois et ne peux donc pas m'en souvenir, mon père n'est pas rentré et il n'est jamais revenu…

Damien s'interrompit et une ombre passa à nouveau sur son visage. Line n'osait pas lui dire d'arrêter là ses confidences mais elle souffrait pour lui quand il reprit, la voix altérée par l'émotion :

— Ma mère ne pouvait pas payer une nourrice avec son seul salaire. Alors ma grand-mère a quitté Sourniaux pour venir vivre avec nous et s'occuper de moi quelques années durant. L'été, elle me ramenait en Auvergne pour que je respire le bon air de la campagne. Pendant les années de guerre, les allers et retours ont été difficiles, irréguliers. À partir de la classe de sixième, j'ai fréquenté le lycée Alphonse-Daudet, où j'étais demi-pensionnaire, et, bien sûr, je n'avais plus besoin de nourrice. J'allais avoir seize ans quand ma mère est morte d'une maladie de cœur. À partir de là, je suis resté seul ici mais je passais toutes les vacances scolaires à Sourniaux. Après mon baccalauréat, je me suis inscrit à l'École des beaux-arts ; deux ans plus tard, j'ai choisi de faire de la photographie, qui n'était alors qu'un passe-temps, mon vrai métier. Dès lors, j'ai suivi une formation très sérieuse que je n'ai jamais regrettée. Voilà, vous savez tout. Je devrais rendre visite à ma grand-mère plus souvent, je le sais, mais j'ai si peu de congés et je cherche toutes les occasions de faire des extras pour gagner un peu d'argent. Pourtant, je me suis juré que cette année j'irai passer Noël auprès d'elle.

Damien leva les yeux vers Line qui l'avait écouté sans l'interrompre et qui n'osait pas lui prendre la main. Elle se contenta de lui sourire avec une tendresse émue dont elle n'avait pas conscience. Un peu plus tard, quand ils se séparèrent devant son immeuble, elle lui mit un rapide baiser sur la joue avant de s'enfuir.

*

* *

Comme l'avait proposé Damien, chaque dimanche ou presque Line le rejoignait dans Paris pour visiter un musée ou, parfois, assister à une séance de cinéma. Les jeunes gens auraient bien aimé se rendre également au théâtre, hélas leurs moyens financiers ne le leur permettaient pas, pour l'instant.

Après les révélations de Damien sur sa famille et ses études, Line avait longuement hésité avant de se confier à son tour. Le jeune homme avait eu la discrétion de ne rien lui demander et elle lui en était reconnaissante. Vint enfin le jour où, alors que pour la première fois ils déjeunaient ensemble à frais partagés dans un petit restaurant de quartier, la jeune fille avait évoqué ses parents, ses oncles et tantes, ses cousins. Damien l'écoutait sans l'interrompre. Volontairement, Line n'avait pas fait allusion au caractère difficile de son père, dont elle souffrait depuis son enfance, et sa mère davantage encore. Quelque temps auparavant, elle s'était demandé s'il valait mieux avoir un père tel que Jocelyn ou ne pas en avoir du tout, comme Damien ; visiblement, le jeune photographe souffrait toujours de l'abandon paternel. En conscience, Line n'avait pu répondre à cette question délicate. Petite fille puis adolescente, elle avait très souvent rêvé d'avoir pour père l'un de ses oncles, Jean ou Jérôme, peu importe. À la longue, elle en avait pris son parti. Que faire d'autre ? Par chance, l'amour de Blanche comblait le vide causé par l'indifférence de Jocelyn.

Alors que l'on venait de servir le café, Line hésita un peu : allait-elle évoquer Charlie ? De son côté, Damien n'avait fait aucune allusion à sa vie sentimentale... Enfin, elle se lança.

— Même si vous ne le dites pas, je sais que vous trouvez étrange de me voir refuser autre chose que votre amitié. C'est que, récemment, j'ai eu une immense déception. Le jeune homme que j'aimais de toute mon âme a rompu brusquement nos relations. Il était loin, pour longtemps, en formation pour son futur métier. Nous nous étions juré de passer toute notre vie ensemble et nous correspondions assidûment. Et puis, après de longs mois, j'ai reçu sa lettre de rupture ; il disait aimer une autre jeune fille et proposait que, malgré tout, nous restions amis. Depuis, je ne me suis jamais manifestée, je ne lui ai pas écrit pour lui faire des reproches ou le supplier de me revenir, non. Mais j'ai souffert longtemps, très longtemps, de cette trahison. À présent, je peux en parler avec la plus grande indifférence et je sais que je suis guérie...

Line leva les yeux vers son compagnon avec un petit sourire confus. Que pensait-il de sa lamentable histoire ? Damien se contenta de la regarder avec affection, il tendit la main par-dessus la table pour prendre celle de Line, tellement plus petite, et la serrer doucement. En même temps, il se disait :

« Comment peut-on abandonner une jeune fille comme elle, délicate, intelligente, douce, et belle, si belle ! »

Ce soir-là, le dernier dimanche avant leur séparation pour les congés de Noël, Damien prit Line dans ses bras sans qu'elle s'en offusque. Il l'embrassa très doucement dans les cheveux en murmurant :

— Revenez-moi très vite, à bientôt. Je vous aime, mais vous le savez, n'est-ce pas ?

Line lui répondit par un sourire si lumineux qu'il s'éloigna le cœur léger, pressé de rentrer chez lui pour rêver d'elle, encore et encore.

XXX

Les années heureuses

JUIN 1953. Line venait d'accrocher les rideaux de la salle à manger de son nouvel appartement. L'escabeau rangé dans le petit débarras proche de la cuisine, elle revint admirer le décor de la pièce où tout était neuf : les meubles, le canapé, le tapis, le lampadaire, le papier couleur crème des murs, enfin les rideaux d'un vert pâle où couraient des arabesques blanches.

Tout heureuse, la jeune femme songea à la surprise de Damien lorsqu'il rentrerait dîner. Dans leur chambre aussi, elle avait installé des rideaux : contre les vitres, une paire en voile de plumetis blanc plus des doubles rideaux d'un bleu très doux assortis au dessus-de-lit. Elle gagna ensuite la cuisine pour préparer le dîner. Son mari avait un appétit d'ogre qu'elle s'ingéniait à satisfaire du mieux possible.

Un mois et demi plus tôt, leur mariage avait été célébré à Saint-Géraud en présence de la famille au grand complet : Jérôme et les siens, Jean et Gloria, Christopher, Élisabeth et leur fils Thierry, John et sa fiancée, Sibylle, Maxime et leur bébé Marjorie, Michaël, enfin grand-mère Jenny. Les Delsort étaient là eux aussi avec Louis et sa jeune épouse, ainsi qu'Émilienne et sa famille. Blanche rayonnait de joie à la vue du bonheur de sa chère Line tandis que Jocelyn faisait grise mine ; le bruit, les rires, la musique l'importunaient au plus haut point, pourtant il lui avait bien fallu conduire sa fille à l'autel. Il n'avait qu'une hâte : que cette journée se termine et que les invités repartent au plus tôt.

Pour toute famille, Damien n'avait que sa grand-mère, une personne timide et effacée que Line appréciait beaucoup. Lorsque son fiancé l'avait conduite à Sourniaux pour faire sa connaissance, elle avait aussitôt aimé cette personne simple qui s'était tellement dévouée pour son petit-fils trop tôt orphelin. Louise Roussel avait accueilli chaleureusement celle que Damien avait choisie et lui avait murmuré à l'oreille :

— Aimez-le très fort et rendez-le heureux, il le mérite !

À Paris, dans le quartier de Montmartre, depuis le décès de sa mère Damien louait deux mansardes ; l'une servait de logement, l'autre de studio pour ses nombreux tirages photographiques. Le jeune couple ne pouvait s'installer là. Après avoir envisagé d'occuper l'appartement de Line, vraiment petit pour deux personnes, il avait été décidé de chercher un trois-pièces le plus près possible de la maison d'édition où elle travaillait. La chance leur avait souri, ils venaient d'aménager à deux rues de là et la jeune femme n'aurait nul besoin d'utiliser les transports en commun. Ce serait pour elle un gain de temps et d'argent.

À présent, les romans et autres publications qu'elle traduisait de l'anglais portaient son nouveau nom : Adeline Letellier ; la première fois, lorsqu'elle avait montré le livre à Damien, il l'avait grandement complimentée et elle s'était sentie très fière. Ses collègues s'étaient cotisés pour lui offrir, en cadeau de mariage, un service à fruits composé d'une grande coupe et de dix petites en fine porcelaine délicatement fleurie. Des trois jeunes femmes qui partageaient le même bureau, seule Teresa continuait à déjeuner dans la petite pension proche, Christiane et Line habitaient suffisamment près de leur travail pour rentrer chez elles à l'heure du déjeuner. L'épouse de Damien, qui ne rentrait que le soir, profitait de ce moment pour effectuer quelques courses en vue du dîner, ou bien elle faisait un peu de ménage après avoir déjeuné seule rapidement.

L'année précédente, Damien avait acheté une voiture d'occasion ; ainsi, durant leurs rares séjours en Auvergne, ils pouvaient aller facilement de Saint-Géraud à Sourniaux et inversement. Mais le principal avantage était que le jeune photographe se rendait beaucoup plus aisément en banlieue si son travail le demandait ; il n'était plus tributaire des trains ou des bus aux horaires souvent fantaisistes. Naturellement, il n'était pas question de payer un garage, aussi, comme tant d'autres, sa voiture l'attendait dans la rue, au bas de l'immeuble.

Les jeunes gens ne manquaient de rien mais ils s'efforçaient de limiter leurs dépenses au strict nécessaire pour réaliser des économies ; néanmoins, ils étaient heureux, tellement épris l'un de l'autre qu'une vie modeste leur suffisait. Ils ne renouvelaient leur garde-robe qu'en cas d'absolue nécessité. Une fois par mois seulement, ils s'offraient une séance de cinéma. Damien s'était promis, sans le lui dire, d'emmener Line au théâtre ou à l'opéra pour fêter leur premier anniversaire de mariage. « Une fois n'est pas coutume, se disait-il, elle sera tellement heureuse… »

*

* *

Sur le trottoir encore à l'ombre, Line poussait le landau où dormait son fils. Né avec le printemps, Virgile avait maintenant près de trois mois. Au moment de reprendre son travail, Line avait par chance trouvé une nourrice qui habitait au bout de sa rue. Chaque matin, elle emmenait donc le bébé chez cette mère de famille dont les deux filles avaient douze et dix ans. Le logement d'une propreté méticuleuse, le sourire avenant de Francine, la mine douce et la politesse des deux fillettes, tout avait engagé Line à confier son fils à cette personne que plusieurs commerçants lui avaient chaleureusement recommandée. Elle l'avait découverte par une affichette placée près de la caisse de la boulangerie et, renseignements pris, s'était empressée de la solliciter.

Line nourrissait son fils ; aussi, durant quelques mois, elle dut le reprendre à midi pour le ramener une heure et demie plus tard chez Francine ; celle-ci donnait au bébé les biberons nécessaires au cours de la journée. Employé d'usine, le mari de la nourrice partait très tôt le matin mais, souvent, Line le croisait le soir et il avait toujours un mot aimable pour elle et un sourire pour le nourrisson.

La jeune mère aux journées bien remplies ressentait une grande fatigue. Damien l'aidait de son mieux, s'acquittait le plus possible des tâches ménagères, se levait la nuit si le petit pleurait pour l'aider à se rendormir en le berçant. Néanmoins, Line attendait impatiemment le mois d'août que la petite famille passerait en Auvergne. Sa mère, elle le savait, lui épargnerait tout travail en dehors des soins à donner à son fils. À l'annonce de la naissance de Virgile, ce 18 avril 1955, Blanche avait pleuré de joie. Son seul regret : vivre trop loin de Paris pour le voir vraiment grandir, au jour le jour.

De son côté, Jocelyn avait accueilli la nouvelle avec une réflexion si désobligeante qu'elle avait révulsé son épouse :

— Ta fille se croit obligée, comme ses cousins et cousine, de nous imposer bientôt un braillard supplémentaire… Je crois bien qu'en août je quitterai Saint-Géraud pour m'installer dans un endroit plus calme.

— Ma fille, avait crié Blanche au comble de l'indignation, est aussi la tienne je te rappelle ! Si seulement tu disais vrai, quelle joie ce serait pour nous tous de ne pas voir ta mine exécrable à longueur de jour. Mais, hélas, tu ne mettras pas ta menace à exécution. Je te préviens : si tu fais le moindre reproche à Line ou à son mari, c'est moi qui quitterai la maison, et pour toujours !

— Oh, tu m'en as menacé bien des fois et tu n'en as jamais rien fait ! Ton confort te manquerait beaucoup trop.

— Fais bien attention, cette fois pourrait bien être la bonne si tu décides de nous mener la vie dure, à Line et à moi !

Le jeune couple et le bébé avaient partagé leur temps de vacances entre Saint-Géraud et Sourniaux. Cependant, durant le séjour chez la grand-mère de Damien, ce dernier se rendait presque chaque matin chez ses beaux-parents. Il ramenait Blanche chez Louise et elle y passait la journée ; le soir, après le dîner, il la raccompagnait à son domicile. Dépité, Jocelyn ne faisait aucune réflexion désagréable à son épouse, il savait fort bien quelle aurait été sa réponse.

La famille à présent comptait beaucoup de membres et tous ne pouvaient s'attarder trop longtemps chez Blanche. Cependant, il n'était pas question de renoncer à se voir au moins une fois l'an ; le séjour des Grenoblois se trouvait donc réduit à une dizaine de jours.

Line avait vingt-sept ans, Damien vingt-neuf ; pris entre leur travail et leur vie de famille, ni l'un ni l'autre ne se doutaient que les années suivantes allaient passer très vite. Chaque été, on s'étonnait de voir grandir si rapidement la dernière génération de Berthaud : Patrick d'abord, Thierry et ses petites sœurs jumelles Delphine et Murielle, Marjorie et son petit frère Martin, Virgile, Pamela, la fille de John, un peu plus tard Tony, le fils de Michaël.

Vint enfin le jour où Damien put acheter son propre studio et devenir indépendant. Il avait contracté un emprunt raisonnable et, avec ses économies et celles de son épouse plus un apport assez important de sa grand-mère, son rêve s'était réalisé beaucoup plus tôt que prévu.

Pour diversifier ses travaux et atteindre la plus large clientèle possible, le jeune photographe avait très vite ajouté à ses activités habituelles une collaboration assidue avec divers journaux et magazines. À la demande des responsables de publication, il prenait de nombreux clichés de faits divers survenus dans la capitale : défilés militaires, commémorations, visite d'un chef d'État étranger, défilés de mode, ouverture d'un grand magasin, arrivée d'animaux exotiques au zoo de Vincennes… Les photos d'événements culturels étaient aussi très prisées : tournage d'un film dans les rues de Paris, ouverture d'un musée, nouveau spectacle de théâtre ou de music-hall… L'essor de la photographie en couleurs contribuait largement au succès de clichés devenus un réel engouement du public.

Line n'ignorait pas combien sa mère était privée de voir trop peu son petit-fils. À Noël, il était hors de question de se rendre en Auvergne : les congés de la jeune femme se bornaient à trois jours, de plus, en cette période de fêtes, Damien se trouvait débordé de travail.

Rapidement, une habitude fut prise qui satisfaisait tout le monde. Le 23 décembre, Blanche arrivait à Paris pour une dizaine de jours et elle y faisait un nouveau séjour au début du mois de mai. Non seulement elle prenait soin de Virgile, mais encore elle secondait efficacement Line pour les courses et les tâches ménagères.

À plusieurs reprises, le jeune couple avait invité la grand-mère de Damien à lui rendre visite comme le faisait Blanche. Louise avait gentiment refusé :

— Merci de votre intention, je l'apprécie beaucoup, croyez-le, mais je n'ai plus ni l'âge ni la force de voyager si loin de chez moi. Il est révolu le temps où je faisais les allers et retours pour m'occuper de toi, mon petit Damien. Soixante-dix-neuf ans bientôt, mes pauvres jambes déclarent forfait…

Lorsque Blanche était sur le départ, son gendre disait avec un regret sincère :

— Je suis désolé d'être si occupé, j'aurais pu vous reconduire et vous éviter le trajet en train.

— Qu'importe ! Je ne suis pas pressée de rentrer. À Clermont, Jérôme vient me chercher à la gare et j'en profite pour aller embrasser Hanna et Patrick. Quand cela lui est possible, l'oncle de Line me raccompagne à Saint-Géraud, sinon je prends le car le lendemain, voilà tout !

Le petit Virgile adorait cette mamie si douce qui lui chantait des comptines, le promenait au square, lui faisait découvrir les fleurs des parterres, les pigeons et les moineaux peu farouches à qui le garçonnet jetait volontiers des miettes de pain. Blanche repartie, il la cherchait partout dans l'appartement et Line parvenait difficilement à le consoler.

À l'un de ses retours à Saint-Géraud – Virgile allait alors sur ses quatre ans –, Blanche eut peine à reconnaître son mari. Enfermé dans son bureau, il avait d'abord refusé de lui ouvrir pour finalement céder et déverrouiller sa porte. En robe de chambre à 18 heures, les cheveux ébouriffés, l'air hagard, sans un mot il tendit à son épouse une lettre chiffonnée.

— Que se passe-t-il enfin ? demanda Blanche, inquiète devant l'expression égarée de Jocelyn.

— Lis ! dit-il rudement, la voix pleine d'amertume. Je suis fini, fini !

XXXI

Le secret de Jocelyn

Le courrier en question émanait de la préfecture de Clermont-Ferrand. On avisait Jocelyn que la charge de juge de paix cantonal serait supprimée à la fin de l'année 1958. Néanmoins, les juges encore en exercice à cette date se voyaient proposer une nouvelle charge qu'ils assumeraient obligatoirement au siège de la sous-préfecture dont ils dépendaient. Le juge siégerait alors dans un tribunal d'instance. Son rôle consisterait principalement à procéder à une première enquête dans les accidents du travail, à délivrer des certificats de notoriété ou de propriété, ainsi que d'autres attributions de moindre importance.

La lecture de la lettre officielle terminée, Blanche resta sans voix. Jocelyn était encore loin de ses soixante-cinq ans, âge auquel il pourrait prétendre à la retraite. Elle réfléchissait sans trouver d'issue à ce problème quand son mari se mit à crier, hystérique :

— Est-ce que mes supérieurs s'imaginent que je vais faire près d'une heure et demie de trajet matin et soir pour aller travailler à Issoire ? Que savent-ils de nos routes bloquées par la neige l'hiver venu ? Rien, absolument rien, et c'est le dernier de leurs soucis !

Croyant le calmer un peu, Blanche eut la malencontreuse idée de proposer :

— Tu pourrais prendre pension en ville et faire les trajets une fois par semaine seulement…

— Évidemment, et cela t'arrangerait bien, n'est-ce pas ? Un moyen tout trouvé pour te débarrasser enfin de moi !

— Pas du tout, je cherche seulement une façon de…

— Je n'irai pas, coupa fermement Jocelyn, ni pour un prix ni pour un autre, je vais démissionner !

— Tu n'y penses pas ! Et ta retraite ?

— Oh, bien sûr, madame ne veut pas perdre d'argent ! Tant pis si je dois mourir dans un accident de la route ! Si seulement on m'avait jeté en prison, j'y serais bien tranquille, nourri et logé par l'État…

— Que dis-tu là ? Pourquoi aurait-on dû te jeter en prison ?

Alors Jocelyn, qui, tout en parlant, faisait les cent pas dans son bureau, se laissa soudain tomber en pleurant dans son fauteuil. La tête dans les mains, pitoyable, il sanglotait comme un enfant.

Stupéfaite, Blanche s'approcha ; elle allait poser sa main sur l'épaule de son mari quand il eut un sursaut et déclara d'une traite :

— On aurait dû me jeter en prison, oui, il y a longtemps, très longtemps, presque vingt-cinq ans pour tout te dire !

— Mais enfin, de quoi parles-tu ? demanda Blanche, persuadée que Jocelyn perdait la tête.

— J'ai voulu tuer un homme, et si je l'ai seulement blessé, c'est par hasard. Seule l'intention compte, je suis un criminel !

— Calme-toi, dit Blanche d'une voix apaisante, tu es choqué par le contenu de ce courrier qui te contrarie au plus haut point, de là à inventer…

— Je n'invente rien, hélas. As-tu oublié l'accident de chasse qui a fait perdre l'usage d'un bras au fils du boucher ? C'est moi qui ai tiré sur ce malheureux.

— Mais pourquoi ?

— Parce que j'étais jaloux. Quand il venait livrer la commande de viande, il te dévorait des yeux. Alors je me suis imaginé que vous aviez une liaison, quand j'ai enfin compris que c'était faux, il était trop tard… Je me suis toujours réjoui de ne pas avoir été démasqué à l'époque, à présent je le regrette.

« Il n'est pas trop tard pour te dénoncer ! » Pourtant elle se tut. Certes, son mari lui faisait horreur, mais elle pensait à Line. Avait-elle le droit de ternir la réputation de son père et par là même la sienne ? Ce secret dévoilé, c'est toute la famille qui subirait l'opprobre de la population de Saint-Géraud. Et Virgile, cet enfant innocent, méritait-il d'être montré du doigt comme le petit-fils d'un criminel, un homme dont le métier était de rendre la justice de surcroît ?

Anéantie, Blanche s'assit à son tour, ses jambes ne la portaient plus. Elle savait trop que sa conscience lui reprocherait sa vie durant de n'avoir rien dévoilé. Bien sûr, si elle parlait, cela ne changerait en rien le sort du pauvre Roger Mainard. Même s'il n'avait pas pu reprendre la boucherie de son père, il était marié, père de deux enfants, et travaillait autant que possible à la ferme de son beau-père. Un aveu de Jocelyn ne changerait pas sa vie. N'empêche, justice ne lui serait jamais rendue.

Jocelyn reprit la parole pour donner à son épouse force détails qu'elle ne demandait pas. Lui si peu loquace éprouvait brusquement le besoin de tout raconter. Exceptionnellement, Jérôme n'était pas venu chasser ce jour-là ; alors il avait enfilé les vêtements de chasse de son frère, pris son fusil, guetté le jeune garçon et tiré, pour la première fois de sa vie. Par chance, sa maladresse l'avait fait atteindre Roger à l'épaule alors que ce tir aurait pu lui être fatal. Le brouillard avait dissimulé la scène aux regards d'un témoin éventuel. Jocelyn était rentré aussitôt, s'était changé et personne n'avait jamais rien su.

*

* *

Depuis cette terrible révélation, Blanche perdait peu à peu le sommeil et l'appétit. Jocelyn paraissait ne pas s'en apercevoir, ou alors il faisait semblant. Il n'avait plus jamais évoqué le drame ; comme si le fait de dévoiler son effroyable secret à son épouse l'avait absous de toute culpabilité. Cependant, il était plus sombre encore que par le passé ; à tel point que la femme de ménage en avait peur. Certes, il ne l'agressait en aucune façon, pas même verbalement puisqu'il était presque toujours enfermé dans un mutisme obstiné. Mais son attitude hostile effrayait la jeune fille qui redoutait plus que tout les absences de sa patronne.

On était en juillet et Jocelyn n'avait pas encore pris de décision quant à son avenir de juge détaché à la sous-préfecture. Pourtant, avant le 31 décembre, il devrait faire part de sa décision à ses supérieurs : accepter ce poste ou démissionner.

Blanche était bien déterminée à ne rien révéler à Line. Pourquoi perturber la jeune femme qui, tout comme sa mère, ne pouvait rien changer au terrible événement survenu l'année de ses six ans ? Aujourd'hui, elle en avait trente, elle vivait heureuse entre son mari et son petit garçon, alors... De plus, Blanche jugeait parfaitement inutile d'ajouter à la mésentente entre Line et son père. Elle connaissait sa fille : vive, décidée, sans doute aucun elle aurait avec ce dernier une altercation qui ne ferait qu'envenimer leur relation déjà très difficile.

Quand vint le mois d'août qui allait ramener Line et les siens en Auvergne, Blanche se réjouit de la présence imminente du jeune couple et, surtout, du petit Virgile ; par son babil, ses rires, ses démonstrations de tendresse, l'enfant saurait la distraire de l'idée fixe qu'elle ne pouvait chasser de son esprit : par jalousie, son mari n'avait pas hésité à tirer sur quelqu'un, elle vivait avec un monstre.

À peine arrivée, Line s'inquiéta aussitôt de la mine fatiguée de sa mère, ses traits tirés, sa maigreur.

— Que se passe-t-il, maman, tu es malade ? demanda-t-elle, angoissée.

— Pas du tout, ma chérie, je vais très bien, je t'assure.

Line n'insista pas mais elle confia ses craintes à Damien. Lui aussi avait remarqué ce changement chez sa belle-mère, pourtant il ne voulut pas alarmer davantage son épouse.

— Oui, ta maman a peut-être un peu maigri, mais je suis certain qu'il n'y a pas lieu de s'inquiéter. Regarde-la !

Sa main dans la main de Virgile, Blanche se dirigeait vers ses chers rosiers avec l'intention de couper les fleurs fanées et d'en cueillir quelques-unes parmi les plus éclatantes pour renouveler les bouquets égayant les différentes pièces de la maison. Le petit garçon racontait une anecdote à sa grand-mère qui riait de bon cœur en l'écoutant.

— Vois comme elle a l'air heureuse en compagnie de son petit-fils. Il est fort possible qu'elle souffre de la chaleur qui, même en altitude, sévit depuis le mois de juin. Ne t'inquiète pas, je suis certain que ta mère n'a rien de grave.

Damien avait pris sa femme dans ses bras pour lui donner un baiser apaisant. Puis il était parti chercher son appareil photo. À leur insu, pour plus de naturel, il voulait photographier Blanche et Virgile devant les rosiers luxuriants aux couleurs lumineuses sous le soleil estival. Il avait commencé une collection de clichés, pris à cet endroit même alors que Virgile, tout bébé, se blottissait dans les bras de Blanche ; ainsi, d'une photo à l'autre, on pouvait voir grandir et changer le petit garçon. Ce serait, pour plus tard, de magnifiques souvenirs.

Jérôme, sa famille et les Grenoblois allaient bientôt revenir, comme chaque été. Line aidait sa mère à réorganiser les chambres ; pourtant, la tribu était à présent beaucoup trop nombreuse pour pouvoir loger dans la maison. La jeune femme, son fils et son mari ainsi que Jérôme et les siens seraient donc hébergés à Sourniaux, chez la grand-mère de Damien. Louise Roussel se faisait un plaisir de les accueillir ; cependant, durant la journée, tous se réuniraient chez Blanche pour prendre les repas en commun et faire ensuite des balades dans la campagne.

Line avait pris sa tante Gloria à part dès son arrivée pour la questionner anxieusement à propos de Blanche.

— Très franchement, dis-moi ce que tu penses de la mine épouvantable de maman. Damien affirme qu'elle souffre seulement de la chaleur, mais je sais bien qu'il veut me rassurer. J'ai si peur qu'elle nous cache quelque chose de grave...

— C'est vrai qu'elle a un peu maigri, mais tu n'as certainement pas lieu de t'alarmer, ma chérie. Tu sais, ta maman est certes plus jeune que moi mais, passé les cinquante ans, une femme accuse son âge, son corps change. J'essaierai de lui parler, promis, pourtant je te le répète, tu t'inquiètes inutilement.

Par la suite, Gloria tenta en vain d'obtenir des confidences de sa belle-sœur.

— Oh, avait simplement répondu Blanche en s'efforçant de rire, je vieillis, c'est tout ! Et je peux te jurer, les yeux dans les yeux, que je n'ai aucun problème de santé, vraiment aucun !

Gloria n'avait pas insisté. D'ailleurs, dans l'effervescence des retrouvailles, entourée de l'affection de tous, particulièrement des enfants qu'elle adorait, Blanche semblait avoir retrouvé tout son entrain. Sans se le dire, Line et sa tante constataient avec plaisir son regard à nouveau plein d'éclat, la vivacité de ses gestes. Comme elle l'avait toujours fait, Blanche assumait sans difficulté apparente les multiples tâches auxquelles l'obligeait son rôle de maîtresse de maison.

XXXII

Disparition

Les vacanciers repartis, Blanche prit sur elle pour ne pas s'effondrer. Se retrouver seule avec son époux était depuis longtemps difficile pourtant, depuis les révélations de ce dernier, le seul fait de le voir était devenu un véritable supplice. Comment vivre avec ce poids sur la conscience ? La mère de Line, en effet, se sentait coupable de ne pas dénoncer l'acte odieux de son mari, presque aussi coupable que lui en fait.

Les semaines passaient et elle n'osait pas demander à Jocelyn quelle serait sa décision le moment venu, de crainte de déclencher une nouvelle crise de panique. Si seulement elle avait pu avancer la date de son départ pour Paris, retrouver Line, son petit Virgile, oublier pour un temps ses angoisses... Pourtant, le jour enfin venu de gagner Clermont pour prendre le train de Paris, une sourde inquiétude l'habitait. Ses voyages précédents la rendaient heureuse or, cette fois, elle s'en voulait presque de laisser son mari seul pour quelques jours.

Le matin de son départ, elle venait de déposer ses bagages près de la porte d'entrée quand son époux descendit de sa chambre, son porte-documents à la main. Comme chaque matin, il partait à son travail. Blanche s'était juré de ne rien lui demander mais ce fut plus fort qu'elle :

— Surtout, n'oublie pas qu'il reste une semaine seulement avant d'envoyer à la préfecture la lettre qui…

— Tu t'inquiètes de moi ? Voilà qui est nouveau ! Pars tranquille, je suis un grand garçon, je sais fort bien ce que j'ai à faire…

Blanche n'avait pas insisté et, comme d'habitude, le couple s'était séparé sans un au revoir.

Le séjour chez les enfants fut, comme toujours, beaucoup trop bref pour une mamie privée le plus clair du temps de leur présence. À son arrivée, Line avait dévisagé sa mère en fronçant les sourcils.

— Tu as de nouveau mauvaise mine, maman. Et ne me dis pas que c'est la fatigue du voyage, je ne te croirais pas ! Tout va bien, tu es sûre ?

— Certaine, répondit Blanche en s'efforçant de sourire, simplement je continue à vieillir. Et tu devras t'y faire, ma chérie, ce n'est que le début !

— Papa est de plus en plus invivable, c'est ça ?

— Non, enfin oui. Le problème n'est pas si différent, plus il prend de l'âge, plus son caractère devient difficile. Mais cela est vrai pour tout le monde, à ce que l'on dit. Le vin mis à part, rien ne s'améliore en vieillissant !

Blanche s'en tirait par une boutade et Line renonça à la questionner. Déjà, Virgile sollicitait sa grand-mère, l'attirait dans sa chambre pour qu'elle joue avec lui. Line s'efforça de penser aux bons moments qu'elles allaient vivre ensemble et sortit faire ses courses. Elle allait profiter de la présence de sa mère auprès de Virgile pour acheter les cadeaux de Noël du petit, sans oublier Blanche et Damien, naturellement.

*

* *

Jérôme attendait sa belle-sœur à la gare de Clermont. Heureuse de le voir, Blanche ne remarqua pas tout de suite sa mine préoccupée.

— Merci d'être là, dit-elle en l'embrassant. Hanna et Patrick vont bien ?

— Oui. J'ai terminé un peu plus tôt au bureau aujourd'hui, et j'ai pensé qu'avec tes bagages il valait mieux que je vienne te chercher.

— C'est très gentil à toi, mais j'aurais fort bien pu prendre un taxi. Tu as l'intention de venir à Saint-Géraud demain ?

— Oui, oui, bien sûr, enfin si cela ne te gêne pas...

— Que dis-tu là ? Il n'y a jamais eu de gêne entre nous, voyons !

Alors seulement, Blanche sentit que Jérôme semblait sur le qui-vive ; lui toujours franc et enjoué paraissait soucieux. Sans doute un problème de travail, se dit-elle tout d'abord. Puis lui vint une autre pensée : pourvu qu'il ne s'agisse pas d'une mésentente entre lui et Hanna... Certes, le couple était très uni, pourtant nul n'est à l'abri d'un désaccord ; si c'était le cas, Blanche espérait de tout cœur que ce soit seulement passager.

L'attitude d'Hanna conforta la mère de Line dans l'idée d'une dispute conjugale. La jeune femme manquait soudain de naturel, jetait de temps à autre à son mari des regards embarrassés. Le dîner achevé, Jérôme renvoya Patrick dans sa chambre.

— Avance donc un peu tes devoirs pour lundi, mon garçon, ainsi tu n'auras pas à t'en soucier demain à Saint-Géraud, allons va !

Patrick obéit docilement, embrassa sa mère et sa tante pour leur souhaiter le bonsoir avant de disparaître. Aussitôt, Jérôme referma la porte de la salle à manger, revint s'asseoir près de Blanche et lui prit les mains.

— Pierre Delsort m'a téléphoné en milieu d'après-midi, dit-il doucement. Jocelyn a disparu...

— Disparu, répéta Blanche, incrédule. Comment ça, disparu ?

— Eh bien, aujourd'hui il ne s'est pas rendu à son travail et il n'est pas rentré déjeuner. Votre femme de ménage s'est inquiétée : le matin même, il avait confirmé qu'il déjeunerait chez vous. Elle était assez étonnée car il était parti en voiture. Alors elle a téléphoné à Pierre qui s'est aussitôt rendu à la mairie. Personne n'avait de nouvelles, on ne l'avait pas vu depuis la veille... Avant de venir te chercher à la gare, j'ai appelé à nouveau, Jocelyn est toujours absent. As-tu une idée de l'endroit où il pourrait être ?

— Non, non, aucune...

Dans la tête de Blanche s'agitaient des pensées contradictoires : et si Jocelyn avait fui pour ne pas accepter le nouveau poste proposé ? Mais où avait-il bien pu aller ? Et si...

— Armande a-t-elle ouvert son bureau ?

— Oui, il est vide.

Jérôme serra avec affection les mains de Blanche avant d'avouer :

— Je sais ce que tu penses, j'ai eu la même idée que toi. Il m'a dit à plusieurs reprises qu'il n'accepterait jamais d'aller travailler à Issoire, il préférait démissionner. J'ai tenté de le raisonner, tu t'en doutes, mais il a répondu que cela ne regardait personne d'autre que lui, alors je n'ai plus osé insister... J'ai demandé à Pierre de contacter les gendarmes mais il est persuadé que Jocelyn rentrera chez vous ce soir. En cas contraire, il donnera l'alerte demain matin, il m'a promis de me rappeler avant 22 heures. Tu sais, pour le moment nous ne pouvons rien faire d'autre qu'attendre mais j'ai bon espoir, mon frère a éprouvé le besoin de se sentir seul avant de prendre sa décision au sujet de ce poste à Issoire, il va rentrer, j'en suis certain.

Jérôme se voulait persuasif mais Blanche percevait de l'angoisse dans sa voix. Elle jeta un coup d'œil à sa montre : 20 h 40. Pierre allait-il appeler bientôt pour leur donner une bonne nouvelle ? Elle l'espérait, pourtant quelque chose en elle n'y croyait pas. Jérôme n'avait fait aucune allusion au lointain accident de chasse ; comme elle s'en doutait, Jocelyn ne lui en avait rien dit. Elle hésita : devait-elle le lui dévoiler ? Cela ne changerait rien à la situation actuelle, aussi préféra-t-elle se taire, pour l'instant...

Quand Pierre Delsort rappela, une heure plus tard, Jocelyn n'était toujours pas chez lui.

— Nous partirons dès 7 h 30 demain matin, dit Jérôme après avoir remercié son ami. Pourras-tu te rendre avant chez mon frère et me rappeler aussitôt ?

Pierre avait promis de le faire. Blanche avait aidé Hanna à laver la vaisselle et à ranger avant de gagner la chambre d'amis. Allongée, elle ferma les yeux, certaine de ne pas trouver le sommeil. Pourtant, un peu plus tard elle dormait à poings fermés, la fatigue et l'émotion avaient eu raison d'elle ; des rêves confus l'agitèrent : elle courait dans un bois envahi de brouillard, entendait des appels étranges, des cris indistincts. Lorsque Hanna vint la réveiller, elle crut avoir dormi dix minutes à peine.

Comme convenu, le lendemain matin Pierre Delsort rappela Jérôme de chez les Berthaud : la maison et le garage étaient toujours vides.

*

* *

Après deux journées d'enquête dans tout le voisinage, Jocelyn restait introuvable. Les gendarmes avaient interrogé quantité de gens à propos d'une voiture ressemblant à celle du juge, montré partout sa photographie, en vain. Jérôme téléphonait plusieurs fois par jour à Blanche, toujours dans l'attente de nouvelles qui ne venaient pas. Ensemble, ils avaient décidé de n'alerter ni Line ni Jean pour le moment. Si, comme ils l'espéraient, Jocelyn réapparaissait bientôt, il était inutile de les alarmer.

Alors que la période des fêtes de fin d'année avait été pluvieuse, le 4 janvier la neige se mit à tomber en abondance. Avec précaution, le chef de gendarmerie fit comprendre à Blanche qu'enquêter dans la campagne devenait impossible. Par ailleurs, quand ses hommes avaient fouillé la maison, on s'était aperçu que Jocelyn n'avait emporté ni argent, ni chéquier, ni aucun papier officiel. D'elle-même, son épouse avait compris que c'était un très mauvais présage : s'il avait disparu pour s'installer ailleurs, il aurait emporté de quoi voyager et refaire sa vie.

Le surlendemain, des bûcherons qui débardaient du bois dans la forêt enneigée découvrirent l'automobile de Jocelyn dissimulée dans des ronciers touffus ; elle était vide. On reprit alors les recherches autour de cet endroit. Le lendemain, dans un épais taillis très difficile d'accès, on découvrait le corps du juge au pied d'un amas de rochers moussus. Quelques jours plus tard, l'autopsie prouverait qu'il s'était empoisonné.

Dès la découverte du corps, Jérôme était accouru auprès de sa belle-sœur. Ensemble, ils téléphonèrent à Line, puis à Jean. Le soir même, la fille de Jocelyn, Damien et le petit Virgile arrivèrent à Saint-Géraud ainsi que Jean et Gloria. Blanche n'eut pas la force de leur donner des explications et ce fut Jérôme qui s'en chargea. Une stupeur mêlée de chagrin les étreignait tous. Lucie Delsort, qui soutenait son amie, les laissa en famille ; toutefois, si besoin elle proposait son aide et celle de Pierre, son mari.

Le lendemain matin, tandis que Jean et Jérôme partaient accomplir les démarches en vue des obsèques du juge, Damien conduisit Virgile à Sourniaux pour l'éloigner et le confier à sa grand-mère. Avec raison, Line et Blanche ne souhaitaient pas qu'un enfant si jeune participe au deuil de la famille et à la cérémonie des obsèques.

XXXIII

Au fil du temps

Blanche était bien décidée à ne révéler à personne la véritable raison qui avait poussé Jocelyn à un geste fatal. Inutile, se disait-elle, d'affliger sa fille et ses deux beaux-frères avec cette histoire lamentable ; les circonstances du décès de Jocelyn étaient assez perturbantes pour ses proches. Leur apprendre son geste criminel ne servirait qu'à ternir à jamais sa mémoire. Pourtant, presque malgré elle, elle en vint à lever le voile sur l'accident de chasse qui, en son temps, avait déconcerté toute la population de Saint-Géraud.

Au cimetière, les condoléances s'étaient déroulées sous des averses glaciales de neige fondue ; aussi, pressée de retrouver la chaleur de la maison, la famille Berthaud ne s'était-elle pas attardée. La fidèle Émilienne était venue prêter la main à Armande pour la préparation du repas. Les neveux et nièces de Jocelyn étaient repartis aussitôt après. Seuls restaient encore auprès de Blanche, pour deux ou trois jours, sa fille et son gendre, Jean et Gloria, Hanna et Jérôme dont le fils était hébergé chez les parents d'un ami à Clermont.

Une réflexion de Jean amena Blanche, presque malgré elle, à leur révéler le terrible secret de Jocelyn.

— J'ai vraiment du mal à croire que seule l'idée d'être obligé de travailler bientôt à la sous-préfecture ait pu pousser mon frère à commettre un tel geste. Plus j'y pense, plus je me dis qu'il devait avoir d'autres soucis beaucoup plus graves.

— Tu dis peut-être vrai, ajouta Jérôme après un instant de réflexion. Il aurait pu démissionner, au lieu de…

— Oui, intervint alors Blanche sans le vouloir vraiment, il y avait autre chose.

Tous se tournèrent vers elle. Dans le regard de chacun, elle lisait l'incompréhension la plus totale. Alors, en quelques phrases, elle confessa la vérité à propos de l'accident de chasse que ses proches avaient oublié avec le temps. Aussitôt, elle saisit la main de Line assise près d'elle, une main inerte et glacée ; si tous étaient atterrés par cette révélation, la jeune femme, livide, semblait prête à s'effondrer. Damien se leva, s'approcha de son épouse pour entourer ses épaules d'un bras protecteur.

— Je me souviens, déclara-t-elle enfin d'une voix blanche. Flicka s'était sauvée pour suivre cet homme armé d'un fusil. Il s'éloignait à grands pas vers le bois envahi de brouillard. Sans me faire voir, j'ai ramené ma chienne à la maison, il était très tôt. J'ai entendu un coup de feu. Après, j'ai cru avoir rêvé, et puis j'ai oublié.

Un grand silence tomba soudain. Chacun, enfin, réalisait ce qu'impliquait le geste de Jocelyn. Un peu plus tard, Blanche murmura, et sa voix était pleine de regret, de culpabilité aussi :

— Je n'ai pas eu le courage de le dire, à personne. Mais si l'un d'entre vous pense que justice doit être rendue à ce pauvre garçon, je comprendrai.

— Plus de vingt-quatre années se sont écoulées depuis, fit remarquer Jean. Certes, je ne veux en aucune façon minimiser le geste de mon frère, pourtant il me semble que nous devons protéger la réputation de notre famille. Pour nous, passe encore mais avons-nous le droit de voir nos enfants et nos petits-enfants montrés du doigt, mis à l'écart pour la faute de l'un des nôtres et dont ils sont innocents ? Pour ma part, je ne le crois pas. Donne-nous ton avis, Jérôme.

— Je pense que tu as raison. Nous avons tous compris que l'intention de Jocelyn était de supprimer celui qu'il tenait à tort pour un rival. S'il y avait eu mort d'homme, tout serait différent mais, par chance, il l'a seulement blessé. Ne gâchons pas l'avenir de nos enfants pour quelque chose que hélas nul ne peut réparer.

Ensuite, on avait tourné la page. Avec le temps, les frères et les belles-sœurs de Jocelyn finiraient certainement par oublier. Il en était tout autrement pour Blanche et sa fille. La blessure était profonde. Parviendraient-elles un jour à accepter et à pardonner ?

Line avait beaucoup insisté, et Damien avec elle, pour que Blanche consente à venir habiter auprès d'eux, en vain.

— C'est vraiment très gentil à vous, mais je ne peux pas abandonner la maison.

— Enfin maman, qu'est-ce qui te retient ici, tu peux nous dire ?

— Eh bien, beaucoup de choses... Mes fleurs en particulier. Et puis Saint-Géraud est mon cadre de vie. Lorsque je viens chez vous, c'est seulement pour quelques jours, de là à me fixer dans la capitale...

— Si tu préfères davantage d'indépendance, tu pourrais prendre une location tout près de chez nous, insista Line. Et puis tes fleurs n'ont pas besoin de toi en hiver, c'est un prétexte pour refuser. N'as-tu donc pas envie de profiter davantage de ton petit-fils ?

— Je vais y réfléchir, nous en reparlerons un peu plus tard si vous voulez bien.

Blanche n'osait pas avouer à ses enfants que, du vivant de son époux, elle se sentait presque aussi seule, peut-être plus ; les silences et la mauvaise humeur quasi continuelle de Jocelyn n'en faisaient pas, bien loin de là, un compagnon agréable.

Par la suite, l'été excepté, la mère de Line prit l'habitude de faire des séjours beaucoup plus prolongés dans la capitale mais elle refusa toujours de quitter définitivement l'Auvergne.

*

* *

Avril 1967. Au côté de son père, depuis un long moment Virgile contemplait la Seine en contrebas et l'incessant trafic des bateaux et péniches glissant sur le fleuve. Derrière lui, arbres et parterres fleurissaient en abondance, la terre légèrement humide sentait bon. Cachées dans les branches feuillues, des nuées d'oiseaux gazouillaient pour fêter le printemps. Damien regarda sa montre une fois de plus et dit en soupirant :

— Je sais bien que je suis à leur disposition, mais tout de même... Plus d'une demi-heure de retard, comme si je n'avais pas d'autre occupation, moi ! Un rendez-vous, ça se respecte.

— Regarde papa, dit soudain son fils en se retournant vers le parc où des promeneurs s'attroupaient, ils arrivent !

Au bout d'une allée apparaissait en effet un cortège de mariage en tenue de cérémonie. En tête, deux jeunes gens en habit noir et chemise d'un blanc éclatant, puis le couple de mariés suivi d'une bonne trentaine de personnes. Virgile admira tout d'abord les tuniques longues, rose ou vert pâle, des demoiselles d'honneur, leur immense capeline assortie. Mais il resta subjugué par la robe de dentelle blanche de la mariée, une jeune femme souriante dont l'opulente chevelure blonde se voilait de tulle mousseux.

« Papa va faire des photos magnifiques, sûr ! » se dit le jeune garçon. Virgile ne doutait pas que son père soit le meilleur photographe de la place de Paris. Il lui tardait tellement de faire son apprentissage auprès de lui. Dès qu'il avait un moment de liberté, le jeudi en général, il courait jusqu'au studio.

Bien souvent, Damien travaillait en extérieur. Alors il l'attendait en restant sagement assis dans un coin pour ne pas déranger les trois employés de son père, toujours occupés. L'un faisait des tirages, un autre examinait des épreuves ou les montrait à des clients ; dans le coin où était installé un décor pour les portraits, Gildas, le plus chevronné, faisait prendre la pose à des jeunes femmes pour des journaux de mode ; elles se changeaient dans une petite cabine de tissu semblable à celles des grands magasins. On interdisait à Virgile d'entrer dans les chambres noires dont il aurait pourtant bien aimé percer le mystère ; de temps à autre seulement, il avait pu apercevoir des épreuves en train de sécher épinglées à des fils.

Souvent, il soupirait :

« Si seulement le temps passait plus vite ! Je voudrais tellement faire de la photo, moi aussi. Et dire que maman veut que je passe d'abord mon bac avant de devenir apprenti photographe... »

Il comptait sur ses doigts : il n'avait que douze ans, en principe il lui faudrait patienter six années encore, une éternité ! Damien lui avait promis, à condition qu'il ait de bons résultats scolaires, qu'en classe de troisième il aurait son propre appareil photo. Alors, quitte à gâcher quelques pellicules – mais il y a un début à tout, n'est-ce pas ? –, il pourrait commencer à s'entraîner.

Pour se consoler, Virgile pensait aux grandes vacances, encore lointaines pourtant. Sa grand-mère viendrait le chercher et, ensemble, ils partiraient pour Saint-Géraud où ses parents les rejoindraient en août. Quelques jours avant la rentrée d'octobre, il faudrait bien sûr regagner Paris. Mais, durant deux mois et demi, le petit-fils de Blanche et ses nombreux cousins pourraient faire maintes escapades dans la campagne.

Virgile n'avait presque pas de souvenirs de Louise, son arrière-grand-mère. Deux ans après la disparition de Jocelyn, Damien avait eu l'immense chagrin de devoir se séparer de celle qui lui avait servi de mère durant son adolescence.

Louise décédée, il avait hérité de la petite maison de Sourniaux. Aidé financièrement par les oncles de Line, Jean surtout, Damien avait fait rénover la maison ; pour l'agrandir, on avait aménagé la grange attenante. L'été durant, c'était maintenant une annexe à la maison de Blanche pour recevoir plus facilement la famille tout entière, et particulièrement la nombreuse descendance de Jean et de Gloria.

Michaël, leur plus jeune fils, vivait à présent en Angleterre. Il avait ouvert à Londres un cabinet d'assurances ; avec son épouse et leurs trois enfants, il occupait la maison de sa grand-mère Jenny, disparue l'année de ses quatre-vingt-huit ans. Pourtant, l'été venu, c'est à Grenoble puis à Saint-Géraud qu'ils venaient passer leurs vacances.

Après la disparition tragique de Jocelyn, Line semblait avoir perdu sa joie de vivre et Damien s'en désolait. Il la surprenait souvent les yeux dans le vague et sa mine attristée serrait alors le cœur de son époux. Dans ces moments-là, nul besoin de demander à la jeune femme où se perdaient ses pensées. D'instinct, Damien savait que l'infâme secret du juge la hantait encore.

Ce père intransigeant dont elle n'avait jamais été proche, même dans son enfance, lui laissait un souvenir détestable dont elle ne pouvait se défaire. Amoureux comme au premier jour, désolé de ne rien pouvoir pour elle, à maintes reprises Damien avait tenté de la persuader qu'elle devait oublier. Alors, le voyant malheureux à cause d'elle, toute contrite elle venait se blottir dans ses bras, le cajoler en murmurant :

— Pardon, je vais essayer de ne plus y penser, je te promets…

Hélas, son ton était bien loin d'être convaincu et Damien, impuissant, ne pouvait que souffrir avec elle. Il faisait de son mieux pour la distraire. Grâce à un travail acharné, ses affaires marchaient bien. Alors chaque dimanche il emmenait son épouse et son fils visiter un musée ou bien voir un spectacle : cinéma, théâtre, concert… Les beaux jours venus, on partait en famille pour une journée à la campagne, on visitait les châteaux et autres sites remarquables des environs de Paris, on faisait une promenade en barque après avoir déjeuné dans une auberge renommée.

Durant les séjours parisiens de sa mère, Line s'efforçait d'oublier cette épine fichée dans son cœur pour se montrer gaie, aussi insouciante qu'elle l'était autrefois. D'ailleurs, en présence de Virgile, jamais elle ne se laissait aller à montrer ses préoccupations.

« Comment une personne telle que Blanche, se demandait encore Damien, douce, conciliante, compréhensive et tellement attachée aux siens, a-t-elle pu lier son sort à un époux d'une étroitesse d'esprit sans limites, revêche, inflexible, antipathique envers tout un chacun ? Les enfants, sa fille elle-même ne trouvaient jamais grâce à ses yeux. Par quel hasard malheureux la mère de Line s'est-elle attachée à lui au point de l'épouser ? »

Ces questions, évidemment, resteraient toujours sans réponse. Damien ne pouvait qu'espérer qu'avec le temps Line tournerait la page pour retrouver enfin sa sérénité.

XXXIV

Journées noires

Pour décongestionner la Sorbonne où les étudiants se pressaient de plus en plus nombreux, en 1963 une nouvelle faculté s'était ouverte à Nanterre dans la banlieue ouest de Paris. Au fil des mois, un mouvement prônant la révolte contre l'institution universitaire va largement se développer dans le campus. À la suite de nombreux incidents, la fermeture de l'université sera décrétée par les autorités le 2 mai 1968.

Dès lors, l'agitation se transporte au centre de Paris et, bientôt, la crise devient nationale. Le 3 mai, la police doit intervenir pour disperser un meeting de protestation dans la cour de la Sorbonne ; il est alors procédé à environ cinq cents arrestations. Par solidarité, le mouvement étudiant tout entier va s'insurger. Dans tout le Quartier latin, des affrontements s'amplifient de jour en jour : on dresse des barricades, on arrache les pavés, on lance même des cocktails Molotov contre les CRS accourus pour tenter de rétablir l'ordre ; ces derniers ripostent par des coups de matraque, l'emploi de gaz lacrymogène. Très vite, le mouvement protestataire s'étend aux lycées. Dans la nuit du 10 au 11 mai, on assiste à de véritables combats de rue : voitures incendiées, vitrines brisées, matériel public détruit... De part et d'autre, on comptera des centaines de blessés.

D'abord stupéfait, le pays va rapidement se révéler en majorité favorable au mouvement étudiant né de la critique de l'enseignement traditionnel et épouser sa cause. Voilà que les syndicats manifestent à leur tour sous prétexte de protester contre les brutalités policières. Puis commencent des grèves et la révolte étudiante devient une véritable crise sociale. Ici et là, dans la France entière les ouvriers arrêtent le travail ; on compte bientôt sept millions de grévistes, le pays est paralysé.

Depuis le début de ces événements regrettables, Damien et ses confrères sont sur le terrain ; la presse s'arrache les photos des affrontements parisiens diffusées dans tout le pays. Dans beaucoup de grandes villes, nombre d'étudiants ont suivi l'exemple de Paris : facultés occupées, désordres multiples, manifestations de rue... Un matin, dès 8 h 30, Virgile arrive tout essoufflé au studio où son père achève de développer des clichés.

— Papa, crie le jeune garçon, les élèves des grandes classes occupent le lycée et ils menacent ceux qui insistent pour forcer les barrages ! Ils ont bloqué toutes les portes, aucun professeur, aucun élève ne peut accéder aux salles de cours. Beaucoup de garçons des plus petites classes viennent de se joindre à eux. Qu'est-ce que je dois faire ?

Virgile a treize ans, il achève son année de quatrième. Depuis le début de la révolte étudiante, il écoute les informations à la radio et il est inquiet. Ses parents lui ont formellement interdit de se promener dans le Quartier latin et, malgré l'exhortation de quelques camarades à gagner les rues où l'on manifeste violemment, il leur obéit.

— Rentre à la maison, conseille Damien, tu déjeuneras avec ta mère. Surtout, ne regagne pas ton lycée cet après-midi. J'irai aux nouvelles, ensuite nous aviserons.

Comme beaucoup de leurs compatriotes, Line et Damien ont cherché à comprendre les causes profondes de cette révolte ; elle rappelle les événements qui ont secoué le monde ouvrier en 1936, provoquant grèves et désordre national. En dix ans, le nombre d'étudiants et de lycéens a triplé, il a fallu recruter en hâte des enseignants peu qualifiés, au statut précaire. Les étudiants sont inquiets pour leur avenir : n'est-ce pas le chômage qui attend la majorité d'entre eux ? Quant aux jeunes ouvriers, ils exigent davantage d'égalité, d'autogestion. Plus étonnant : nombre de cadres et d'ingénieurs remettent en cause l'ancien style de commandement, trop autoritaire. Les parents de Virgile imaginent difficilement la fin de ce conflit qui s'éternise sans d'importantes concessions accordées par le gouvernement.

*

* *

Un soir, à la tombée de la nuit, malgré l'inquiétude de son épouse, Damien se rend une fois de plus sur le lieu des échauffourées.

— Tu n'es pas prudent, s'est insurgée Line. Veux-tu faire partie des blessés, toi aussi ? As-tu seulement pensé à ton fils, à moi ?

— Naturellement que je pense à vous, a affirmé Damien, conciliant. Mais c'est mon métier, tu le sais bien, et c'est pour vous que je travaille si dur.

— Évidemment que je le sais, a alors concédé Line, mais tu sembles oublier le danger et ce n'est pas raisonnable ! Virgile et moi avons besoin de toi, tant pis si pour un temps tes affaires marchent moins bien…

Damien a embrassé son épouse, saisi son sac contenant flash et pellicules et son appareil photo puis il a quitté l'appartement. Line sait que, les prises de vue achevées, il passera une partie de la nuit à développer les clichés avant de les livrer à ses clients. Depuis que les émeutes se sont transformées en combats de rue, en patron responsable il refuse que ses employés prennent le moindre risque en l'accompagnant sur le terrain ; il accepte uniquement l'aide de Gildas au studio.

Virgile s'est endormi mais Line a du mal à trouver le sommeil. Habitée par un étrange pressentiment, elle se tourne et se retourne dans le lit où elle ne trouve pas la tiédeur rassurante du corps de Damien paisiblement endormi auprès d'elle. Enfin, épuisée, elle finit par sombrer.

Des coups frappés à la porte la réveillent en sursaut. Machinalement, elle regarde le réveil lumineux à son chevet : il n'est que 23 h 35, elle n'a même pas dormi trois quarts d'heure. En toute hâte, elle enfile sa robe de chambre, court dans l'entrée, déverrouille la porte pour découvrir deux policiers qu'elle dévisage, incrédule.

— Bonsoir madame, dit l'un d'eux, vous êtes bien madame Damien Letellier ?

— Oui...

— Voilà, votre mari a été blessé lors d'une manifestation et on l'a conduit à l'hôpital.

— Blessé ? répète Line, incrédule. Gravement blessé ?

— Il a reçu un projectile à la tête, pour le moment nous ne savons rien de plus. Voulez-vous que nous vous conduisions auprès de lui ?

— Oui, je veux bien, merci, mais je dois m'habiller.

Line sent alors une présence derrière elle : réveillé par les coups à la porte et les bruits de voix, Virgile se tient à ses côtés. Il prend la main de sa mère, la serre très fort en demandant :

— S'il vous plaît, je peux venir aussi ?

Le policier acquiesce et, quelques minutes plus tard, mère et fils prennent place à l'arrière de leur véhicule. Sans Virgile, Line aurait oublié d'éteindre et de fermer leur appartement. Pleins de stupeur, d'angoisse aussi, ils se taisent ; Line s'accroche à la main de son fils, le trajet lui semble ne devoir jamais finir. Enfin, c'est l'hôpital. Elle retrouve sa présence d'esprit, remercie les policiers, interroge une infirmière à l'accueil en donnant l'identité de Damien.

Les voilà maintenant assis dans un immense couloir blanc parmi d'incessantes allées et venues : personnel soignant affairé, chariots que l'on roule précipitamment vers les salles d'opération, familles angoissées à la recherche de l'un des leurs. Line perd la notion du temps. La tête sur son épaule, Virgile somnole et, malgré son impérieuse envie de faire quelques pas afin de bouger un peu, elle reste immobile pour ne pas le déranger.

Enfin, une porte s'ouvre au bout du couloir, un médecin s'approche, appelle un nom inscrit sur un papier : c'est le sien. Les jambes tremblantes, Line se lève, s'approche, il lui semble que son cœur va s'arrêter.

— Madame Letellier ? Je viens d'examiner votre mari. Il est encore inconscient, un projectile, une pierre ou un pavé sans doute, l'a atteint à la tempe droite. Nous attendons le résultat des radios, après nous en saurons davantage sur la gravité de son état. Vous pouvez attendre ici ou, si vous préférez, rentrer dès maintenant chez vous. Dans ce cas, vous laisserez votre numéro de téléphone au secrétariat du service. Courage madame, à bientôt.

Line remercie le médecin, affirme qu'elle ne quittera pas l'hôpital sans avoir d'autres nouvelles. Puis elle reprend sa place à côté de Virgile. Le garçon l'interroge du regard ; certaine qu'il a tout entendu des paroles du médecin, elle ne cherche pas à le leurrer.

— Papa va s'en sortir, j'en suis tout à fait certaine. Ne te soucie pas, essaie de dormir un peu.

Elle caresse doucement la joue de son fils avant d'y poser ses lèvres, puis l'attente recommence. Line évite de regarder sa montre, le temps ne compte plus. Joue-t-il pour ou contre Damien ? Qui peut le dire ? Seule importe la survie de celui qu'elle aime, elle refuse farouchement de penser au pire. Pour Virgile, pour elle, il doit vivre, à tout prix.

*
* *

Damien jugeait avoir pris assez de clichés et s'apprêtait à remballer son matériel quand des clameurs véhémentes commencèrent à retentir dans une rue voisine de celle où il opérait ; il se tenait dans l'encoignure d'une porte cochère d'où il pouvait prendre des photos du défilé houleux qui tantôt avançait, tantôt reculait sous la pression des forces de police.

Renonçant à gagner son studio, il courut alors vers l'endroit d'où venaient les cris et les déflagrations. Dès qu'il fut à découvert, alors qu'il s'apprêtait à déclencher le flash, un coup à la tempe d'une violence inouïe le jeta en arrière ; il perdit aussitôt conscience, son matériel vola sur le trottoir et il s'écoula de longues minutes avant que quelqu'un se penche enfin sur lui pour lui porter secours.

Depuis, il était toujours inconscient. Line et Virgile avaient enfin eu connaissance du résultat des radios : celles-ci montraient un énorme hématome crânien.

— Il peut peut-être se résorber, sinon il faudra tenter une opération, avait dit le médecin. Mais il est beaucoup trop tôt pour en décider.

Puis il avait invité l'épouse et le fils de Damien à rentrer chez eux pour se reposer. Avant de partir, ils avaient pu apercevoir à travers une vitre une silhouette étendue sur un lit blanc ; la tête était bandée, des bras allongés sur le drap partaient plusieurs tuyaux reliés à une perfusion et deux autres, plus minces, s'enfonçaient dans les narines du blessé. Virgile détourna aussitôt le regard avant de se blottir contre sa mère et d'éclater en sanglots. Line l'entraîna très vite en dehors de l'hôpital et un taxi les ramena chez eux.

Le lendemain, Gildas, le bras droit de Damien, vint aux nouvelles. S'il ignorait les raisons de l'absence de son patron, il se doutait bien qu'un événement grave l'empêchait de venir travailler. Dès que Line lui apprit l'accident et l'état de santé plus que précaire de Damien, il offrit de se charger de la tenue du studio.

— Je sais bien que je ne le remplacerai pas tout à fait, mais je ferai mon possible pour continuer un minimum d'activité. Je sais que je peux compter sur mes collègues, ils auront à cœur de m'aider à empêcher la fermeture de notre outil de travail. Et puis Damien est le meilleur des patrons, il est normal que nous soyons solidaires.

Line avait remercié chaleureusement Gildas qui la déchargeait ainsi d'un souci important.

Après deux longues journées d'angoisse, le médecin lui apprit qu'il ne tenterait pas d'opérer de crainte de toucher une zone vitale du cerveau.

— Cependant, ajouta-t-il, j'ai bon espoir de voir l'hématome se résorber assez rapidement. Alors, normalement, votre mari devrait reprendre connaissance.

— Et, demanda Line, toute tremblante, il y aura des séquelles à votre avis, je veux dire...

— Je comprends ce que vous voulez dire, hélas, dans ce domaine on ne peut rien affirmer. Mais gardez confiance, j'ai vu des cas pires encore où le patient retrouvait toutes ses facultés.

Depuis l'accident, Line hésitait à prévenir sa mère. Pourtant, comme la situation s'éternisait, elle se sentait très seule. Virgile n'était qu'un enfant et, en sa présence, elle dissimulait du mieux possible ses angoisses. Mais elle avait perdu le sommeil et ses journées de travail l'épuisaient chaque jour davantage. Tous les soirs, au retour de la visite à l'hôpital où l'état de Damien restait stationnaire, elle prenait sur elle pour ne pas s'effondrer. La présence de Blanche lui aurait fait tellement de bien…

Hélas, les grèves continuaient, la plupart des services publics restaient fermés, les trains ne circulaient pas, le courrier ne parvenait plus dans les centres de tri. Dans de telles conditions, comment la mère de Line aurait-elle pu gagner la capitale ? Le cinquième jour pourtant, elle décrocha le téléphone pour appeler Saint-Géraud en urgence et, par miracle, elle obtint presque aussitôt la communication.

En minimisant le plus possible, Line fit part à sa mère de l'accident de Damien.

— Veux-tu que je vienne ? demanda aussitôt Blanche. Je sais bien que je ne pourrai rien faire qu'attendre auprès de vous, mais si ma présence peut t'aider…

— Merci maman, bien sûr que nous avons besoin de toi. Mais j'ai bien peur que ce soit impossible. Tu devras attendre la fin des grèves SNCF et elles risquent de durer longtemps encore.

Blanche ne sut que répondre, pourtant elle avait son idée : elle allait joindre Jérôme au plus vite et le mettre au courant. Lui peut-être trouverait un moyen de gagner Paris.

XXXV

Éclaircie

Averti par les soins de Blanche de la situation précaire de Damien et de l'angoisse tellement compréhensible de Line, Jérôme décida aussitôt de conduire lui-même sa belle-sœur à Paris au plus tôt. Mais ce voyage s'avérait difficile : la pénurie d'essence avait depuis longtemps gagné la province et, si Jérôme pouvait encore s'en procurer un peu, il craignait fort de ne pas trouver la quantité suffisante pour un trajet aussi long.

Alors, muni de bidons de cinq et dix litres, il passa une demi-journée à visiter les stations-service des environs de Clermont. À force de persévérance, il réussit à obtenir ce qu'il lui fallait. Le lendemain, il partait chercher Blanche à Saint-Géraud et l'on prit aussitôt la direction de Paris. Sur la route, les véhicules étaient peu nombreux et les voyageurs arrivèrent chez Line en milieu d'après-midi.

Ils trouvèrent Virgile seul, occupé à des révisions ; ses cours en effet n'avaient toujours pas repris, l'accès aux salles du lycée gardé jour et nuit par les étudiants grévistes soutenus par une partie du professorat restait interdit.

Le garçon se jeta en pleurant dans les bras de sa grand-mère avant d'embrasser chaleureusement son oncle.

— Enfin, vous êtes venus, merci, merci ! Comme maman va être heureuse de vous voir ! Elle est encore au travail mais j'ai le droit de la joindre au téléphone en cas d'urgence. Faut-il l'appeler ?

— Ne la dérange pas, recommanda Jérôme. Comment va ton père ?

Le visage de Virgile se rembrunit et, quand il répondit, deux larmes brillaient dans ses yeux.

— Hier soir, le médecin nous a dit que son état était stationnaire. Aujourd'hui, il devait refaire des radios.

— Sais-tu, reprit Jérôme, nous allons lui rendre visite dès maintenant tous les trois et, ce soir, je retournerai à l'hôpital avec ta maman.

Damien était toujours étendu, les yeux clos, très loin du monde et de son agitation. On ne put rencontrer son médecin, occupé en salle d'opération. Jérôme s'adressa donc à une infirmière pour quêter des renseignements.

— Je suis désolée, répondit la jeune femme qu'il sollicitait. M. Letellier a passé de nouvelles radios en fin de matinée mais je ne suis pas habilitée à vous en donner le résultat. Je sais que Mme Letellier vient tous les soirs après son travail, c'est à elle que le Dr Hainard transmettra les nouvelles.

Laissant sa belle-sœur et Virgile à l'appartement où Blanche s'affairait déjà à préparer le dîner, Jérôme s'empressa de rejoindre Line à la sortie de sa maison d'édition. Malgré les difficultés consécutives à la situation du pays, l'entreprise continuait tant bien que mal ses activités.

À la vue de son oncle, le visage de Line, très pâle, aux traits tirés, s'illumina puis elle faillit libérer les sanglots retenus depuis le jour terrible de l'accident de Damien.

— Maman ? demanda-t-elle aussitôt.

— Elle va bien, je l'ai laissée chez toi avec ton fils. Auparavant, nous sommes allés à l'hôpital. Ton mari a bien passé de nouvelles radios aujourd'hui mais je n'ai pas pu rencontrer son médecin. C'est à toi qu'il donnera le résultat, je t'accompagne.

Après une courte attente, le Dr Hainard les accueillit avec un sourire.

— Notre malade est sur la bonne voie. Les radios montrent que l'hématome a presque disparu et l'état général de M. Letellier est on ne peut plus satisfaisant. À mon avis, il va rapidement reprendre connaissance, enfin je veux dire d'ici quelques heures, voire un jour ou deux.

Après le départ du médecin, Line laissa enfin couler des larmes trop longtemps retenues. Assis près d'elle, Jérôme entourait affectueusement ses épaules de son bras, heureux qu'elle puisse enfin se libérer de sa terrible angoisse. Puis ils rentrèrent en hâte pour transmettre la bonne nouvelle à Blanche et à Virgile.

— Mais, dit Line, soudain envahie d'une anxiété irrépressible alors que Jérôme garait sa voiture devant l'immeuble, et si le cerveau de Damien était lésé au point que…

— Non, ne pense pas une chose pareille, cela n'arrivera pas, le médecin est confiant.

Line voulait le croire, de toutes ses forces. En retrouvant sa mère, son affection si chaleureuse, le sourire de Virgile qui suivait sa grand-mère comme son ombre, elle reprit courage. Ensuite, elle se laissa servir, dorloter comme une enfant. Blanche partagea son lit et elle se blottit contre elle avec un soupir apaisé et confiant. C'était si bon de se décharger de ses angoisses, de s'abandonner à l'amour de cette mère qui, semblant oublier que sa fille avait quarante ans, la rassurait comme si elle n'en avait que cinq.

Le surlendemain, un peu après 10 heures du matin, l'hôpital adressa un message à Line : Damien venait enfin d'émerger de la torpeur où l'avait plongé l'accident. Il paraissait avoir toute sa connaissance et avait même échangé quelques mots avec son médecin.

Éperdue de joie, Line courut aussitôt chez elle et Jérôme s'empressa de conduire toute la famille à l'hôpital. Malgré sa joie manifeste d'avoir retrouvé le monde des vivants, Damien avait beaucoup de mal à comprendre qu'il était resté inconscient durant autant de jours et de nuits ; pour lui l'accident, dont il se souvenait fort bien, avait eu lieu la veille seulement. Un léger mal de tête et une grande fatigue obligèrent les siens à écourter leur visite. Tous promirent de revenir en fin d'après-midi avant de laisser le convalescent se reposer. Le lendemain, il devrait subir des examens de contrôle : le Dr Hainard tenait à s'assurer que son patient avait retrouvé toutes ses facultés.

Le jour suivant, Jérôme, rassuré, reprenait la route de Clermont. Blanche avait décidé qu'elle resterait à Paris aussi longtemps que ses enfants auraient besoin d'elle. L'état de Damien nécessitait des soins dispensés à l'hôpital et il dut patienter deux petites semaines encore avant de pouvoir rentrer chez lui. Cependant, le Dr Hainard lui avait interdit de reprendre toute activité professionnelle avant un mois ; auparavant, il reviendrait passer une nouvelle série d'examens de contrôle : on devait vérifier qu'il avait pleinement recouvré sa santé physique et mentale.

Peu à peu, Line reprenait confiance. Comme elle, Virgile retrouvait enfin sa sérénité. La présence de Blanche à leurs côtés les aidait beaucoup à revenir à une vie normale et ils lui en étaient reconnaissants. Gildas visitait souvent Damien, il le tenait au courant des activités du studio ; certes, en raison des événements de ce printemps troublé, on notait comme partout une baisse sensible des affaires. Cependant, tout le monde espérait voir bientôt la fin des bouleversements occasionnés tout particulièrement par les grèves.

Le gouvernement avait annoncé la tenue d'un référendum sur la rénovation « universitaire, sociale et économique », sans succès. Enfin, les 25 et 26 mai, ce furent les accords de Grenelle signés le 27. Le gouvernement promettait une augmentation de dix pour cent des salaires et la revalorisation de trente-cinq pour cent du SMIG. Beaucoup pourtant désirant poursuivre la grève, le conflit ne trouve pas encore d'issue. Lors d'un meeting étudiant, plusieurs solutions sont envisagées mais, une fois encore, rien n'aboutit. L'Assemblée est dissoute, on organise des élections anticipées.

Cependant, lasse et inquiète, l'opinion souhaite le retour à l'ordre et la gauche est soudain prise de court. Si le travail reprend lentement, à la mi-juin la lutte continue encore dans certaines usines tandis que la plupart des établissements scolaires restent fermés.

Lors des scrutins des 23 et 30 juin, la droite gouvernante obtient une majorité écrasante, montrant assez combien les Français sont las du désordre. D'aucuns proclament que les étudiants ont voulu « jouer à la révolution ». Par la suite vont se développer des mouvements féministes et écologistes, la parole est libérée. Mai 1968 exalte le droit au bonheur, l'épanouissement de l'individu. Un nouveau souffle de liberté s'est emparé de la France et de ses habitants. Pour quel avenir ?

*

* *

Pour Line, l'horizon s'est enfin éclairci, sur le plan général et, sentiment beaucoup plus précieux encore, sur l'état de santé de son mari. Elle se sent plus libre, plus légère, comme rajeunie. Pourtant, elle doit faire preuve de vigilance : à nouveau, Damien s'est jeté à corps perdu dans le travail, il reprend des horaires déraisonnables et elle craint qu'il ne s'épuise à la tâche. Il ne fait qu'en rire, tellement heureux de se sentir revivre, enfin.

Le dernier jour de juin, Blanche a regagné Saint-Géraud où l'attendent son petit parc et ses chers rosiers. Depuis quelques années, un jardinier lui prête la main. Elle sait pouvoir compter sur lui :

durant sa longue absence, il aura eu à cœur de nettoyer, désherber, planter, nourrir et arroser fleurs et arbustes.

Un beau jour, Line s'est aperçue que, depuis très longtemps, elle n'avait plus pensé à son père, à son geste fatal, à ce qu'elle nomme son « horrible forfait ». Ces dernières semaines, seuls ont compté la santé de son époux et le soutien à apporter à son fils. Ce passé si terrible, si perturbant, lui semble à présent très loin, presque effacé, et un grand poids s'est enfin envolé de sa poitrine.

À présent, il lui tarde que reviennent le mois d'août et ses congés pour aller se ressourcer au pied de ses chères montagnes. Et elle est certaine que la paisible campagne auvergnate redonnera tout son allant à Damien. L'air pur et vivifiant viendra à bout de sa fatigue. Bien sûr, il emportera toujours son appareil photo en promenade, c'est, comme il le dit en plaisantant, son « troisième poumon ». Mais il ne sera pas pressé, il prendra le temps de flâner pour trouver l'inspiration et réaliser la meilleure prise de vue.

Pour faire plaisir à Virgile qui a si bien soutenu sa mère durant l'épreuve, Damien lui a fait cadeau de son premier véritable appareil professionnel. Il a promis, durant ces quatre semaines de vacances bien méritées, de l'initier à ce métier qui déjà le passionne. Le garçon exulte. Plus encore que la rencontre annuelle avec la plupart de ses cousins, il attend impatiemment cette toute nouvelle expérience.

Les voilà enfin à Saint-Géraud. Les enfants et petits-enfants de Jean et de Gloria arriveront plus tard, et certains manqueront à l'appel : dorénavant, leurs études, leur métier tiennent certains d'entre eux éloignés et ils le regrettent. Les plus fidèles, sans doute parce que les plus proches, resteront Jérôme, Hanna et leur fils. Ce dernier se destine à la même profession que son père et il poursuit des études de droit.

Ce matin-là, debout sur le seuil de la grande maison des Berthaud, Line et sa mère regardaient s'éloigner les deux photographes. Virgile n'aurait pas donné sa place pour un empire. Aux côtés de son père, sous un beau soleil, il partait joyeusement arpenter la campagne ; par chance, ce matin-là un souffle d'air frais agitait doucement les feuillages des grands arbres, atténuant la chaleur habituelle du mois d'août. À près de deux mille mètres d'altitude, la chaîne des monts Dore dressait fièrement dans le lointain ses sommets pointus et grisâtres au-dessus des plus hauts pâturages qui, eux-mêmes, dominaient les sombres forêts de conifères.

Des heures durant, Damien s'attachera à montrer à son fils comment choisir le meilleur angle, comment utiliser la lumière, mettre en valeur un sujet à première vue assez inintéressant, réaliser un gros plan ou au contraire obtenir un large panorama ou encore une vue plongeante.

Là, de très près, on fixera l'objectif sur une touffe d'œillets sauvages ou un grand chardon bleu, plus loin sur un nid de mésanges ou un lézard endormi au soleil. Et puis, à distance, ce sera le cliché de tout un troupeau de vaches rouges, des salers, couchées à ruminer dans un pacage semé de boutons-d'or, ou encore des agneaux d'une innocente blancheur cabriolant dans l'herbe haute sous la surveillance de leur mère.

Tout le jour, Virgile s'est montré attentif, concentré, désireux d'apprendre, encore et encore. Une grande joie a envahi Damien à l'idée qu'il réussira à transmettre à son fils son savoir-faire et sa passion.

De retour chez eux les attend une bonne surprise : Jérôme et Hanna viennent tout juste d'arriver. Patrick est parti camper avec quelques amis, il rejoindra Saint-Géraud quelques jours plus tard. Tout excité, Virgile passera la soirée à raconter à tous, encore et encore, ses premières expériences. Sa mère, sa grand-mère, son oncle et sa tante ne ménageront pas leurs compliments pour le féliciter et l'encourager. Aux anges, Damien écoutera son fils avec une grande fierté ; il ne ressent plus aucune fatigue, son accident n'est qu'un mauvais souvenir, la vie leur sourit à nouveau à lui et aux siens.

XXXVI

La dernière rose

Octobre 2008. Voilà près de deux semaines que Timothée, le petit-fils d'Adeline, est venu de Paris pour passer avec elle son quatre-vingtième anniversaire. Dès lors, elle devra attendre Noël pour recevoir de nouvelles visites. Déjà, elle fait des projets, cherche des idées de menus, de décoration. En même temps, elle s'inquiète : la neige ne viendra-t-elle pas perturber la circulation sur les routes de montagne, empêchant les siens de rejoindre Saint-Géraud ? Ninon fera-t-elle un bon voyage des États-Unis à Paris pour, enfin, venir passer ici les fêtes de fin d'année avec sa mère, son frère et Laurène, sa fiancée ?

Il est près de 16 heures. Pour allumer son récepteur de télévision, Line attend l'heure de l'une de ses émissions préférées : « Faune sauvage de la savane », ou, parfois, « de la jungle indienne » ou « des forêts d'Amazonie », ou même « du Grand Nord ». Les animaux l'ont toujours passionnée et elle continue de faire à leur propos de merveilleuses découvertes.

Soudain, le téléphone sonne. On l'appelle peu à cette heure, et surtout pas les membres de sa famille, encore au travail. Une amie ? Line décroche et reconnaît avec beaucoup d'étonnement la voix de Virgile. Qu'arrive-t-il de si important pour que son fils, si distant envers sa mère – elle pense même « indifférent » –, se rappelle ainsi à son souvenir ?

— Allô, maman ? Je ne te dérange pas ?

La voix est hésitante, presque gênée. Virgile a cinquante-trois ans et il a le timbre d'un petit garçon malheureux.

— Non, non, bien sûr. Que se passe-t-il ? Rien de grave, au moins ?

— Ne t'inquiète pas, je voulais simplement te demander... Est-ce que je peux venir te voir, assez vite ?

— Mais... oui, bien sûr. Tu as des ennuis ?

— Je t'expliquerai, ce n'est pas facile par téléphone. Si tu veux bien, je pourrais être là demain en fin d'après-midi.

— Comme tu voudras, mon grand. Je t'attends demain.

— Merci, je savais pouvoir compter sur toi, alors que... Bien, au revoir maman, à demain. Je t'embrasse.

Line raccroche lentement, si troublée qu'elle en oublie le début de son émission. Pour que Virgile vienne la voir à l'improviste, il a des problèmes, c'est certain. D'ailleurs, le ton de sa voix n'a pas trompé sa mère. Son entreprise a-t-elle fait de mauvaises affaires ? C'est peu probable. Soudain, elle croit deviner la source des ennuis de son fils : Nadège, sa seconde épouse, et son affreux caractère. A-t-elle assez souvent regretté leur rencontre... Depuis,

Virgile n'est plus le garçon aimant, si proche d'elle, si complice. Line soupire.

« Attendons de voir », se dit-elle. Pourtant, elle sait que l'insomnie la guette ; inquiète pour son fils, elle ne va pas cesser de se poser des questions jusqu'à son arrivée.

Avant de dîner, elle téléphone à sa femme de ménage pour lui demander de lui apporter quelques courses supplémentaires le lendemain matin. Puis elle revient à ses préoccupations : si seulement Virgile et Noémie étaient restés ensemble, avec leurs deux adorables enfants… Mais Line n'en veut pas du tout à sa belle-fille qui n'a aucun tort. Le hasard a fait se rencontrer Virgile et Nadège, celle-ci a su l'accaparer, faire de lui son jouet ; succombant au chant des sirènes, il a rompu avec Noémie, s'est désintéressé de ses enfants, de sa mère aussi. L'inconstante a-t-elle jeté son dévolu sur un autre ? Comment savoir ? Tout est possible.

*

* *

Le lendemain matin, Line a demandé à la femme de ménage de préparer la chambre de Virgile. Restée seule, elle a déjeuné de bonne heure avant de cuire un clafoutis aux poires ; en saupoudrant le gâteau encore chaud de sucre vanillé, elle s'est souvenue avec émotion de la mine gourmande de Virgile et de Damien quand ils flairaient cette délicieuse odeur. Père et fils en dévoraient des parts énormes sous le regard attendri de Line, couverte de compliments par les deux hommes de sa vie…

Son fils s'est annoncé pour la fin de l'après-midi. Elle s'empare du roman en cours de lecture sans parvenir à fixer son attention. Malgré tout, ce retour du fils prodigue l'inquiète. Alors elle pose son livre pour aller chercher quelques-uns des albums photos que Damien, puis Virgile ont remplis pour elle. Là, au fil des pages, elle va retrouver tous les membres de sa famille, ceux qui sont encore là et, surtout, ceux qui ont disparu.

Voici ses oncles et tantes : Jean et Gloria, Hanna et Jérôme, son cousin Christopher, sa chère cousine Sibylle, sa presque sœur, emportée par la maladie à seulement cinquante-huit ans. Voici Damien, photographié par son fils à divers endroits de Paris ou de la campagne auvergnate. Voici Blanche, la mère de Line dont elle était tellement proche, si tendre, si attentive au bonheur de tous. Avant de disparaître, elle a eu la joie de connaître ses deux arrière-petits-enfants, Timothée et Ninon ; celle-ci allait avoir deux ans et demi lorsque Blanche a quitté ce monde, à l'âge de quatre-vingt-sept ans. C'était quelques mois seulement après le départ de Damien et ces deuils successifs avaient laissé Line anéantie. Par chance, Virgile était alors le fils attentionné d'avant sa rencontre avec Nadège ; secondé par Noémie, il avait su soutenir sa mère, l'entourer d'affection et de prévenances pleines de délicatesse. On confiait souvent à leur mamie les deux petits dont la gaieté innocente ensoleillait le quotidien de leur grand-mère. Lorsqu'ils furent adolescents, Line les voyait moins souvent certes, mais, grâce à leurs appels, aux vacances d'été ou de fin d'année, elle les sentait proches ; cette complicité lui permettait de survivre, d'oublier combien elle était seule la plupart du temps.

Lucie et Pierre Delsort, les amis de sa mère, ne sont plus là, eux non plus. Leur fille Élisabeth revient chaque année passer l'été dans la maison familiale ; son époux, Christopher, le cousin de Line, est décédé peu après Damien mais, généralement, ses enfants et petits-enfants l'accompagnent ; alors les deux amies de jeunesse se retrouvent avec joie pour évoquer le passé, tout particulièrement leurs années d'études à Clermont Ferrand, années de guerre, difficiles certes mais qu'elles idéalisent quelque peu.

— Tu te souviens, le jour où... commence l'une d'elles.

Les souvenirs émergent : le café où elles prenaient pension et le couple qui les hébergeait, les séances de cinéma, les jours terribles aussi quand les miliciens traquaient les étudiants de l'université...

Et puis, fin septembre, Élisabeth regagne Grenoble où vivent ses enfants. Reste les longues conversations téléphoniques entre les deux amies. Parfois Line s'interroge : laquelle partira la première ? Évidemment, elle n'a pas la réponse et c'est très bien ainsi.

Une année sur deux, au printemps, deux semaines durant Line a la visite de son cousin Patrick, le fils de Jérôme. Depuis très longtemps, il vit en Suisse avec son épouse ; ils ont des filles jumelles, mariées et mères de famille à leur tour. Quelques années auparavant, Line leur rendait visite de temps à autre ; à présent, les changements de train, la corvée des bagages lui interdisent de partir seule si loin.

Délaissant le passé, Line feuillette maintenant les albums de Virgile. Là, de leur naissance à leur adolescence, elle retrouve Timothée et Ninon, tantôt à Paris, tantôt ici, à Saint-Géraud, tantôt en vacances en bord de mer avec leurs parents. Et puis tout s'arrête : Virgile a rencontré Nadège, pour ne pas la contrarier il a abandonné la photographie. Alors Line se lève pour s'emparer d'un dernier album, beaucoup plus mince : celui qu'elle s'est constitué avec les photographies récentes envoyées par ses petits-enfants.

Elle regarde sa montre : 17 h 05, et soupire. Elle est tentée d'appeler son fils sur son portable, mais non il est trop tôt encore… Dix minutes plus tard, une voiture s'engage dans l'allée : le voilà. Line s'affole un peu. Que va-t-il lui révéler ?

Après des embrassades quelque peu embarrassées, Virgile s'installe en face de sa mère ; il a accepté une tasse de café qu'il boit lentement, ce qui lui donne une contenance. Par où commencer ? Sa mère vient à son secours.

— Eh bien, mon grand, qu'est-ce qui se passe ?

— Voilà… Nadège et moi, nous nous sommes séparés… enfin, il serait plus juste de dire qu'elle m'a quitté et… j'avoue que je suis désemparé.

Virgile baisse la tête, joue distraitement avec sa petite cuillère. Un petit garçon abandonné, un peu perdu. Line voudrait dire enfin ce qu'elle pense de Nadège, depuis le premier jour : son égoïsme, son insensibilité, sa perpétuelle inquiétude d'être désavantagée, son manque d'empathie, et bien d'autres choses encore. Mais ce n'est pas le moment. Virgile est bien assez accablé. A-t-il enfin ouvert les yeux et cacher ses larmes. Line caressait sa nuque en disant très doucement :

— Là, là, mon petit, tout va bien, tout va bien...

*

* *

Ce 21 décembre, la vieille maison des Berthaud retrouvait un peu de l'animation d'antan. Timothée et Laurène, bientôt suivis de Virgile, étaient arrivés en début d'après-midi. Puis, vers 16 heures, Noémie et Raphaël, son compagnon et père de Laurène. Ninon, revenue l'avant-veille de New York, les accompagnait.

Line contemplait son monde avec attendrissement. Entre Virgile et Raphaël, aucune gêne apparente, ils se comportaient comme des amis invités chez des connaissances communes. Timothée taquinait sa petite sœur :

— Alors, l'Américaine, pas trop perdue dans notre pays de nains ?

Ninon le bourrait en riant de coups de poing amicaux et toute la famille souriait de les voir si complices. Bientôt, Noémie et les deux filles offrirent leur aide à Line pour la préparation du dîner, tandis que les garçons installaient les rallonges de la table dans la salle à manger.

— Ce soir, nous dînerons léger, mais demain matin il y aura de l'embauche pour éplucher les pommes de terre, nous ferons une énorme truffade accompagnée de jambon d'Auvergne et de salade verte.

— Voilà une excellente idée, mamie, dit Ninon, j'avoue que je me réjouis de retrouver un peu la cuisine française.

— Le 23, reprit Line, je vous emmènerai tous déjeuner à l'*Auberge de Champ-Fleuri*, j'ai commandé un coq au vin, si tout le monde est d'accord. Les deux jours suivants, ce seront les menus de Noël, naturellement, mais je vous rassure, beaucoup de plats nous seront livrés de chez notre traiteur habituel. J'avoue qu'à présent je ne me sens plus le courage de cuisiner pour sept personnes des mets sortant de l'ordinaire.

— Pas même les ris de veau aux morilles ? demanda Ninon avec une petite moue déçue. Tu es la seule à les réussir aussi bien !

— Ah, pour ça j'ai fait une exception, tu auras tes ris aux morilles et à la crème, ma chérie.

Ninon sauta au cou de sa grand-mère sous l'œil amusé de Noémie et de Laurène. Un peu plus tard, en passant à table, Virgile donna à sa fille un petit baiser sur la joue avant de poser sa main sur l'épaule de Timothée. Line sentit une joie délicieuse l'envahir : son fils, enfin, avait retrouvé sa place, tout était bien.

Après deux semaines étrangement douces pour la saison, le jour de Noël était exceptionnellement beau. Après le déjeuner, on fit le tour du jardin où persistaient encore quelques brins d'herbe verte. Plus de fleurs, plus de feuillages, si ce n'est celui des thuyas toujours d'un beau vert foncé. Les rosiers avaient triste mine ; à leur pied, pour protéger leurs racines du gel, l'automne venu le jardinier avait amassé un épais tapis de feuilles mortes. Soudain,

Ninon s'approcha de l'un des arbustes pour détacher très délicatement une brindille brune où tremblait une minuscule feuille un peu desséchée. Au sommet de la tige flétrie, insolite, attendrissant, un petit bouton rouge de pétales repliés comme pour se protéger du froid.

— Tiens mamie Line, pour toi ! La dernière rose de l'année !

Avec un grand sourire, Ninon tendait la fleur à sa grand-mère. Tout émue, Line la prit entre ses doigts : les roses de Blanche, sa mère tant aimée, celles que Damien avait maintes et maintes fois photographiées avec ou non quelques membres de la famille. La dernière rose…

Note de l'auteur

Les faits de Résistance qui se sont déroulés au sein de l'université clermontoise pendant la Seconde Guerre mondiale, relatés au chapitre XVI, ainsi que les conditions d'enseignement au lycée Jeanne-d'Arc durant la même période sont véridiques.

Table des matières

Dans la même collection

Dans la même collection

Dans la même collection

Imprimé en France par CPI
en mars 2021
N° d'impression : 2056762
Dépôt légal : juin 2021
ISBN : 978-2-8129-2881-9
ISSN : 1627-6779
www.deboree.com
livres@centrefrance.com